Gerhard Dengler ☐ Viele Beulen im Helm

AF209213

Gerhard Dengler

Viele Beulen im Helm

Mein Leben als SED - Funktionär

Alle Rechte beim Autor
Herstellung: Libri Books on Demand
ISBN 3-8311-0682-7

Vorwort

Die Absicht des Autors ist es, in diesem zweiten Band seiner Memoiren detailliert darzulegen, wie die SED Führung mit Zuckerbrot und Peitsche ihre Funktionäre zügelte und lenkte. Im ersten Band meiner Memoiren, der unter dem Titel "Zwei Leben in einem" 1989 im Militärverlag der DDR erschienen ist, wird mein Leben von der Kindheit bis zu meiner Rückkehr 1958 aus Bonn geschildert, wo ich fünf Jahre als Korrespondent des "Neuen Deutschland" tätig gewesen war. In diesem Vorwort wird darüber kurz zusammengefaßt berichtet. Damit endete leider auch meine erlernte und geliebte Tätigkeit als Journalist. Gegen meinen Willen und ohne mein Zutun wurde ich nun zu einem Parteifunktionär gemacht, wurde ich Stellvertreter des Vorsitzenden des Büros des Präsidiums des Nationalrats und später auch sein Vizepräsident. Ich wurde zu einem "Nomenklaturkader" des Zentralkomitees der SED und erfuhr nun die Wahrheit des Spruches vieler Funktionäre, daß " ein guter Kommunist viele Beulen im Helm hat, aber nur einige davon stammen vom Gegner".

Dieses Leben als Funktionär einer marxistisch - leninistischen, ja auch stalinistischen Arbeiterpartei war mir keineswegs in die Wiege gelegt worden. Am 24 Mai 1914, also noch vor dem I Weltkrieg, war ich als Sohn des damals als Forstmeister in Reinhausen und im nahen Göttingen als Privatdozent tätigen Vaters geboren worden. Aber schon mit sechs Jahren wurde ich ein Brandenburger. Denn 1921 erhielt mein Vater eine Berufung als Professor und Leiter des Waldbau - Lehrstuhls an die Forstakademie in Eberswalde. Diese neue Aufgabe war verbunden mit der gleichzeitigen Übernahme des Forst - Lehrreviers in Chorin. Kloster Chorin wurde also unser neuer Wohnsitz. Dort gab es keine Schule und so mußte ich täglich den beschwerlichen Weg mit der Bahn nach Eberswalde fahren, wo ich zunächst die Volksschule und dann das dortige Wilhelms - Gymnasium besuchte. Als mein

Vater dann auch Rektor der Forstakademie wurde, zogen wir 1927 nach Eberswalde. Für mich endete damit eine Zeit großer Einsamkeit, denn in Chorin gab es keinerlei Gespielen für mich. Die nun folgenden Jahre in Eberswalde gehören zu den schönsten in meinem Leben. Nun hatte ich endlich viele Freunde und später Freundinnen, hatte ständig Geigenunterricht, was mich befähigte, bald im Schulorchester die Erste Geige zu spielen. Ich gehörte auch unserem Schüler - Ruderclub an, mit dem ich an Regatten teilnahm und viele schöne Wanderfahrten machte. Die mit dem Ende der Weimarer Republik und dem Aufkommen des Hitler - Faschismus einhergehenden großen sozialen und politischen Auseinandersetzungen blieben lange Zeit außer unserer Berührung. Erst 1932 begannen auch wir Gymnasiasten uns irgendwo politisch zu organisieren. Entsprechend der Distanz meiner Eltern zu den Nazis, die bis zu ihrem Tod andauerte, und ihrer deutsch- nationalen - bei meinem Vater - und der liberal - demokratischen Grundhaltung meiner Mutter trat ich damals dem Jung - Stahlhelm bei, ohne zu ahnen, daß nach dem Machtantritt der Nazis der Stahlhelmführer Seldte den Jung - Stahlhelm in die SA überführen ließ.

Um mein Studium der Zeitungswissenschaft aufnehmen zu können, denn ich wollte unbedingt Journalist werden, hätte ich dann aber sowieso irgendeiner nazistischen Organisation angehören müssen, ohne die ein Studium nicht mehr möglich war. Nach dem obligatorischen Arbeitsdienst nahm ich dann 1934 mein Studium in München auf und wurde dort auch Mitglied einer schlagenden Verbindung, dem "Corps Franconia".

Aber schon 1935 wurde mein Studium unterbrochen und ich mußte zur Ableistung meiner Wehrpflicht in Frankfurt / Oder beim Artillerie - Regiment 3 meinen Dienst antreten, der dann durch Hitler auf zwei Jahre verlängert wurde. Nach dem Wehrdienst nahm ich meine Studium wieder auf. Diesmal aber in Berlin bei dem damals wohl renommiertesten Zeitungswissenschaftler, Professor Emil Dovifat. 1938 fanden sich noch fünf ehemalige

Klassenkameraden zusammen, um mit drei Motorrädern und einem kleinen Auto eine abenteuerliche drei Monate dauernde Balkanreise zu machen. Dabei war auch mein Schulfreund Hans Borgelt, der ebenfalls in Berlin Zeitungswissenschaft studierte und mit dem ich auch gemeinsam eine "Studentenbude" bewohnte. In Jugoslawien machte man uns zum ersten Mal mit der von Hitler ausgehenden Kriegsgefahr bekannt. Darum schrieb ich jetzt nach der Rückkehr nach Berlin unter größtem Zeitdruck meine das Studium abschließende Doktorarbeit. Ich konnte sie Professor Dovifat genau einen Tag vor meiner schon zum 1. August erfolgenden Einberufung zu meinem Artillerie - Regiment 3 auf den Tisch legen. In Frankfurt / Oder erfuhr ich, daß die ganze Division schon unter Mobilmachungsbefehl stand und nach wenigen Tagen bereits an die polnische Grenze verlegte wurde.

Während des Polen - Feldzuges fungierte ich als Ordonanzoffizier im Regimentsstab und wurde schon bald zum Leutnant der Reserve befördert. Noch ehe der Polenfeldzug ganz beendet war, wurde unsere Division herausgezogen und an die Westgrenze verlegt, nachdem der II. Weltkrieg, von Hitler provoziert, ausgebrochen war. Dort in der Eifel wurde ich nun zum Chef der Regiments - Stabsbatterie gemacht, eine Funktion, die ich auch während des ganzen Frankreichs - Feldzuges und auch noch in der ersten Zeit nach dem Überfall auf die Sowjetunion bekleidet habe. Ohne selbst stark am Kriegsgeschehen teilzunehmen, marschierte unsere Infanterie - Division bis an die Loire. In der schönen alten Stadt Autun bezogen wir Quartier und mich machte man dort zum Standort - Kommandanten. Aber schon bald wurden wir in unsere Heimatgarnison zurückverlegt, um nun motorisiert zu werden. Das war unsere Vorbereitung für den Krieg gegen die Sowjetunion.

Mit dem auch für uns überraschenden Überfall auf die Sowjetunion begann nun ein neuer Abschnitt in meinem Leben. Erst jetzt erlebte ich die barbarische Seite dieses Krieges. Zunächst an der Nordfront eingesetzt, kamen wir dann in den Mittelabschnitt und waren nun Teilnehmer der großen Offensive "Taifun", die bis Moskau führen sollte. Aber sie scheiterte kläglich im Feuer einer sowjetischen Offensive und zwang uns bei Schnee und grimmiger Kälte zu fluchtartigem Rückzug. Danach kam es zu einer Neuaufstellung der Division und ich wurde nun, inzwischen Oberleutnant, zum Chef einer schießenden Batterie gemacht. Im Sommer an die Südfront verlegt, gehörte ich mit meiner Batterie zu der Panzerspitze, die bis an den Don vorstieß und dort die Brücke bei Kallatsch noch unversehrt vorfand. Bei einem dann dort stattfindendem Panzergefecht wurde mir die Halsschlagader durchschossen und ich sollte nach Deutschland zurückgeflogen werden.

Aber in Kiew verließ ich das Flugzeug und ließ mich in dem dortigen Luftwaffen - Lazarett wieder zusammenflicken. Ich kehrte gerade wieder zu meiner Batterie zurück, als der Vormarsch über den Don an die Wolga, nach Stalingrad, begann. Ich gehörte mit meinen vier Geschützen wieder zur Panzerspitze, die am Abend des 23. August etwa zehn Kilometer nördlich von Stalingrad die Wolga erreichte. Die Stadt wurde unaufhörlich bombardiert und stand in hellen Flammen. In der Folge bildete unsere Division die sogenannte " Nord - Riegelstellung", um von Norden kommende Entlastungsangriffe der Roten Armee abzuwehren. Als dann am 19. November die gewaltige Offensive der Roten Armee begann, die zunächst vor allem auf die an uns angrenzende rumänische Armee gerichtet war, wurde unsere Division eilig zum Schutz des einzigen Nachschubweges nach Kallatsch am Don geworfen. Dort erlebte ich nun mit eigenen Augen die Einkesselung der 6. Armee. Den heftigen Angriffen der Roten Armee nicht gewachsen und auch schon fast ohne Munition, zogen wir uns bei meterhohem Schnee und eisiger Kälte bis minus 50 Grad Nacht für Nacht immer weiter in Richtung Stalingrad zurück. Um die Weihnachtszeit erreichten wir dann den westlichen Stadtrand von Stalingrad und setzten uns dort in den Gräben fest, die die Stalingrader zum Schutz vor der anrückenden 6. Armee ausgehoben hatten. Da die von Göring großspurig angekündigte Luftversorgung der Armee kläglich versagte, blieben Nahrung, Munition und Kraftstoff immer mehr aus, bis uns nichts mehr erreichte. Zu Tausenden lagen jetzt die Toten im Schnee und wer verwundet wurde, konnte garnicht mehr geborgen oder versorgt werden, sondern nur noch auf den Tod warten. Alles Getier in Stalingrad war schon verzehrt und so kam es zum Gräßlichsten, was ich im Kessel erlebt habe, zu Kannibalismus. Und die von Feldmarschall Manstein angekündigte Befreiung blieb aus.

Als daher Mitte Januar 1943 wieder Flugblätter der Roten Armee mit einem sehr ehrenvollen Kapitulationsangebot abgeworfen wurden, verlangte ich von meinem Regimentskommandeur, jetzt zu Paulus zu gehen, um im Namen der noch lebenden Soldaten diese Aufforderung zur Kapitulation anzunehmen. Mein Regimentskommandeur lehnte dies ab und meinte, das solle ich doch selber tun. Ich machte mich also auf den Weg, trotz meiner zwei Kopfverletzungen und Wolhynischem Fieber. Nachdem ich das Armee - Hauptquartier gefunden und mir den Zutritt zu Paulus erzwungen hatte, trug ich ihm mein Anliegen vor. Aber er verweigerte eine Kapitulation "aus höheren strategischen Rücksichten". Später erfuhr ich, daß Manstein ihn dringend gebeten hatte, nicht zu kapitulieren, weil er befürchtete, daß die dann freiwerdenden sowjetischen Verbände ihm selber den Rückzug aus dem Kaukasus abschneiden könnten. Damals aber, noch bei Paulus, wußte ich davon nichts und verstand und billigte auch diese Entscheidung von Paulus nicht. Und als ich das auch Paulus sagte, meinte er :"Jetzt ist eben die schwere Stunde gekommen, wo die Initiative auf die unteren Truppenführer übergeht". Als ich begriffen hatte, was er damit meinte, stand mein Entschluß fest: Jetzt kapituliere ich alleine, um das Leben meiner Soldaten zu retten. Und so geschah es dann auch, nachdem ich selber noch in der Nacht unsere Kapitulation mit den uns gegenüber liegenden Truppen der Roten Armee vereinbart hatte. Jetzt also hatte ich mich selbständig Hitlers Kapitulationsverbot widersetzt, hatte damit für mich und meine Soldaten mit Hitlers Krieg Schluß gemacht. Aber in der Hölle von Stalingrad waren auch meine bürgerlichen Ideale und Vorstellungen verbrannt. Was nun bei mir zunächst vorherrschte, war eine innerliche Leere.

In der Gefangenschaft verschlimmerte sich mein Gesundheitszustand rapide. Nach Paratyphus bekam ich auf dem Rücktransport ins Hinterland noch Flecktyphus und Dystrophie III. Grades. Als besonders schwerer Typhusfall kam ich erst in Quarantäne und dann in ein ehemaliges Kinderferienlager, wo ich mit anderen Schwerkranken gut medizinisch betreut und versorgt wurde, so daß sich mein Gesundheitszustand doch langsam besserte. Als ich im Sommer wieder in das Hauptlager zurückkam, gab es dort eine Versammlung, die zur Gründung des "Nationalkomitees Freies Deutschland" (NKFD) Stellung nehmen sollte. Ich studierte zunächst sehr gründlich das bei der Gründung des NKFD angenommene "Manifest". Ich konnte mich mit ihm voll identifizieren. Daher trat ich bei der großen Lagerversammlung - einem Rat meines Abteilungsarztes und überzeugten Antifaschisten Dr. Pietruschka folgend - mit meiner Zustimmung zu diesem Manifest und der Erklärung meines Beitritts zur Bewegung "Freies Deutschland" auf. Das löste in diesem Offizierslager, wo die meisten noch an einen Endsieg Hitlers glaubten, einen heftigen Protest aus und führte zu meiner völligen Isolierung, was schwer zu verkraften war. Aber ich hatte diesen nächsten Schritt hin zu einem neuen Leben in der Sorge getan, daß nun alles getan werden müsse, um zu verhindern, daß Hitler aus ganz Deutschland ein riesiges Stalingrad macht. Aber um Hitler zu stürzen und Frieden zu schließen, gab es nur noch eine Kraft: die Armee. Also mußte man auch aus der Gefangenschaft heraus alles versuchen, um sie zu einer solchen Tat zu ermutigen.

Im Frühjahr 1944 erfolgte für mich der entscheidende nächste Schritt in ein neues Leben. Ich wurde zu einem Lehrgang der Zentralen Antifa- Schule nach Krasnogorsk bei Moskau delegiert. Hier lehrten sowjetische Wissenschaftler und deutsche Emigranten und führten uns in die Theorie des Marxismus ein. Endlich füllte sich die noch von Stalingrad herrührende Leere mit Wissen um den Klassencharakter unserer Welt, um die Bewegungsgesetze unserer Gesellschaft. Ich saugte die neuen Erkenntnisse wie ein trockener Schwamm in mich auf und wurde so immer mehr zu einem überzeugten Marxisten.

Nach Beendigung des Lehrgangs, den ich nun als junger Kommunist verließ, wurde ich an den Hauptsitz des NKFD in Lunowo delegiert, wo ich sofort als studierter Journalist in die Zeitungs- und Rundfunkarbeit eingesetzt wurde. Dieses nun bis in die Heimat hineinwirkende Auftreten mit der Forderung, Hitler zu stürzen, das unter voller Nennung von Namen und Dienstgrad geschah, war dann in Deutschland Anlaß, mich - wenn auch in Abwesenheit - wegen "Landes- und Hochverrat" von einem Militärgericht zum Tode zu verurteilen. Statt meiner hielt man sich mit der "Sippenhaft" an meine Eltern, was meinen Vater in den Selbstmord trieb.

Kurz nach der Kapitulation Hitler - Deutschlands, einen Tag nach Beendigung der Potsdamer Konferenz, wurde ich plötzlich mit noch zehn weiteren Mitarbeitern des NKFD in ein Flugzeug gesetzt und nach Berlin geflogen, wo man jetzt dringend Antifaschisten brauchte, die in Presse und Rundfunk den noch von der Goebbels - Propaganda verhetzten Deutschen einen Weg in eine neue antifaschistisch - demokratische Ordnung weisen konnten.

Mein hochverehrter Lehrer von der Antifaschule in Krasnogorsk, Hermann Matern, jetzt KPD - Chef in Sachsen, holte mich gleich von Berlin nach Dresden, um dort die neue Zeitung der Partei, die "Sächsische Volkszeitung" mit zu gestalten. Auf dem sächsischen Vereinigungsparteitag von KPD und SPD zur SED wurde ich dann auf Vorschlag von Hermann Matern zum Chefredakteur der traditionsreichen "Leipziger Volkszeitung" gewählt. Mir fiel nun die verantwortungsvolle Aufgabe zu, dieses ehemalige Zentralorgan der Linken in der SPD, wo Franz Mehring und Rosa Luxemburg einmal das Sagen gehabt hatten, wieder zu neuem Leben zu erwecken. Für mich ehemaligen Wehrmachtsoffizier und blutjungen Marxisten ohne jede Parteierfahrung was das eine überaus schwierige Aufgabe, die auch nicht von allen alten Parteimitgliedern aus KPD und SPD freudig begrüßt wurde.

Aber schon nach zweijähriger erfolgreicher Arbeit in Leipzig wurde ich nach Berlin gerufen, wo ich zunächst die Chefredaktion der Wochenschau- und Dokumentarfilmproduktion der DEFA übernahm, die damals noch eine sowjetische Aktiengesellschaft war. Nach dem dort erzwungenen Ausscheiden, über das in diesem Band ausführlich berichtet wird, kam ich erst als Chef vom Dienst zu dem Berliner SED - Organ "Vorwärts" und nach dessen Zusammenlegung mit dem "Neuen Deutschland" nun zum Zentralorgan der SED, zu dem mir noch aus Moskau her bekannten, aber nicht sehr geschätzten Chefredakteur Rudolf Herrnstadt.

Als 1954 auf dem Evangelischen Kirchentag in Leipzig in einem Gespräch zwischen DDR - Präsident Wilhelm Pieck und dem Bundestagspräsidenten Dr. Ehlers von Letzterem die Akkreditierung eines Korrespondenten des "Neuen Deutschland" als Parlamentsberichterstatter zugesagt worden war, fiel die Wahl im ZK der SED auf mich, in der sich als richtig erweisenden Annahme, daß ich von den Bonner Journalisten als ehemaliger Schüler und Doktorand von Professor Emil Dovifat als einer der Ihren anerkannt werden würde. Dennoch hatte ich es als erster sozialistischer Korrespondent in Bonn nicht leicht, mich unter ständiger Überwachung von Verfassungsschutz und in - und ausländischen Geheimdiensten in einer Zeit eines sich ständig verschärfenden Kalten Krieges zu behaupten. Viele Wochen, ja Monate mußte ich aus Karlsruhe berichten, wo eine Welle von Prozessen über die Bühne ging, in der eine aus der Nazizeit völlig unbehelligte Justiz Kommunisten und bürgerliche Friedenskämpfer wegen ihres Eintretens für Einheit und gerechten Frieden zu Zuchthaus - und Gefängnisstrafen verurteilte. Nie hätte ich 1954 gedacht, daß meine Tätigkeit in Bonn einmal fünf Jahre dauern würde. Und erst nachdem für unseren jüngsten Sohn Axel nach vierjähriger Grundschule in Bonn ein weiterführender Gymnasialbesuch ausgeschlossen war, weil es dann für ihn in der DDR keinen Anschluß gegeben hätte, kam endlich meine Ablösung. Und meine Frau, unser Axel und ich waren sehr froh, die schwere Prüfung in Bonn gut gemeistert zu haben und nun endlich wieder in die DDR zurückkehren zu können.

Kapitel I

Zurück aus der Ver – Bonn – ung

Es war ein schöner Spätherbst, dieser November 1958. Wir waren noch einmal zum Petersberg gefahren und hatten in dem Hotel Kaffee getrunken, das lange Zeit Sitz der Hohen Kommissare der drei Westmächte gewesen war. Hier wurde seinerzeit auch das „Petersberger Abkommen" mit Adenauer abgeschlossen, das als Geburtsurkunde der Bundesrepublik gilt. Heute ist das Hotel das exklusive Gästehaus der Bundesregierung. Aber in jenen Tagen war das Haus für jedermann zugänglich. Nach dem Kaffee gingen wir noch einmal den auf halber Höhe des Siebengebirges verlaufenden Spazierweg. Jetzt hieß es Abschied nehmen, denn nach fünfjähriger Tätigkeit in Bonn / als Korrespondent des Zentralorgans der Sozialistischen Einheitspartei Deutschlands, dem „Neuen Deutschland", wurde ich jetzt durch den mir sehr vertrauten Harri Czepuck abgelöst. Dieser Siebengebirgsweg war uns sehr ans Herz gewachsen. An vielen Sonntag - Vormittagen war ich hier mit unserem Sohn Axel spazieren gegangen, ein Anlaß für Axel, mich immer aufzufordern, ihm Rechenaufgaben zu stellen. Er tat dies in Unkenntnis meiner auf diesem Gebiet wenig rühmlichen Fähigkeiten.

Dieser Abschiedsspaziergang gab uns Gelegenheit, über die in Bonn verlebten fünf Jahre Rückblick zu halten. Als erster sozialistischer Korrespondent in Bonn hatte ich unter der Regierung Adenauer aufregende, erlebnisreiche und aufreibende Zeiten erlebt, über die ich in meinem 1989 erschienenen Memoirenbuch ausführlich berichtet habe. Der Kalte Krieg, der zwischen den Westmächten und der Sowjetunion ausgetragen wurde, prägte auch das Verhalten der in ihrer Abhängigkeit befindlichen beiden deutschen Staaten. Viele viele Wochen meiner Bonner Zeit hatte ich in Karlsruhe zugebracht, wo eine Justiz, die die geistig - politische Nähe zu Freislers Volksgerichthof nicht leugnen konnte, immer neue Prozesse gegen jene sehr unterschiedlichen politischen Kräfte inszenierte, die damals für den von der Sowjetunion und daher auch von der DDR vorgeschlagenen Weg zu Einheit und gerechtem Frieden eintraten. Hier wurden Urteile mit Zuchthaus und Gefängnisstrafen verhängt nicht wegen irgendwelcher Straftaten, sondern wegen einer politischen Gesinnung. Offenbar wollte man in Bonn damals nicht hinter den Waldheimer Prozessen der DDR zurückstehen !

Aber Karlsruhe mit dem Höhepunkt des KPD-Verbotsprozesses war nur die eine Seite meines politischen Widerspruchs in Bonn. Empörend fand ich auch den Unwillen, sich von Hitlers "Drittem Reich" zu distanzieren und alte Nazis wie Globke, Oberländer oder Filbinger wieder in höchste Ämter zu hieven. Und in Armee, Polizei, Bundesgrenzschutz, ja im ganzen öffentlichen Dienst wurden Hitlers willige Helfer mit offenen Armen aufgenommen. Und wie man heute weiß, zahlte man sogar Kriegsverbrechern Kriegsopferrenten. Und die Bosse aus Industrie und Banken, die Hitler erst an die Macht gebracht hatten, bestimmten - trotz ihrer Verurteilung in Nürnberg - wieder maßgeblich die Bonner Politik. Namen wie Flick, Abs und Pferdmenges stehen dafür als Zeugen.

Schließlich fiel in diese meine Bonner Zeit auch die Remilitarisierung der Bundesrepublik mit ihrer Eingliederung in die NATO, verbunden mit dem Bestreben Adenauers, auch über Atomwaffen verfügen zu können. Das verhinderten dann aber damals sowohl die Westmächte, wie die sich in der Bundesrepublik bildende große Anti-Atombewegung. Die Remilitarisierung der Bundesrepublik war aber zugleich die Absage an die deutsche Einheit, wie Innenminister Heinemann in einer dramatischen Bundestagssitzung feststellte, weshalb er damals demonstrativ von seinem Amt zurücktrat.

Aber es wäre falsch, meine ganze Bonner Zeit nur unter negativem Vorzeichen zu betrachten. Ich lernte schnell in meiner Umgebung und in der gesamten Bundesrepublik zu differenzieren.

So gab es zum Beispiel auch unter meinen journalistischen Kollegen aus dem bürgerlichen Lager einige, die mit mir sehr freundschaftlich umgingen und auch Einladungen zu uns nach Oberkassel bei Bonn nicht ausschlugen. Von ihnen erhielt ich oft wichtige Tips und Informationen. Aber auch in Oberkassel, also an unserem Wohnort und in unserem Haus hatten wir mit den anderen drei Familien einen guten Kontakt. Was mich schon damals verwundert hat und mir auch heute noch unbegreiflich erscheint, ist die Tatsache, daß mich dort in Bonn keiner meiner in der Bundesrepublik oder in Westberlin lebenden Klassenkameraden einmal aufgesucht hat, um mit mir ein klärendes Gespräch zu führen. Der noch aus der Nazizeit nachwirkende und nun von Adenauer neu belebte Antikommunismus wirkte wohl auch bei ihnen. Einen besonders guten Kontakt mit Bundesbürgern bekamen wir immer während unserer Urlaube, die wir auf Anraten von Paul Verner, des für uns in Berlin im Zentralkomitee der SED zuständigen Sekretärs, fast immer in den deutschen oder österreichischen Alpen verlebten. Da es in bürgerlichen Kreisen nicht üblich ist, sich während des Kennenlernens im Urlaub zu offenbaren, kam von den deutschen Miturlaubern niemand auf die Idee, uns nach unserer Identität auszufragen. Man sah unseren Mercedes mit Bonner Kennzeichen und konnte im Gästebuch lesen, daß wir aus Oberkassel bei Bonn kamen, wo wir mit zweitem Wohnsitz auch polizeilich gemeldet waren.

Man hielt uns wegen unserer guten Kenntnisse der Bonner Szene meist für irgendeinen Ministerialbeamten und war daher in Gesprächen sehr aufgeschlossen. Das gab mir sehr gute Einblicke und Aufschlüsse über die sehr differenzierten Ansichten und Lebensweisen westdeutscher Bürger, die damals noch nicht so stark durch Fernsehen und Bildzeitung manipuliert waren. Auch das heute so penetrant wirkende Sozialprestige war zu jener Zeit noch wenig ausgeprägt. Man lebte noch nicht so anspruchsvoll wie heute. Diese Urlaubserlebnisse waren für mich als Journalist sehr aufschlußreich und wichtig und - was ich damals noch nicht wußte - für meine spätere Arbeit in der DDR äußerst bedeutungsvoll.

Paul Verner verdanke ich aber nicht nur schöne und interessante Urlaubsaufenthalte. Er hat mich auch vor einer Mitarbeit beim Ministerium für Staatssicherheit bewahrt. Als er mir meine Bestallung als ND-Korrespondent in Bonn durch das Zentralkomitee der SED mitteilte, sagte er mir: "Wie ich unsere Genossen beim MfS kenne, werden die, wenn sie von Deiner neuen Aufgabe in Bonn hören, bei Dir aufkreuzen, um Dich für sie einzuspannen. Uns liegt aber gar nichts daran, Deine Position in Bonn durch eine solche zusätzliche Aufgabe zu gefährden. Wenn sie also bei Dir anklopfen, sagst Du Ihnen höflich, Du seist natürlich für alle Erfordernisse der Partei bereit, hättest aber Order, nur Aufträge durch das Sekretariat des ZK anzunehmen. Wenn sie also wünschten, daß ich auch für sie in Bonn arbeiten solle, müßten sie sich mit diesem Ansinnen schon an das Sekretariat des ZK wenden. Und da sitze ich ja und lasse sie abfahren". Und genau wie es Paul Verner angekündigt hatte, erschienen schon zwei Tage später zwei Mitarbeiter des MfS bei mir, um mich für ihre Arbeit anzuheuern. Da ich mich so verhielt, wie Paul Verner mir empfohlen hatte, verschwanden sie wieder unverrichteter Dinge. Ich habe dann nichts weiter von ihnen gehört und konnte so völlig unbelastet in Bonn arbeiten.

Denn eine Bindung an das MfS wäre bei den Informationsmöglichkeiten und gegenseitiger Durchdringung der Geheimdienste in Bonn nicht lange verborgen geblieben und hätte mich damit erpressbar gemacht. Diese Abfuhr für das MfS war sicher der Grund, warum ich auch später dort keine gute Adresse war, so daß man mich unbehelligt ließ.

Auf unserem Abschiedsspaziergang im Siebengebirge wurde uns auch noch einmal bewußt, in welch einer liebreizenden Gegend wir fünf Jahre gelebt hatten. Welche schönen Ausflüge hatten wir häufig unternommen: an die Ahr, an die Mosel, den Rhein rauf und runter, ins Bergische Land, zum Rosenmontagszug während des Karnevals in Köln oder Mainz, zum Pützgen-

Jahrmarkt im Bergischen oder zu Konzerten oder Theateraufführungen in Düsseldorf.

Aber wir hatten als DDR-Bürger fünf Jahre lang auch teil an den Segnungen des Marshallplans und dem Erhardschen Wirtschaftswunder. Aus heutiger Sicht kann ich darum auch gut verstehen, warum damals die meisten Westdeutschen keine Lust verspürten, sich mit einer DDR zu vereinen, die durch ihre Besatzungsmacht ausgepowert wurde, weil sie sich für die Riesenschäden, die Hitlers Raubkrieg ihrem Land und ihren Leuten zugefügt hatte, nun dort entschädigt sehen wollte, wo sie die Möglichkeiten dazu hatte. Daß die DDR für die Sowjetunion und Polen damals mit ihrer wirtschaftlichen Substanz viele viele Jahre lang die Reparationen für ganz Deutschland hat zahlen müssen, das wurde und das wird leider von den Wiedervereinigten in Bonn gänzlich ignoriert. Aber wir als DDR-Bürger haben nicht vergessen, wie bei uns viele der noch intakten Fabriken und die meisten zweiten Gleise der Eisenbahn demontiert und in die Sowjetunion transportiert wurden, wo sie dann zumeist verrotteten. Das war von der Sowjetunion eine in jeder Hinsicht kurzsichtige und schädliche Politik. Ökonomisch war sie völlig uneffektiv, weil in der Sowjetunion damals die Fachleute fehlten, die demontierten Fabriken wieder aufzubauen und zu betreiben. Viel sinnvoller wäre es gewesen, die Fabriken dort zu lassen wo sie standen und wieder durch deutsche Ingenieure und Facharbeiter in Betrieb zu setzen, um die Reparationen dann aus der laufenden Produktion zu entnehmen. Aber vor allem politisch waren diese Demontagen in doppelte Hinsicht äußerst schädlich. Sie verstärkten einmal in großen Teilen der Bevölkerung den noch aus der Goebbels-Propaganda tief sitzenden Antikommunismus. Aber zweitens brachte diese Pauperisierung die Sowjetische Besatzungszone und später die DDR auf viele Jahre ins Hintertreffen gegenüber den westlichen Besatzungszonen und später der BRD, wo die USA mit dem Marshallplan den Sowjets gegenüber im Kampf um Deutschland ihre entscheidende Trumpfkarte ausspielen konnten.

Bei dieser damaligen Sachlage war es kein Wunder, daß die sowjetische Forderung nach Einheit und gerechtem Frieden nicht nur bei den Westmächten und der Bundesregierung auf strikte Ablehnung stieß. Auch die Bevölkerung handelte damals nach Bertholt Brechts Feststellung: "Erst kommt das Fressen, dann die Moral". Ähnliches haben wir ja bei der Wiedervereinigung erlebt. Getrieben von dem Wunsch, so schnell wie möglich auch so gut wie die Westdeutschen leben zu können und die DDR in eine "blühende Landschaft" verwandelt zu sehen, wie Kohl es damals versprach, wurde man blind gegenüber den Gefahren, die damit verbunden waren.

Kaum jemand in der DDR ahnte damals, wie schnell aus dem ersehnten blauen Hunderter ein Blauer Brief werden würde, der Entlassung, Betriebsstillegung, Arbeitslosigkeit und soziale Verelendung mit sich brachte.

Auf unserem Abschiedsspaziergang im Siebengebirge ließen wir aber nicht nur die Vergangenheit Revue passieren. Unsere Gedanken gingen vor allem auch in die Zukunft. Wir hatten immerhin fünf Jahre von der Entwicklung der DDR getrennt gelebt und uns nur aus der Zeitung, dem Rundfunk oder bei unseren regelmäßigen Kurzbesuchen in Berlin sehr oberflächlich über die innere Situation informieren können. Und wie und wo würde unser weiterer Einsatz erfolgen? Uns war klar, daß wir als Funktionäre der Partei nicht allein über unsere künftige Tätigkeit entscheiden könnten. Aber eine Mitsprache müßte man uns schon zubilligen. Ich war jetzt immerhin zehn ereignisreiche Jahre Mitglied der Redaktion des "Neuen Deutschland", was übrigens die heutige Redaktion völlig vergessen hat. Auch meine Frau war als Leiterin des Bonner Büros Angestellte der Redaktion. Da sie keine Journalistin war, stand für sie ein Austritt aus der Redaktion fest. Und für mich war in der Zwischenzeit eine neue unangenehme Situation entstanden. Während unserer Bonner Zeit war ein Wechsel in der Chefredaktion erfolgt. Neuer Chef war nun Hermann Axen. Und unter seiner Leitung wollte ich unter keinen

Umständen arbeiten.

Das hatte folgenden, in das Jahr 1949 zurückreichenden Grund: Durch einen Beschluß der Parteiführung der SED, der von einer Berliner Landesdelegiertenkonferenz einstimmig gebilligt worden war, wurde der für Berlin erscheinende "Vorwärts" zum 1. Januar 1950 mit dem Zentralorgan der SED, dem "Neuen Deutschland" vereinigt. Ich war damals - wie auch mein Freund Eberhard Heinrich - Redakteur beim "Vorwärts", der von dem sehr kollegialen Chefredakteur Max Keilson geleitet wurde. Durch diesen Beschluß sollten wir also jetzt von der Redaktion des "Neuen Deutschland" übernommen werden. Eberhard Heinrich und ich kannten aber aus dem engen Kontakt mit den Genossen im ND die rüde Art, mit der dort der Chefredakteur Rudolf Herrnstadt das Zepter schwang. Dem wollten wir uns nicht unterwerfen. Aber wie konnte das geschehen ?

Wir beschlossen, in das Zentralkomitee zu gehen und den dort für uns zuständigen Sekretär für Agitation, den Genossen Herrmann Axen, zu bitten, uns für eine andere Aufgabe einzusetzen. Und so handelten wir dann auch. Wir hatten aber kaum Zeit, unser Anliegen vorzutragen, als sich das Gesicht von Herrmann Axen rot färbte und er uns anschrie: "Was bildet Ihr Euch denn ein ! Meint Ihr, in unserer marxistischen Partei kann jeder tun und lassen was er will ? Es ist von der Parteiführung beschlossen, daß Ihr als Redakteure zum ND geht und dabei bleibt es !" Und nach einem kurzen Atemholen kam dann jene von mir nie vergessene Drohung:"Wenn Ihr nicht pariert - die Partei hat dann auch schon anderen die Möglichkeit gegeben, Land- oder Grubenluft zu atmen !"

Da war sie, die Androhung mit einem deutschen GULag ! Und das von einem Genossen, der Auschwitz überlebt hatte ! Wir gingen wie vor den Kopf geschlagen aus dem Haus. Daß man unser Anliegen ablehnen würde, das hätten wir noch verkraftet. Aber diese Verbannungsdrohung war ungeheuerlich. Wir waren ja schließlich einer Partei beigetreten, die Humanität und Gerechtigkeit auf ihr Banner geschrieben hatte. Wie konnte und durfte sich ein führendes Mitglied dieser Partei zu einer solchen Unmenschlichkeit hinreißen lassen ?

Damals hielten wir das noch für eine persönliche Entgleisung. Von Stalins Verbrechen ahnten wir zu jener Zeit noch nichts. Auch nicht, wie stark diese Stalinsche Diktatur auch unsere Partei prägen würde.

Das wurde uns erst deutlicher, als im Zuge der Kampagne um eine Zusammenarbeit mit dem angeblichen "amerikanischen Agenten" Noel Field im August 1950 eine große Zahl von ehemaligen West-Emigranten, die jetzt in führenden Funktionen der DDR tätig waren, von der Partei entweder strafversetzt oder sogar wie Bruno Goldhammer oder Hans Schrecker jahrelang ins Gefängnis gesteckt wurden. Als nach dem XX. Parteitag der KPdSU, auf dem Chruschtschow die blutige Diktatur Stalins offenlegte, auch diese Genossen wieder rehabilitiert wurden, war man in der Leitung der SED noch stolz darauf, daß man niemanden zu exhumieren brauchte, weil es nicht wie in der CSSR oder Ungarn in dieser von Moskau befohlenen Anti-Field-Aktion auch in der DDR Todesurteile gegeben hatte. Ich kann mich entsinnen, daß wir damals von dieser Aktion zwar geschockt worden sind, aber den Aufbau eines solchen Spionagerings angesichts der Schärfe des auf Hochtouren laufenden Kalten Krieges gegen die Sowjetunion doch auch wieder für möglich hielten.

Als mir jetzt bei unserem Abschiedsspaziergang im Siebengebirge dieser Vorgang mit Hermann Axen wieder bewußt wurde, stand mein Entschluß fest, daheim in Berlin alle Möglichkeiten auszuschöpfen, um zu verhindern, daß ich unter Axens Leitung im ND weiterarbeiten müßte. Hier in Bonn, wo ich ihm nicht täglich begegnen mußte, war er mir als Chefredakteur nicht sehr präsent gewesen. Aber der Gedanke, mit ihm und nun ausgerechnet auch noch im ND zusammenarbeiten zu müssen, war mir unerträglich. Ich bin im allgemeinen kein Mensch, der "nachtragend wie ein altindischer Elefant" ist. Aber dieses GULag-Erlebnis mit

Axen saß doch unauslöschlich in meiner Seele.

Für mich persönlich war dieses fürchterliche Erlebnis aber nicht die erste Erschütterung in meiner doch erst kurzen Parteizugehörigkeit. Denn im gleichen Jahr war ich auf eine ähnlich skandalöse Weise aus meiner Funktion als Chefredakteur der DEFA-Wochenschau "Der Augenzeuge"und als SED - Betriebsgruppenvorsitzender der DEFA in Berlin regelrecht rausgeschmissen worden.

Um meine damalige Empörung besser verstehen zu können, will ich hier den Brief zitieren, den ich sehr verzweifelt und auf seine Hilfe hoffend an den bekannten Schauspieler Gustav von Wangenheim vier Wochen nach meiner Entlassung aus der DEFA geschrieben habe. Ich kannte Gustav von Wangenheim noch aus meiner Moskauer Zeit beim "Nationalkomitee Freies Deutschland". Und in jüngster Zeit hatte ich in meiner Funktion als SED-Betriebsgruppenvorsitzender von ihm große Unterstützung erhalten. Er saß allerdings nicht wie ich in Berlin, sondern in Babelsberg, wo er als Schauspieler beschäftigt war. Mein damaliger Brief hatte folgenden Wortlaut:

Babelsberg, den 10.VI. 49
Rudolf-Breitscheidstr. 212

Lieber Genosse von Wangenheim !

Sicherlich wird auch in Deine Abgelegenheit bereits die Kunde gedrungen sein, von dem, was sich hier inzwischen ereignet hat. Und da ich nicht weiß, aus welchen Quellen Du über die "Affäre Dengler" orientiert worden bist (ob aus denen der Direktion oder aus denen der westlizensierten Presse - die gar nicht merkwürdigerweise identisch sind !), möchte ich Dir eine kurze sachliche Darstellung der Ereignisse übersenden und Dir den derzeitigen Stand der Dinge mitteilen. Ich tue das aus doppeltem Anlaß: einmal, weil Ihr als Produktionsgruppe mit einem großen Teil unse-

rer guten Genossen das Recht habt, zu erfahren, was sich hier in Berlin abspielt und ein andermal, weil Du Mitglied der DEFA-Kommission der Partei bist, die sich ja wohl am Ende mit den von der PKK (Parteikontroll-Kommission) zur Zeit durchgeführten Ermittlungen und den Konsequenzen der Untersuchung auseinandersetzen wird.

Nun kurz zum Ablauf der Ereignisse: am 16.V. wurde ich am frühen Nachmittag mitten aus der Arbeit heraus zu Klering gerufen. Als ich dort eintraf, mußte ich noch eine Weile warten, dann kam Maetzig aus Klerings Zimmer, ging an mir vorbei, ohne mich zu begrüßen und mit einem Gesicht, als ob ich für ihn Luft sei. Als ich Klerings Zimmer betrat, waren dort Klering und der Genosse Brandt anwesend. Klering erhob sich und legte mir mit theatralischer Gestik ein Schreiben vor und erklärte, er habe die traurige Aufgabe, mir meine Entlassung und meine sofortige Beurlaubung mitzuteilen. Als ich das Schreiben durchgelesen hatte, in dem auch nichts weiter stand, als daß mir zum 31.V. mit Wirkung vom 30. V. gekündigt sei, daß ich alle Unterlagen, mein Dienstauto usw. sofort abzugeben hätte, fragte ich Klering, ob ihm bekannt sei, daß ich durch einen Beschluß des Politbüros der Partei in meine jetzige Stellung berufen worden sei und ich infolgedessen auch nur durch einen Beschluß des Politbüros wieder abberufen werden könne, antwortete Klering, er erfülle nur den Auftrag der Partei.

Ich fragte ihn dann, welche Begründung er, die DEFA oder die Partei zu meiner Entlassung zu geben hätten. Darauf antwortete mir Klering, er sei nicht befugt, mir darüber Auskunft zu geben. Ich solle mich deswegen an den Genossen Anton Ackermann oder die Personalabteilung der Partei wenden. Ich ging daraufhin sofort zum ZK, konnte aber am gleichen Tage Ackermann nicht erreichen, da das ganze Politbüro für zwei Tage beim Landesverband Thüringen in Erfurt war. Als ich nach zwei Tagen Ackermann wenigstens telefonisch erreichte, ließ er mir sagen, er habe mit der ganzen Angelegenheit nichts zu tun, ich solle mich an die Personalabteilung wenden. (Er wußte also offenbar, um was es sich handelte, wollte sich aber wohl von dem Vorgang aus irgendwelchen Gründen distanzieren). Phillip Daub von der Personalabteilung erklärte mir mehrmals, er wisse gar nichts, er müsse sich erst erkundigen.

Darauf wurde mir die Sache zu bunt und ich ging zu Hermann Matern und trug ihm den Fall vor. Interessant war, daß schon am 17. V. im westberliner "Abend" eine Meldung stand, daß ich vom ZK "wegen politischer Unzuverlässigkeit" abberufen worden sei. Während am folgenden Tage Dena, DpD und Rias "aus gut unterrichteten Quellen, die der DEFA sehr nahestehen", melden konnten, ich hätte in gehobener Stimmung abfällige Äußerungen über sowjetische Offiziere gemacht und sei deswegen sofort abgesetzt worden. "Ich könne doch wohl nicht aus meiner alten deutschen Hauptmannsuniform heraus". (Die Tonart kenne ich bereits von einem Vorstandsmitglied der DEFA. So kommt wenigstens ans Tageslicht, von wem die westberliner Presse immer so gut über DEFA-Vorgänge unterrichtet wird !) Hermann Matern als PKK-Chef und auch Hans Jendretzky haben beide die Angelegenheit jetzt in die Hand genommen und wollen sie zum Ausgangspunkt einer ernsthaften Untersuchung über die in der DEFA herrschenden Zustände machen. Hans Jendretzky hat schriftlich Einspruch beim ZK gegen meine Entlassung im Namen des Landesvorstandes Berlin erhoben, denn ich war ja schließlich nicht nur Chefredakteur sondern auch SED - Betriebsgruppenvorsitzender. Aber dem Landesvorstand Berlin hat man ebenso wenig Mitteilung über meine Entlassung noch über die Gründe gemacht, wie mir selber, so daß der Landesvorstand Berlin erst nach Tagen durch mich von diesem Vorgang orientiert worden ist.

Den Grund meiner Entlassung oder sagen wir genauer den Vorwand kann ich Dir leider auch heute noch nicht mitteilen. ich weiß ihn leider bis heute nicht - und inzwischen sind immerhin vier Wochen vergangen !

Aber nach allem, was ich jetzt durch Matern erfahren ha-

be, handelt es sich um eine Aktion, die von Klering in Zusammenarbeit mit und über Simowski (sowjetischer Zensuroffizier d.Verf.) gestartet worden ist. Mit Klering hatte ich ja letztlich ziemlich starke und heftige Auseinandersetzungen, weil er einfach nichts arbeitet, und mit Simowski gab es eine ganze Reihe sachlicher Auseinandersetzungen, bei denen mir Axen als Vertreter des ZK schließlich immer Recht gegeben hat, so daß Simowski klein beigeben mußte. Ob man nun daraus eine "antisowjetische Einstellung" erdichtet hat, weiß ich nicht.

Im übrigen halte ich eine Diskussion darüber für sinnlos, denn wie ich zur Sowjetunion stehe, das habe ich in allen meinen Reden, Handlungen, Vorträgen usw. in den vier Jahren zur Genüge bewiesen und dafür gibt es auch genügend andere sowjetische Offiziere, die mir das bestätigen können. Aber das heißt natürlich nicht, daß ich alles, was Simowski für richtig hält, auch für richtig halte.

Und ich werde in meiner Skepsis noch bestärkt durch meine Teilnahme an der letzten Zensurbesprechung, die Generaloberst Korolow leitete und wo dieser sowohl den Film "Rotation" wie den fertigen Hennecke-Kurzfilm als politisch untragbar abgelehnt hat und dies sehr gut marxistisch begründete. Aber beide Filme sind ja schließlich doch von Simowski zensiert und genehmigt worden ! Dasselbe gilt von dem ebenfalls als politisch unmöglich abgelehnten Jugendfilm "Jugend in Gefahr", der ebenfalls vorher als Drehbuch zensiert und freigegeben worden ist. Ich glaube daher, daß eine gewisse Skepsis meinerseits durchaus angebracht ist. Aber so etwas als "antisowjetische Einstellung" auszulegen, hieße jede politische Arbeit von vornherein unsinnig zu machen.

Denn leider weiß heute niemand ein Allheilmittel zur Durchsetzung unserer politischen Ziele, wir müssen uns das alles erst erarbeiten und durch die Erfahrungen bestätigen lassen.

Leider ist inzwischen aus der Wochenschau noch ein anderer guter und junger Genosse von Klering gegangen worden und der letzte Genosse in der Redaktion sieht sich bereits nach einer neuen Stellung um, damit ihm nicht dasselbe Schicksal wie uns blüht, so daß der "Augenzeuge" bereits heute wieder die alte erotikgeschwängerte, kleinbürgerliche "Marionade" (nach der Künstlerischen Leiterin Dr. Marion Keller, der einstigen Frau von Maetzig d. Verf.) ist, die sie vordem zum Entsetzen der ganzen Partei war. Aber bei der DEFA und ihren Direktoren ist diese Machart offensichtlich beliebter. Na, Dir brauche ich darüber ja wohl keine Lektion zu halten ! Allerdings werde ich mich mit einer so kalten Abfertigung über die Normannenstraße (Sitz der Sowjetischen Administration d. Verf.) nicht abfinden und wenn Klering denkt, daß er mit seinen sowjetischen Freunden jedes Ding so drehen kann, wie er will, dann irrt er sich. Ich selber mache angeblich auf Anraten Materns gar nichts, da er mir versprochen hat, die Angelegenheit in Ordnung zu bringen. Ich habe aber auch ebenso unmißverständlich erklärt, daß ich unter gar keinen Umständen noch einmal in die DEFA zurückkehre, wenn in der Leitung nicht ein grundsätzlicher Wandel erfolgt. Sonst passiert mir in vier Wochen noch einmal eine solche Geschichte. Und dafür sind mir meine Nerven und meine Arbeitskraft wirklich zu schade.

Mit herzlichen Grüßen auch an Inge und alle anderen Genossen der Produktionsgruppe

Dein Gerhard Dengler

Nun sind inzwischen bald 50 Jahre vergangen und ich kann immer noch nicht exakt nachweisen, was damals wirklich zu meinem Rausschmiß bei der DEFA geführt hat. Selbst mein mir so freundlich gesonnener Lehrer von der Zentralen Antifaschule in Krasnogorsk und damaliger Vorsitzender der Zentralen Partei-Kontrollkommission, Hermann Matern, ließ mir nur mitteilen, ich hätte mir nichts vorzuwerfen, könne aber nicht zur DEFA zurückkehren. Ich würde aber, um meine politische Integrität zu dokumentieren, wieder als Redakteur in die Parteipresse zurückkehren und solle mich deshalb bei Max Keilson, dem Chefredakteur des "Vorwärts" melden, der informiert sei.

Diese völlig ungewöhnliche Zurückhaltung aller führenden Genossen im ZK läßt aber nur den Schluß zu, daß dieser Schuß damals gegen mich von sowjetischer Seite abgefeuert wurde. Dazu muß man wissen, daß die DEFA zu jener Zeit noch ein SAG-Betrieb war (Sowjetische Aktiengesellschaft). Sie hatte daher in der Leitung auch Sowjetbürger, meist ehemalige Offiziere, so den Leningrader Regisseur Trauberg und auch den von mir schon erwähnten Zensuroffizier Simowski.

Rückblickend meine ich aber heute, doch die treibenden Kräfte und ihre Beweggründe damals entschlüsseln zu können. Besonders aufschlußreich dafür ist der Hinweis damals in den westberliner Medien, "ich hätte in gehobener Stimmung abfällige Äußerungen über sowjetische Offiziere gemacht", eine Meldung, die "aus gut unterrichteten Quellen, die der DEFA nahestehen" stammen sollte.

Was war damals geschehen, das mich heute zu der Überzeugung veranlaßt, folgender Vorfall sei der Grund meiner Entlassung gewesen ? Der sowjetische Regisseur Trauberg war plötzlich an einem Herzinfarkt gestorben. In der Direktion der DEFA herrschte große Bestürzung. Über die näheren Umstände herrschte Schweigen. Aber zu mir als dem zuständigen SED-Betriebsgruppenvorsitzenden kam schon an einem der nächsten Tage ein Genosse der Kriminalpolizei. Er meinte, es sei ihm zwar peinlich, aber er müsse mich in meiner Parteifunktion wohl doch über den Tod Traubergs informieren. Trauberg sei keineswegs "in den Sielen der Arbeit" gestorben, wie es die DEFA-Direktion zu verbreiten versuchte, sondern hätte vielmehr bei einer der Orgien, die häufig in Klerings Wohnung stattfanden, und zwar während des Koitus mit einer Prostituierten den Herzinfarkt erlitten. Große Mengen Alkohol und intensiver Sex hätten ihn wohl überfordert. Nun wurde mir das Herumeiern der DEFA-Direktion klar. Als daher bei der Trauerfeier im Deutschen Theater seine Hingabe an die Filmarbeit in höchsten Tönen gewürdigt und als Todesursache benannt wurde, mußte ich sehr an mich halten, um angesichts des wirklichen Hergangs nicht loszulachen.

Ich vermute heute, daß ich bei meinem ziemlich gespannten Verhältnis zu den damaligen DEFA-Direktoren Klering und Maetzig dummer- und unvorsichtigerweise diese peinliche Trauberg-Affaire nicht für mich behalten und zumindest den beiden jungen Genossen mitgeteilt habe, die mit mir in der Redaktion der Wochenschau arbeiteten. Darum hat man sicher auch sie beide entlassen. Wahrscheinlich geriet diese interne Information in einen größeren Kreis und kam so der DEFA-Direktion zu Ohren. Da dieser Tod Traubergs aber vor allem die sowjetischen Offiziere in der DEFA schwer belastete, haben sie darauf gedrungen, mich als Mitwisser und künftigen Aufpasser so schnell wie möglich loszuwerden. Dieser Hergang erklärt auch, warum alle Genossen im ZK nichts mit der Sache zu tun haben wollten.

Dieses Ärgernis aus den ersten wilden Nachkriegsjahren mit einigen Sowjetbürgern lag nun schon über zehn Jahre zurück. Inzwischen hatte ich jetzt in Bonn mit den hier anwesenden sowjetischen Journalisten und Diplomaten ein so enges herzliches Verhältnis, wie es besser nicht hätte sein können. Unsere "Troika", meine Freundschaft mit dem Korrespondenten der "Prawda", Pawel Naumow, und dem polnischen Vertreter der "Tribuna Ludu", Marian Podkowinski, die auch unsere Familien mit einbezogen hatte, hält bis heute, wo es beiden in ihren Ländern angesichts der radikalen Veränderungen physisch und psychisch sehr schlecht geht. Für unsere freundschaftlichen Beziehungen in Bonn zu allen dort arbeitenden Sowjetbürgern war charakteristisch, daß uns die sowjetische Botschaft am Vorabend unserer Abreise einen überaus herzlichen Empfang gab, mit dem sie sich für meine bescheidene Hilfe bedanken wollte, die ich ihnen bei ihrem wirklich sehr schweren Anfang in Bonn als "Alteingessener" hatte leisten können.

Als wir am nächsten Tag gerade nach Berlin abfahren wollten, reichte uns der Presseattaché der Botschaft noch eine Flasche Krimsekt in unser Auto mit den Worten: "Sobald ihr wieder sozialistischen Boden unter den Füßen habt, trinkt ihn auf unsere Freundschaft !" Auf einer Raststätte kurz vor Magdeburg ließen wir dann auch wirklich den Korken knallen und gedachten dabei der zurückgelassenen guten Freunde.

Ehe ich dieses Kapitel schließe, muß ich noch eine Frage beantworten, die mir nach der Einverleibung der DDR in die BRD in Diskussionen, vor allem nach der Vorführung des über mich und meinen Schul- und Studienfreund Hans Borgelt gedrehten Fernseh-Dokumentarfilm "Es begann in Eberswalde" (auf den später noch eingegangen werden wird) häufig gestellt worden ist. Immer wieder wurde ich gefragt: "Warum sind Sie damals eigentlich nicht in Westdeutschland geblieben"?

Dazu muß ich ganz ehrlich sagen, daß mir ein solcher Gedanke während der ganzen fünf Jahre in Bonn niemals gekommen ist. Ich fühlte mich dort nie zu Hause.

Ich war ja nach Stalingrad bewußt in mein zweites Leben eingetreten und hatte mit meinem bisherigen gut-bürgerlichen Leben gebrochen, um eine neue, eine bessere, humanere, gerechtere und vor allem antifaschistisch-demokratische Ordnung aufzubauen. Hier in Westdeutschland, wo die alte bürgerliche Gesellschaft wieder Auferstehung feierte und wo man unter Adenauer und Globke keinerlei Anzeichen wahrnahm, mit der Hitler-Ära konsequent abzurechnen - so wie das heute mit der DDR und ihren loyalen Bürgern geschieht -, da war für meine Frau und mich kein Platz. Daß diese Möglichkeit bestanden hätte, wurde mir erst kurz nach meiner Rückkehr aus Bonn bewußt, als der nach mir nach Bonn beorderte Korrespondent des ADN (Allgemeiner Deutscher Nachrichtendienst), Erich Böhm, der auch an ihn ergangenen Aufforderung, nach Berlin zurückzukehren, nicht Folge leistete, sondern in Bonn um politisches Asyl bat. Im Gegensatz zu mir, war Erich Böhm ein Altkommunist, der als ehemaliger Spartakuskämpfer gleich nach Kriegsende zunächst als Bürgermeister im Berliner Stadtbezirk Tiergarten eingesetzt worden war. Erst nach der von den Westmächten erzwungenen Separierung Westberlins war Erich Böhm in den Sowjetsektor gekommen und hatte dort eine Tätigkeit als Redakteur beim ADN zugewiesen bekommen.

Meine Frau und ich hatten zur Familie Böhm in Bonn von Anfang an kein gutes Verhältnis. Ich schob das damals auf Böhms Frau, die zunächst in Berlin als Sprecherin bei der DEFA-Wochenschau "Der Augenzeuge" tätig gewesen war. Als ich dort die Chefredaktion übernahm und mir einige alte Wochenschauen vorführen ließ, fiel mir ihre scharfe Stimme unangenehm auf, und - ohne sie persönlich zu kennen - veranlaßte ich damals die Beendung dieser Zusammenarbeit. Diesen Vorgang bekam ich von ihr schon bei unserem ersten Zusammentreffen in Bonn gleich "unter die Nase gerieben". Das empfand ich sofort als eine gewisse Kampfansage und führte das frostige Klima zur Familie Böhm zunächst darauf zurück. Während ich mich bei wichtigen Ereignissen in Bonn immer mit meinen Freunden Pawel Naumow und Marian Podkowinski beriet und wir so in allen drei Zentralorganen unserer Parteien fast immer miteinander abgestimmte Berichte veröffentlichen konnten, kam es mit Erich Böhm nur sehr selten zu solchen politischen Konsultationen. Statt zu mir, suchte Erich Böhm von Anfang an einen engen Kontakt zu den westlichen Presseagenturen, vor allem zu DPA.

Über dieses gestörte Verhältnis beklagte ich mich häufig bei meinen regelmäßigen Besuchen in Berlin, ohne daß man dort eine Veränderung bewirkte. Als eines Tages in einer der Baracken, in denen damals noch die meisten Pressevertreter untergebracht waren, Feuer ausbrach, war auch das Büro des Pressevertreters der KPD in Bonn, Anton Preckel, gefährdet. Er besaß ein ganz ausgezeichnetes Archiv, von dem alle Korrespondenten aus sozialistischen Ländern regen Gebrauch machten. Um dieses Archiv vor dem Feuer zu retten, warf es Anton Preckel aus dem Fenster. Anstatt nun Anton Preckel bei der Rettung seines Archivs zu helfen, bemühte sich Erich Böhm bei der DPA um die Bergung ihres Inventars. Da ich selber mein Büro vorsichtshalber nicht in diesen vom Verfassungsschutz observierten Pressebaracken hatte, sondern in Bad Godesberg, erfuhr ich von diesen Vorgängen erst durch den empörten Anton Preckel. Ich hielt dieses Verhalten von Erich Böhm für so parteischädigend, daß ich davon das ZK in Berlin schriftlich informierte.

Als nun zu Hause das Asylersuchen Erich Böhms und seine Weigerung nach Berlin zurückzukehren bekannt wurden, verlangte Erich Mielke vom MfS eine Überprüfung aller Auslandskorrespondenten, darunter auch meiner Person. Ich war darüber empört. Schließlich hatte ich oft genug auf das nichtparteimäßige Verhalten Erich Böhms hingewiesen und nun zum Schluß auch noch schriftlich. Ich ging also zu meinem alten Freund und Lehrer Hermann Matern und beschwerte mich über diese geplante Überprüfung. Als Chef der Partei-Kontrollkommission mußte er sich sowieso mit dem "Fall Erich Böhm" beschäftigen. Als ich ihm auch von meinem schriftlichen Bericht Mitteilung machte, den er noch nicht kannte, sagte er mir zu, sich in diese Überprüfungsaktion des MfS einzuschalten. Mein Brief an das ZK wurde schließlich im Panzerschrank von Albert Norden gefunden, wo er ohne jede Konsequenz abgelegt worden war. Meine Überprüfung wurde daraufhin durch Hermann Matern unterbunden.

Wie ich später erfuhr, hatte man offenbar eine Inanspruch-
nahme von Erich Böhm durch das MfS nicht wie bei mir durch
Paul Verner unterbunden. Daher wurde mein Bericht auch zunächst ad acta gelegt. Erst als das Kind in den Brunnen gefallen
war, als Böhm offenbar in Bonn enttarnt, erpreßt und dann "um-
gedreht" worden war, erlangte mein Bericht entsprechende Bedeutung. Ich selber war sehr froh, solchen Anfechtungen nie ausgesetzt gewesen zu sein, sondern völlig unbelastet und unbehelligt
aus der schwierigen Mission in Bonn zurückkehren zu können.

Kapitel II

Wie auf den Mond geschossen

In Berlin kehrten wir zunächst in die uns nach unserer Kommandierung nach Bonn zugewiesene Behelfswohnung in der Klement-Gottwald-Allee in Weißensee zurück. Das von uns vor der Bonner Zeit in Zeuthen im Kreis Königswusterhausen bewohnte Haus auf einem am Zeuthener See gelegenes wunderschönes Wassergrundstück, hatten wir damals aus Kostengründen geräumt. Die Wohnung in Weißensee war wirklich nur als Notlösung gedacht und von uns daher auch nur notdürftig möbliert worden. Ein Zimmer diente ausschließlich als Möbellager und bewohnbar waren eigentlich nur ein Wohn- und Schlafzimmer. Für unsere meist nur ein- oder zweitägigen Besuche in Berlin zur Berichterstattung und zum Geldempfang - Überweisungen waren zur damaligen Zeit weder möglich noch aus Sicherheitsgründen erwünscht - reichte diese Übernachtungsmöglichkeit in Weißensee auch völlig aus. Um aber die Wohnung während unserer Abwesenheit nicht leer stehen zu lassen, hatten wir in ihr eine Genossin Kaiser aufgenommen, die in Hagenow in Mecklenburg vorher Vorsitzende des Demokratischen Frauenbundes gewesen war und die nun in Berlin eine neue Betätigung aufnehmen wollte.

Als wir nun aus Bonn in diese Wohnung zurückkehrten, merkten wir nach einigen Nächten, daß es in unserem Schlafzimmer stark nach Zigarettenrauch roch. Als wir daraufhin das Zimmer gründlich untersuchten, entdeckten wir bald in der Lücke zwischen unseren Betten lauter ausgedrückte Zigarettenstummel. Da wir beide aber nicht rauchten und auch Frau Kaiser Nichtraucherin war, konnten wir uns diese Entdeckung zunächst nicht erklären. Die Lösung dieses Rätsels erhielten wir dann aber sehr schnell von dem Gemüsehändler, der seinen kleinen Laden unten im gleichen Haus hatte. Er berichtete uns, daß Frau Kaiser offenbar sehr häufig Besuch von Genossen der nahegelegenen SED -

Bezirksparteischule empfangen habe, die dann dort in unseren Betten ihr Liebesleben genossen hatten. Frau Kaiser war inzwischen unauffindbar verschwunden und nur die Zigarettenstummel zeugten noch vom genossenen Sex der Genossen !

Nach meinem in Bonn gefassten festen Entschluß, auf keinen Fall in das nun von Hermann Axen geleitete "Neue Deutschland" zurückzukehren, beschloß ich jetzt, zunächst erst einmal in das Zentralkomitee zu gehen, um dort mein Anliegen vorzutragen. Dort war inzwischen eine dafür günstige Situation entstanden: die für mich dort zuständige Abteilung Agitation und Propaganda wurde jetzt von meinem alten Freund aus der Dresdener Zeit bei der "Sächsischen Volkszeitung" von 1945, dem Genossen Horst Sindermann geleitet. Ihm konnte ich ganz offen mein Erlebnis mit Hermann Axen erzählen. Und er hatte auch volles Verständnis für meine Aversion gegen Hermann Axen. Er hatte auch sofort eine mich begeisternde Lösung parat: Durch das Hinüberwechseln von Karl-Eduard von Schnitzler als Chefkommentator des "Deutschlandsenders" zum Fernsehfunk sei diese Stelle dort jetzt frei und ich nach meiner langjährigen Bonner Zeit eine ideale Besetzung, da dieser Sender ja hauptsächlich nach Westdeutschland wirken solle.

Mit dieser festen Zusage in der Tasche ging ich nun frohgemut in die Redaktion des "Neuen Deutschland", um mich dort bei Hermann Axen zurück- und gleichzeitig abzumelden. Ich hatte dabei den Eindruck, daß Axen diese Lösung sehr zusagte. Offenbar war ihm an einem engeren Kontakt zu mir auch nichts gelegen. Auch später, vor allem nach dem XX. Parteitag der KPdSU mit Chruschtschows Enthüllungen über die blutige Diktatur Stalins, als Hermann Axen im Politbüro und im Zentralkomitee der SED für Internationale Fragen und damit auch für uns am "Institut für internationale Beziehungen" in Babelsberg zuständig war, wo ich damals arbeitete, war er mir gegenüber immer übertrieben freundlich, so, als wolle er unseren früheren Zusammenstoß vergessen lassen.

Nachdem ich mich beim Deutschlandsender als neuer Mitarbeiter gemeldet hatte, ging sofort die Suche nach einer annehmbaren Wohnung los. Durch die Hilfe der SED-Kreisleitung Köpenick, die damals von Hans Modrow geleitet wurde, bekam ich sehr schnell eine sehr schöne Wohnung in der Steffelbauerstraße in einem Haus, das vor dem Kriege von leitenden Ingenieuren des Kabelwerkes Oberspree bewohnt worden war. Das Haus lag sehr schön genau gegenüber der Wuhlheide und ganz dicht an meiner neuen Arbeitsstätte, dem Staatlichen Rundfunkkomitee der DDR in der Nalepastraße, wo die Sender für die DDR, der Deutschlandsender und Radio Berlin International vereinigt waren.

Beim Deutschlandsender kam ich in ein schon festgefügtes Kollektiv. Anscheinend hatten dort schon andere Ambitionen auf den von Schnitzler geräumten Platz gehabt und waren daher nicht sehr begeistert, nun mich dort plaziert zu sehen. Ich mußte in der Folge schon einige Kraft aufwenden, um mit meinen Kommentaren auf den Sender gelassen zu werden.

Im März 1959 wurde im ZK der SED der Plan geboren, zu versuchen, ein Streitgespräch zwischen dem NDR in Hamburg und unserem Deutschlandsender über die Frage eines Friedensvertrages mit Deutschland in Gang zu bringen.

Ich nutzte damals meine noch aus der Bonner Zeit stammenden Beziehungen, um diesen Plan zu verwirklichen. Die Runde kam dann auch wirklich Anfang April in Hamburg zustande. In dem recht vornehmen Hamburger Restaurant "Die Insel" saßen dann von DDR-Seite Karl-Eduard von Schnitzler, Heinz Geggel, Arne Rehahn und ich einem illustren Kreis westdeutscher Journalisten gegenüber, zu denen vor allem Rudolf Augstein vom "Spiegel" und Gräfin Dönhoff von der Zeitschrift "Die Zeit" gehörten.

Es wurde ein langes, heftiges aber doch faires Streitgespräch, an dessen Ende vereinbart wurde, die Aufzeichnung entweder von beiden Sendern gleichzeitig oder anderenfalls gar nicht zu senden.

Als ich von diesem Unternehmen recht zufrieden wieder beim Deutschlandsender in Berlin eintraf, wurde mir mitgeteilt, ich solle sofort in das ZK der SED zum Genossen Albert Norden kommen. Ich nahm an, daß man dort wissen wollte, wie das Gespräch in Hamburg verlaufen sei und ob man es senden könne. Als ich dann Albert Norden gegenübersaß, fragte er mit keinem Wort nach dem Hamburger Gespräch. Er berichtete mir dagegen von einem Beschluß des Politbüros, die Arbeit des Nationalrats, diesem Leitungsorgan der Nationalen Front, auf breitere Basis zu stellen und dafür das Büro des Präsidiums völlig neu zu besetzen.

An die Stelle des Leiters des Büros und Vizepräsidenten Hans Seigewasser, eines alten sehr bewährten Antifaschisten, sollte der sehr viel jüngere Horst Brasch treten, der in der englischen Emigration Mitbegründer der Freien Deutschen Jugend und des Weltbundes der Demokratischen Jugend, dann Bildungsminister im Land Brandenburg und Mitglied des Zentralrats der FDJ gewesen war. Auch der bisher für die Arbeit nach Westdeutschland und mit Westdeutschen im Büro des Präsidiums des Nationalrats tätige alte Kommunist Walter Vesper solle ersetzt werden, um dieser viel zu konspirativ ausgerichteten Tätigkeit eine breite massenpolitische Basis zu geben. Nach diesem mich sehr befremdenden Ausführungen, von denen ich nicht wußte, was mich das anging, sah mich Albert Norden sehr herausfordernd an und fragte mich dann:"Was würdest Du dazu sagen, wenn Du von jetzt an diese Arbeit von Walter Vesper übernehmen, zum Stellvertretenden Vorsitzenden des Büros des Präsidiums gewählt und diese notwendige Umstellung der Westarbeit vornehmen würdest ?"

Ich war wie vor den Kopf geschlagen. Mir war, als hätte Albert Norden gesagt: "Was hältst Du davon, wenn Du morgen nach Baikonur fliegst und von dort auf den Mond geschossen wirst ?" Plötzlich sollte ich den von mir geliebten Beruf eines Journalisten aufgeben, sollte eine mir völlig fremde Tätigkeit in einer Massenorganisation aufnehmen, deren Arbeit offenbar bisher sehr unbefriedigend gewesen war und nun mit ganz neuen

Aufgaben betraut werden sollte. Nachdem ich meinen Schreck etwas überwunden und meinen klaren Kopf wiedergefunden hatte, sagte ich zu Norden: "Ehrlich gesagt, davon würde ich gar nichts halten!" Darauf Albert Norden: "Vielleicht erleichtert es Deinen Entschluß, wenn ich Dir sage, daß das vorgestern aber geradeso im Politbüro beschlossen worden ist". Um das etwas abzumildern fügte er hinzu: "Als diese Frage behandelt wurde, habe ich erst einige andere Genossen vorgeschlagen. Aber die wurden von Walter Ulbricht alle abgelehnt. Zum Schluß habe ich Deinen Namen genannt und da hat Walter Ulbricht sofort gesagt: "Sehr gut ! Genau den brauchen wir jetzt dort !" Diese Überrumpelung geschah also nach der Art: Sag mal Ja und hinterher sag ich Dir, wozu Du Ja gesagt hast ! Für diese Art von Kaderpolitik war ich gar keine Ausnahme. Ohne Rücksicht auf persönliche Interessen, berufliche Ambitionen und intellektuelle Neigungen wurde so von den führenden Genossen des ZK nur nach deren Vorstellungen und ihrem politischen Anliegen über Menschen entschieden.

Nach meinen früheren Erfahrungen mit Hermann Axen war mir nun aber auch bewußt, daß es mir schlecht bekommen würde, wenn ich mich jetzt diesem Beschluß nicht fügen würde. So mußte ich also Abschied nehmen vom Journalismus, der mir nicht nur Beruf, sondern - wie es einst mein Vater für ein erfolgreiches Tun gefordert hatte - auch zugleich mein Hobby gewesen war. Dieser Wechsel hatte für mich auch eine sehr fühlbare finanzielle Einbuße zur Folge. Während ich beim Rundfunk einen sehr gut dotierten Einzelvertrag hatte, bekam ich jetzt wegen der damals noch sehr schlecht bezahlten Arbeit in Massenorganisationen plötzlich 800,00 Mark weniger. Ich zog also mit hängendem Kopf zum Rundfunk, verkündete dort den ohne mein Zutun beschlossenen Wechsel, packte meine "Sieben Sachen" und mußte anschließend meiner Familie klarmachen, was geschehen war. Und das in der gerade bezogenen neuen schönen Wohnung, die wir ja gerade wegen ihrer großen Nähe zum Rundfunk ausgewählt hatten.

Der Nationalrat war aber in der Stadtmitte am Thälmannplatz im Gebäude des ehemaligen Goebbelschen Reichspropaganda-Ministeriums untergebracht, in den Teilen, die der Krieg übriggelassen hatte. Das war also für mich in Zukunft ein weiter Weg von Köpenick aus. Bei dieser gleich nach meiner Rückkehr von dem "Schuß auf den Mond" bei Albert Norden angestellten Überlegung wußte ich natürlich noch nicht, daß dieses Problem mit meiner Arbeitsaufnahme beim Nationalrat keine große Rolle mehr spielen würde.

Denn dort stand mir sofort ein personengebundenes Auto mit Fahrer zur Verfügung, was meinen Stellenwechsel doch etwas erleichterte.

Natürlich beschäftigte mich in den Tagen vor meiner Einführung in meine neue Funktion vor allem die Frage, was nun im Nationalrat auf mich zukommen würde. Meine Kenntnisse über die Nationale Front stammten noch aus der Zeit vor meiner Bonner Tätigkeit. Das erste Mal, so erinnerte ich mich jetzt, war ich als Redakteur des "Neuen Deutschland" mit der 1949 auf dem 3. Deutschen Volkskongreß gegründeten Nationalen Front in Berührung gekommen, als Ende August 1950 auf dem I. Deutschen Nationalkongreß nicht nur der Kampf für Frieden und demokratische Einheit vor allem durch die Teilnahme von über 1000 Delegierten aus Westdeutschland starke neue Impulse bekam, sondern dort auch das "Wahlprogramm der Nationalen Front des Demokratischen Deutschland" für die Volkswahlen am 15. Oktober beschlossen wurde. Zum ersten Mal kandidierten die Parteien nicht getrennt, sondern auf einer gemeinsamen Liste. Das wurde damals nicht nur in der DDR als sensationell betrachtet. Damals war ich an der publizistischen Vorbereitung und Berichterstattung maßgeblich beteiligt.

Und an dieser damals aus der Taufe gehobenen Methode, daß die Nationale Front Träger der Wahlen in der DDR wurde, hat sich bis zum Ende der DDR nichts geändert. Jetzt, da ich ein leitender Funktionär der Nationalen Front werden sollte, wurde mir auf einmal bewußt, daß ich in Zukunft auch mit dieser Aufgabe sehr intensiv konfrontiert sein würde. Eine weitere Aufgabe der Nationalen Front als breite patriotische Volksbewegung für Einheit und gerechten Frieden und zur Gewinnung der Bürger für die Mitgestaltung bei der Schaffung einer neuen sozialistischen Gesellschaftsordnung wurde mir bewußt, als ich mich an meinen seinerzeit in großer Aufmachung im "Neuen Deutschland" erschienen Artikel "Eine Lektion des Parteilosen Friedrich Bauer" erinnerte. Mein damaliger Chefredakteur Rudolf Herrnstadt interessierte und engagierte sich damals besonders für das Wachsen und Erstarken der Nationalen Front als einer möglichst alle Bürger umfassenden und erfassenden demokratischen Massenbewegung, mit deren Hilfe und Initiative sowohl die großen nationalen Probleme wie auch der schnellere Neuaufbau gelöst werden sollten.

Ein sehr kritischer Artikel in der "Täglichen Rundschau" über Mängel in der Arbeit des Landesausschusses Sachsen der Nationalen Front war für Herrnstadt Anlaß, mich nach Leipzig zu schicken, wo ich mich noch aus meiner Zeit als Chefredakteur der "Leipziger Volkszeitung" gut auskannte um dort gezielt nach Beispielen über das falsche Verhalten von Funktionären der SED gegenüber Parteilosen zu fahnden.

In dem parteilosen Leiter eines Aufklärungslokals der Nationalen Front - so etwas gab es damals in allen Orten - dem Leipziger Rentner Friedrich Bauer, fand ich schnell für meinen Auftrag das typische Beispiel. Mein kritischer Artikel über das Fehlverhalten von SED-Funktionären paßte damals ganz in die Linie von Herrnstadt, der in eigenen oder von ihm initiierten Artikeln das oft bornierte, überhebliche, ständig kommandierende Verhalten von vielen SED-Funktionären scharf geißelte. Es ist aber schon fast eine Ironie, daß Herrnstadt in seiner eigenen Leitungstätigkeit in der Redaktion des "Neuen Deutschland" mit den gleichen Eigenschaften regierte.

Das war ja - wie ich schon im I. Kapitel dargelegt habe - gerade der Grund für den Versuch von Eberhard Heinrich und mir bei Hermann Axen, einer Unterstellung unter seine Herrschaft zu entgehen.

In meinem Memoirenband "Zwei Leben in einem", in dem ich diesen Vorgang schon erwähnt habe, kennzeichne ich diese scharfe Kritik von Herrnstadt an vielen SED-Funktionären noch als "Fehler", "weil dadurch die führende Rolle der Partei gemindert wurde". Heute, zehn Jahre später und ohne Rücksicht auf eine Zensur durch die Partei, muß ich aber einräumen, daß diese Charakterisierung Herrnstadts leider bis zum Ende der SED für viele leitende Kader der SED typisch war. Das betraf vor allem das ZK der SED und seine vielen Mitarbeiter. In meiner Zeit beim Nationalrat wie auch später am Institut für Internationale Beziehungen bin ich vor allem bei den für mich zuständigen Abteilungsleitern des ZK immer wieder auf diese schreckliche Überheblichkeit, Besserwisserei, Arroganz und das Ignorieren von Fakten gestoßen. Das so absolut falsche und völlig undemokratische Lied "Die Partei, die Partei, die hat immer recht" wurde von den ZK-Funktionären vor allem auf sich selbst bezogen, denn als Mitarbeiter des ZK fühlten sie sich als "die Partei"! Diese Loslösung von der Wirklichkeit und damit auch von den Massen, die vor allem unter Erich Honnecker immer schrecklichere Ausmaße annahm, war mitbestimmend für das schnelle Ende der SED und leider auch der DDR.

Aber zurück zu meiner Kommandierung in den Nationalrat: Am 8. April 1959 tagte unter Vorsitz des Präsidenten, Prof. Dr. Erich Correns, das Präsidium des Nationalrats. Dort sprach Albert Norden, das für die Nationale Front im Politbüro zuständige Mitglied, über die neuen großen Aufgaben der Nationalen Front und begründete damit die Notwendigkeit, die Struktur der leitenden Organe der Nationalen Front diesen neuen Aufgaben anzupassen.

Das Präsidium wählte daraufhin Horst Brasch und Hans Seigewasser zu Vizepräsidenten des Nationalrats und bestätigte Horst Brasch als Vorsitzenden des Büros des Präsidiums. Kurz darauf wurde ich als Stellvertreter von Horst Brasch und Mitglied des Präsidiums kooptiert.

Während Hans Seigewasser diese Ablösung von der praktischen Leitung des Nationalrats recht gefaßt aufnahm und ja auch bald durch die Übernahme der Leitung des Staatssekretariats für Kirchenfragen entschädigt wurde, traf Walter Vesper die Entfernung aus seiner Stellung als Sekretär für Westdeutschland sehr hart. Ja, wenn ich noch ein alter KPD - Funktionär oder noch besser früher Mitglied des Roten - Frontkämpferbundes gewesen wäre wie er selber, dann hätte er diesen Wechsel vielleicht doch etwas besser verdaut.

Aber von einem ehemaligen Offizier der Wehrmacht und Abkömmling der Bourgeoisie abgelöst zu werden, das war für ihn zu viel. Aber gerade dieses für ihn so typische Sektierertum hatte ja seine Ablösung bewirkt. Auf eine ähnlich motivierte Distanz stieß ich später im Büro des Präsidiums auch bei dem Altkommunisten Fritz Otto, der dort für Kader-und Finanzfragen zuständig war.

In Horst Brasch, als dessen Stellvertreter ich nun fungierte, traf ich auf einen sehr gebildeten, sehr sachlichen und jeder Intrige abholden Genossen. Er war mir von Anfang an mit seiner viel größeren politischen und organisatorischen Erfahrung ein sehr hilfreicher Berater. Und so entstand zwischen uns und unseren Familien im Laufe der Zeit ein echtes freundschaftliches Verhältnis.

Das war für mich um so wichtiger, weil ich mich ja jetzt in meinem Verhalten und politischem Auftreten völlig umstellen mußte. Als Journalist hatte ich bisher in der Politik eine eher passive Rolle gespielt. Ich hatte immer über das geschrieben, was ein Politiker gesagt oder getan hatte, mußte also über andere berichten und trat daher hinter dem von mir Wiedergegebenen zurück.

Jetzt wurde nicht nur über mich und meine Äußerungen berichtet, jetzt wurden meine Aussagen auch ganz anders gewichtet. Was ich jetzt von mir gab, galt fortan nicht mehr als meine persönliche Meinung, sondern als Wertung des Nationalrats und damit der großen Massenbewegung Nationale Front. Daher war vor jedem Auftreten eine Absprache mit Horst Brasch oder eine Abstimmung im Büro des Präsidiums notwendig. Manchmal war aber auch eine Rücksprache im ZK der SED erforderlich. Diese nun wirksame politisch - ideologische Bremse fiel mir im Anfang als Journalist und bei einer mir angeborenen Freimütigkeit besonders schwer.

Auch äußerlich gab es in dem neuen beruflichen Dasein große Veränderungen: Ich bezog in dem ehemaligen Goebbelsbau ein Riesenzimmer mit einer mir bis dahin ungewohnten vornehmen Ausstattung. Das entsprach aber voll und ganz den Ansprüchen, die später, als ich auch noch zum Zweiten Vizepräsidenten des Nationalrats gewählt worden war, bei Aussprachen mit hochgestellten politischen Persönlichkeiten der BRD oder dem Ausland an diese Funktion gestellt wurden. In meiner im Vorzimmer residierenden langjährigen Sekretärin, Irmchen Brink, hatte ich in solchen Fällen auch einen hervorragenden Protokollchef. Das mir zugeteilte personengebundene Auto, mit dem ehemaligen Jagdflieger Erich Witt als zuverlässigem Fahrer, das ich anfangs als einen gewissen Luxus empfunden hatte, wurde immer mehr zu einer dringenden Notwendigkeit, je häufiger ich mit der sich rasch ausweitenden Arbeit mit Westdeutschen in alle Bezirke der DDR fahren mußte. Später, in meiner Funktion als einer der beiden Vizepräsidenten des Nationalrats, wurde mir auch noch ein Persönlicher Referent zugebilligt. In Klaus Lenk, den ich in hartem Ringen dem Zentralrat der FDJ entlocken konnte, fand ich dafür eine für mich ideale Besetzung und große Hilfe. Er konnte später noch mit einer Doktorarbeit über Robert Schumann promovieren und schuf nach der Wiedervereinigung in Zusammenarbeit mit der Volkssolidarität den "Reise-Club für Senioren", den er mit immer neuen Initiativen zu ungeahnter Blüte entwickeln konnte.

Aber zurück zum Anfang meiner Tätigkeit beim Nationalrat. Als Präsident fungierte damals der parteilose Wissenschaftler
Professor Dr. Erich Correnz. Er war ein auch international anerkannter Chemiker, der das für die Textilindustrie der DDR bedeu-
tende Faserforschungsinstitut in Teltow leitete. Mit der politischen
Funktion als Präsident des Nationalrates konnte er allerdings weniger souverän umgehen als mit der des Chemikers. Aber in Horst
Brillowski, seinem Persönlichen Referenten, hatte er einen klu-
gen, politisch versierten und taktvollen Mitarbeiter zur Seite, der
seine Funktion als Reden-Verfasser wie als Protokollchef hervorragend meisterte.

Im Büro des Präsidiums waren alle im Demokratischen
Block vereinten Parteien mit einem eigenen Sekretär vertreten.
Die CDU hatte in Günther Grewe, die LDPD in Gerhard Lindner,
die Demokratische Bauernpartei in Herbert Eichhorn und die
NDPD in Manfred Flegel ihren Vertreter im Büro. Sie alle waren
kluge und auch persönlich sehr angenehme Repräsentanten ihrer
Parteien, deren Funktion vor allem darin bestand, die Politik und
die Beschlüsse des Büros über ihre Parteien an die von diesen
repräsentierten Schichten der Bevölkerung heranzutragen und sie
zur Mitarbeit sowohl für die Durchsetzung der nationalen Forderungen wie für die weitere Entwicklung der DDR zu gewinnen.
Im Büro saß dann noch der schon erwähnte Fritz Otto und für die
Agitation zeichnete der Genosse Heinz H. Schmidt verantwortlich.

In ihm lernte ich einen überaus sympathischen kommunistischen Intellektuellen kennen, der große Schwierigkeiten hatte,
mit dem oft sehr engstirnigen Verhalten führender Genossen zu-
recht zu kommen. Er hatte in der Zeit seiner englischen Emigration eine führende Rolle bei der Wahrnehmung der politischen und
materiellen Interessen der deutschen Emigranten gespielt. Nach
seiner Rückkehr nach Deutschland war er schon bald mit den Genossen im ZK der SED kollidiert, war daraufhin - wie Hermann
Axen mir und Eberhard Heinrich angedroht hatte - zum " Land-

luftatmen " nach Mecklenburg, in eine der sich dort gerade bildenden Landwirtschaftlichen Produktionsgenossenschaften verbannt worden, kehrte aber doch als hervorragender Journalist bald wieder nach Berlin zurück. Aber als Chefredakteur des in der DDR sehr beliebten "Magazins", das wegen der in jeder Ausgabe obligat veröffentlichten Aktfotos oft nur unter dem Ladentisch zu erhalten war, kam er schon bald wieder wegen eines nicht sehr schmeichelhaften Bildes von Walter Ulbricht erneut in Misskredit, und wurde als Chefredakteur abgelöst und als Abteilungsleiter für Agitation in das Büro des Nationalrats versetzt. Diese häufigen Kollisionen mit den Genossen im ZK der SED veranlaßten ihn immer wieder zu der sarkastischen Feststellung : "Ein guter Kommunist hat viele Beulen im Helm, einige davon stammen auch vom Gegner!" Diese Erkenntnis stammte aber nicht nur aus Schmidts Parteierfahrung, sondern viele Genossen konnten dieser Feststellung zustimmen. Auch mein Parteileben hat mir viele "Beulen im Helm" eingebracht!

Ich selber fand zu Heinz H. Schmidt, meinem ebenfalls aus dem Journalismus verbannten Kollegen, sehr bald einen freundschaftlichen Kontakt, der sich auch schnell auf unsere Familien ausdehnte. Später wurde Heinz. H. Schmidt der sehr geachtete und vor allem auch im Ausland überall geschätzte Vorsitzende des DDR - Solidaritätskomitees. Durch hohe staatliche Zuschüsse und ein starkes Solidaritätsaufkommen der Bürger in den Betrieben und Einrichtungen verfügte dieses Komitee über große finanzielle Mittel, mit denen vor allem viele Befreiungsbewegungen in aller Welt unterstützt wurden.

Die von der Pinochet - Diktatur verfolgten Chilenen können darüber noch heute ein Loblied singen.

Ich hatte meine Arbeit im Nationalrat erst richtig aufgenommen und war gerade dabei, geeignete Mitarbeiter für meine Westabteilung zu finden, als ich mit Brachialgewalt in diese neue Arbeit hineingestoßen wurde. Anfang Mai 1959 sollte in Genf eine Außenministerkonferenz der vier Siegermächte stattfinden.

Als völliges Novum sollten an ihr auch je eine Regierungsdelegation der DDR wie der BRD teilnehmen. Nach Auffassung der Sowjetunion wie der DDR sollten bei diesen Verhandlungen die grundlegenden Fragen einer deutschen Friedensregelung entsprechend den sowjetischen Vorschlägen vom November 1958 und vom Januar 1959 im Mittelpunkt stehen. Entsprechend einem Beschluß der Volkskammer sollte die DDR- Delegation diese Gelegenheit nutzen, die weitere Militarisierung der BRD insbesondere die von Adenauer angestrebte atomare Bewaffnung anzuprangern, um dadurch die dahinter stehenden revanchistischen Kräfte zu zügeln. Eine solche Zielsetzung lag auch ganz im Interesse der westdeutschen Friedens- und Antiatombewegung. Um diese Übereinstimmung mit der DDR in Genf sichtbar zu machen, sollten alle Anstrengungen unternommen werden, möglichst viele und vor allem führende Repräsentanten dieser Friedens- und Antiatombewegung nach Genf kommen zu lassen, um dort zum Ausdruck zu bringen, daß die Sowjetunion und die DDR gerade auch im Lebensinteresse aller friedliebenden westdeutschen Bürger handele. Alle Parteien und Massenorganisationen wurden aufgefordert, ihre Verbindungen zu westdeutschen Friedensanhängern zu nutzen, um möglichst prominente Persönlichkeiten aus Westdeutschland nach Genf zu bringen. Ich selber hatte noch aus meiner Bonner Zeit als ND-Korrespondent zahlreiche Verbindungen zu zahlreichen Repräsentanten der westdeutschen Friedens- und Antiatombewegung, die ich jetzt wieder reaktivierte. Ich bekam auch den Auftrag von der Partei, in meiner neuen Funktion als für Westdeutschland zuständiger Sekretär des Nationalrates diese jetzt in der DDR einsetzende Aktivität zu koordinieren. Die in den Parteien und Massenorganisationen mit dieser Arbeit Beauftragten bildeten in der Folge die Mitglieder der beim Nationalrat gebildeten Westkommission.

Ich selber ahnte damals nicht, daß diese Aktivierung der westdeutschen Friedenskräfte für die nächsten Jahre zu einer meiner Hauptaufgaben werden würde.

Mit Beginn der Konferenz wurde festgelegt, daß auch ich mit der Regierungsdelegation nach Genf reisen sollte, um an Ort und Stelle das Zusammentreffen der westdeutschen Persönlichkeiten mit unserer Delegation zu organisieren. Zusammen mit zahlreichen DDR-Journalisten und Arne Rehahn, dem Pressesprecher unserer Delegation, flogen wir in einer zweiten Sondermaschine nach Genf. Schon im Flugzeug wurden wir mit sonst in der DDR unbekannten Köstlichkeiten verwöhnt. In Genf selber waren wir in einem sehr guten Hotel untergebracht, nur unser Tagegeld war nicht sehr üppig.

Daher war ich froh, daß ich mit Hilfe meines alten Bonner Freundes Pawel Naumow, der als Berichterstatter der "Prawda" aus Moskau angereist war, mit in das große und sehr preiswerte Selbstbedienungs-Restaurant des ehemaligen Völkerbundpalastes genommen wurde, der jetzt der europäische Sitz der Vereinten Nationen und zugleich Tagungsort dieser Vier-Mächte-Konferenz war.

Unsere Regierungs-Delegation wurde von Außenminister Lothar Bolz geleitet, der in der DDR zugleich Vorsitzender der NDPD war und den ich noch aus meiner Zeit beim Nationalkomitee Freies Deutschland in Moskau kannte. Ihr gehörten weiter der Staatssekretär im Außenministerium Otto Winzer an, der als Vertrauensmann und Mitglied des ZK der SED das eigentliche Sagen in der Delegation hatte. Weitere Mitglieder waren Heinrich Toeplitz, Mitglied der CDU und Staatssekretär im Justizministerium - später wurde er Präsident des Obersten Gerichts der DDR - und außerdem noch Peter Florin als Vorsitzender des Auswärtigen Ausschusses der Volkskammer der DDR. Er war später der erste Botschafter der DDR bei den Vereinten Nationen in New York und präsidierte dort zweimal die UN-Vollversammlung.

Die BRD-Delegation leitete im Konferenzsaal der Leiter der Rechtsabteilung im Bonner Auswärtigen Amt, Wilhelm Grewe, da Außenminister Heinrich von Brentano, der natürlich in Genf anwesend war, es vermeiden wollte, mit der DDR-

Delegation zusammenzutreffen. Das wurde von den meisten der
sehr zahlreich nach Genf angereisten Journalisten als sehr albern
gekennzeichnet. Die beiden deutschen Delegationen hatten einen
völlig gleichberechtigten Status und sie erhielten gleiche Möglichkeiten, ihre Standpunkte im Konferenzsaal darzulegen. Sie
nahmen an gesonderten Tischen Platz, die an dem runden Tisch
der Vier-Mächte standen. Man nannte sie daher bei den Auslands-
journalisten spöttisch "Katzentische".

Während die DDR-Delegation gemeinsam mit der der
Sowjetunion alles unternahm, um den Abschluß eines Friedensvertrages und damit im Zusammenhang auch die Westberlin-
Frage einer Lösung zuzuführen, hatten die Westmächte in Genf
ein Verhandlungspaket geschnürt - nach dem USA-Außenminister
"Herter-Plan" genannt-, das die schrittweise Beseitigung der DDR
und die Eingliederung eines wiedervereinigten Deutschland in die
NATO zum Inhalt hatte, wobei der UdSSR "Sicherheitsgarantien"
angeboten wurden. Damals waren wir über diesen "Herter Plan"
entrüstet und unsere Delegation wies ihn als völlig unakzeptabel
zurück. Und heute, vierzig Jahre später, ist nun genau dieser Plan
zur Wirklichkeit geworden. Niemand von uns hätte das damals je
für möglich gehalten.

Ich nahm natürlich an dem Geschehen im Konferenzsaal
lebhaftesten Anteil. Aber mein Dasein in Genf hatte ja einen ganz
anderen Zweck. Ich sollte doch die Repräsentanten der westdeutschen Friedensbewegung in Empfang nehmen und mit unserer
Delegation in Verbindung bringen. Bei meinen täglichen Telefo-
naten mit Berlin erfuhr ich, wer wann nach Genf kommen würde.

Neben zahlreichen Mitgliedern der KPD kamen aber auch
wirklich viele prominente bürgerliche Friedenskämpfer wie Karl
Graf von Westphalen vom "Deutschen Club", Prof. Dr. Gerstacker
von der "Deutschen Begegnung", Oberbürgermeister a.D.Elfes
aus Essen, Pfarrer Essen aus Duisburg, Frau Prof. Clara-Maria
Faßbinder aus Bonn, Prof. Dr. Dr. Karl Saller vom "Deutschen
Kulturtag" aus München, Prof. Schneider aus Würzburg, der

Schriftsteller Johannes Tralow aus München und viele andere, deren Namen ich heute nicht mehr weiß. Leider mußte Pastor Niemöller aus Krankheitsgründen kurzfristig absagen. Da eine größere Zahl dieser Persönlichkeiten gleichzeitig in Genf eintrafen, beauftragte mich Außenminister Bolz, nach der Aussprache mit ihnen am Abend einen Empfang in einem guten Restaurant zu organisieren. Da er wie ich auch ein Gourmet war, ließ ich die günstige Gelegenheit, auf Staatskosten ein opulentes Mahl einzunehmen, natürlich nicht ungenutzt.

Leider ließen meine dienstlichen Obliegenheiten nur wenig Möglichkeiten, das schöne Wetter zu größeren Wanderungen oder auch zum baden im Genfer See zu nutzen. Aber ich war doch auf ebenso interessante wie angenehme Weise sehr schnell aus meinem bisherigen Journalistendasein in das eines politischen Funktionärs hinübergewechselt, war also "weich auf dem Mond gelandet"!

Kapitel III

Verantwortlich für die Westarbeit des Nationalrats

Durch häufige und oft sehr intensive Konsultationen mit Professor Albert Norden als dem für den Nationalrat zuständigen und für die Arbeit nach Westdeutschland und mit Westdeutschen im Politbüro Verantwortlichen bekam ich die für mich wichtigsten Orientierungen, wie nun meine neue Arbeit organisiert werden mußte. Nordens spezielle Kenntnisse über Westdeutschland wurden damals noch dadurch intensiviert, daß er zu dieser Zeit auch noch Leiter des halbstaatlichen "Ausschusses für Deutsche Einheit" war. Klar war von Anfang an: Kontakte mit Regierungsvertretern oder hochrangigen Parteioberen blieben dem Politbüro oder der Regierung vorbehalten. Es sollte nicht Aufgabe der Westarbeit des Nationalrats sein, selber Politik zu machen, sondern die Politik des Politbüros und der Regierung durch eine breite Öffentlichkeitsarbeit zu unterstützen. Und während sich die Westkommision des Politbüros vor allem auf die westdeutsche Arbeiterklasse und hier insbesondere auf die KPD/DKP und mit Hilfe von FDGB und FDJ auch auf den DGB und seine Einzelgewerkschaften konzentrierte, sollten durch die Westkommission des Nationalrats vor allem bürgerliche und kleinbürgerliche Kreise für die Forderung nach Einheit und gerechtem Frieden gewonnen werden. Dazu war die intensive Mitarbeit der anderen Blockparteien unerläßlich. Aus diesem Grunde wurde als erste Maßnahme die Westkommission des Nationalrats gebildet, zu der je ein Vertreter der CDU, der LDPD, der NDPD und der Bauernpartei gehörten. Hinzu kamen die Vertreter der Massenorganisation wie des DFD, des Kulturbundes, aber auch des FDGB und der FDJ, die gleichzeitig wie ich selber auch Mitglieder der Westkommission des Politbüros waren.

Schnell mußte ich feststellen, daß die Blockparteien diese Arbeit offenbar sehr ernst nahmen, denn sie entsandten in diese Kommission sehr gut qualifizierte Mitarbeiter. Aber die Möglichkeiten dieser Parteien waren im Hinblick auf Kontakte zu Westdeutschen sehr unterschiedlich. Während die CDU und die LDPD in der westdeutschen CDU und FDP schon aus der ersten Nachkriegs-Gründerzeit doch zahlreiche gesprächsbereite Partner fanden - vor allem aus der Reihe der sogenannten "Hinterbänkler", die im Bundestag fast nie Gelegenheit bekamen, sich politisch zu profilieren-, war für die NDPD es sehr schwer, zu Kreisen ehemaliger Wehrmachtsangehörigen oder kleinen PGs Kontakte aufzubauen. Und die Demokratische Bauernpartei hatte im westdeutschen Bauernverband einen an politischen Gesprächen kaum interessierten Partner. CDU und LDPD hingegen konnten häufig Gäste aus den westdeutschen Partnerparteien auf ihren Parteitagen oder Konferenzen begrüßen oder waren auch selber Gäste auf deren Parteitagen in der BRD. Und selbst wenn keine offiziellen Einladungen vorlagen, entsandten CDU und LDPD Mitarbeiter ihrer Zeitungen als Berichterstatter, so daß sie immer im Bilde waren, welche Stimmungen und Meinungen in ihren jeweiligen Partnerparteien anzutreffen waren und wer sie vertrat. Dabei muß man berücksichtigen, daß z.B. die FDP im Gegensatz zu heute, damals unter ihrem Vorsitzenden Thomas Dehler, der ein ausgesprochener Gegner von Adenauer und seiner CDU war, eine wirklich liberale und demokratische Partei war. Noch aus meiner Bonner Zeit wußte ich, daß es nicht nur Dehler und Heinemann im Bundestag waren, die der Adenauerschen Gier nach Atomwaffen energischen Widerstand entgegensetzten.

Aber unser Streben nach Gesprächen und Kontakten mit westdeutschen politischen Persönlichkeiten war nur eine Seite unserer Arbeit und nicht einmal die umfangreichste. Unser Hauptaugenmerk galt vor allem den vielen westdeutschen Besuchern, die damals bei noch offener Grenze sehr zahlreich in die DDR zu ihren Verwandten oder Freunden aus den verschiedensten Anlässen wie Weihnachten, Ostern, Pfingsten oder zu Jugendweihen kamen oder als Gäste die Leipziger Messe, die Ostsee-Woche oder andere Veranstaltungen besuchten.

Als eine Art Public Relation-Institution entwickelten wir vielfältige Methoden, um die durch oder in die DDR einreisenden Bürger der BRD über unsere Politik, aber auch über den gesellschaftlichen Neuaufbau bei uns zu informieren. In der damaligen Zeit des Kalten Krieges, in der die gegenseitigen Verleumdungen hoch im Kurs standen, waren die Kenntnisse der Westdeutschen über die DDR so manipuliert, daß die unsinnigsten Vorstellungen über das wirkliche Leben in der DDR vorherrschend waren. Leider ist dieser Unwille vieler Westdeutscher, sich ein reales Bild vom Leben ihrer "Brüder und Schwester" im Osten zu verschaffen, bis heute erhalten. Selbst ein so prominenter westdeutscher Politiker wie der ehemaligen langjährigen Außenminister der BRD und Ehrenvorsitzender der FDP, Hans-Dietrich Genscher, beklagte in einem Interview in der "Super Illu" vom 30.12.1997, daß die Arroganz und Unwissenheit der Westdeutschen über den anderen Teil Deutschlands erschreckend sei. "Abgesehen von Semper-Oper, Magdeburger Dom und Wartburg scheinen viele im Westen zu meinen, daß das Gebiet der ehemaligen DDR nur aus Rüben- oder Kartoffelacker besteht".

Es ging uns also gegenüber den Westdeutschen um zweierlei: einmal galt es, sie für unsere Politik für die Einheit Deutschlands und einen gerechten Frieden mit ihm zu gewinnen. Und andererseits mußte ihnen ihre Furcht vor dieser Einheit genommen werden, sollten sie ein reales Bild von dem wirklichen gesellschaftlichen Neuaufbau in der DDR gewinnen, wo es zum mindesten gelungen war, die Menschen aus der Allmacht des Kapitals zu befreien, das Geld nicht mehr zum alleinigen Maß aller Dinge zu machen und die soziale Fürsorge sehr umfassend zu organisieren.

Die Lösung dieser Aufgabenstellung erforderte die verschiedensten Methoden. Dabei waren die wichtigsten Mittler die eigenen Bürger der DDR. Um sie für eine solche politische Aktivität zu gewinnen, waren die Agitatoren der Nationalen Front, die nicht nur aus allen Parteien und Massenorganisationen stammten, sondern auch viele Nichtorganisierte umfaßten, die wichtigsten Helfer. Sie waren nicht nur in den speziellen Aufklärungslokalen der Nationalen Front oder in Einwohnerversammlungen aktiv, sondern nutzten vor allem die Zusammenkünfte der Hausgemeinschaften, um in unserem Sinne wirksam zu werden. Daher gehörten Agitatorenschulungen zu einer unserer wichtigsten Aufgaben. Vor Feiertagen schwärmten wir in alle Bezirke der DDR aus, um solche Schulungen durchzuführen. An den Feiertagen selbst waren wir alle immer unterwegs, um persönlich an den von den Kreisausschüssen der Nationalen Front organisierten Zusammenkünften mit Westdeutschen teilzunehmen.

Ich selber hatte vor allem bei den Messen in Leipzig und bei den jährlich stattfindenden Ostsee- Wochen Großeinsatz. Vor jeder Messe in Leipzig fand eine spezielle große Agitatoren - Zusammenkunft statt, an der bis zu 600 Teilnehmer anwesend waren und auf der ich immer das Hauptreferat hielt.

Diese Zusammenkünfte wurden von der Kreisleitung der SED organisiert und daher auch von dem dafür zuständigen Sekretär für Agitation und Propaganda geleitet. Einmal passierte es, daß dieser Sekretär nach der Begrüßung der Teilnehmer mich zum Hauptreferat bat, aber ein ganz anderes Thema nannte, als es mit mir ausgemacht war. Auf meine entsetzte Frage, wie denn das, meinte er trocken, die Kreisleitung hätte diese Änderung beschlossen, aber offenbar "vergessen", mir das rechtzeitig mitzuteilen. So mußte ich während des kurzen Weges zum Rednerpodium überlegen, wie ich mit dieser Situation fertig würde. Aber meine Improvisationsgabe war damals doch ausreichend, um über eine neue Einleitung dann doch noch zu dem von mir vorbereiteten Thema zu kommen. Dieses Treffen mit den Leipziger Agitatoren war deshalb so wichtig, weil zu der Zeit die Hotelkapazität dort noch zu gering war für die vielen Gäste aus aller Welt, so daß sehr

viele noch in Privatquartieren unterkamen. Manche Leipziger Familien, die für diesen Zweck oft ihr eigenes Schlafzimmer räum-
ten, hatten mit der Zeit sogar richtige Stammgäste. Dabei wurden
sie von denen oft mit Fragen konfrontiert, die sowohl die DDR
wie die BRD betrafen, auf die sie nicht immer eine befriedigende
Antwort parat hatten. Daher war hier unsere Hilfe sehr gefragt.

Um es aber nicht nur bei dem flüchtigen gesprochenen
Wort zu belassen, haben wir eine umfangreiche Publikationstätigkeit entfaltet. Neben Schriften wie "Die DDR stellt sich vor" und
ähnlichen haben wir auch Periodika herausgegeben wie die "Visite", eine Art Reader´s Digest mit stark bebilderten Auszügen aus
Zeitungen und Zeitschriften der DDR, die bestimmte Kenntnisse
über das gesellschaftliche und politische Leben in der DDR vermittelten. Und dann gaben wir noch die "Neue-Bild-Zeitung" heraus, die außer an westdeutsche Besucher der DDR auch in den
durch die DDR nach Westdeutschland oder nach Westberlin fah-
renden Zügen verteilt wurde. Sie war ein bißchen in ihrer Aufmachung der Springerschen "Bild-Zeitung" nachgemacht, natürlich
nicht mit solchen Stories, wie sie für die "Bild-Zeitung" typisch
sind und auch ohne den dort üblichen Sex. Aber sie war doch pla-
kativ aufgemacht mit viel Bildmaterial und dicken Schlagzeilen.
Für diese beiden Publikationen gab es in der Westabteilung zwei
spezielle Redaktionen.

Aber bei der Messe gab es auch eine sehr nützliche Zusammenarbeit mit den Institutionen unseres Außenhandels. So gab
es immer am Vortag der Messe-Eröffnung eine Zusammenkunft
mit den Ausstellern der DDR, auf der ich am Vormittag über die
gegenwärtige Lage und Stimmung in der BRD referierte, während
am Nachmittag der für die BRD zuständige Stellvertretende Au-
ßenhandelsminister Heinz Behrend die kommerziellen Aufgaben
und Zielstellungen erläuterte.

Besonders interessant für mich waren bei der Leipziger Messe immer die Regierungsempfänge im Rathaus. Dort trafen sich bei für damalige Zeiten üppigem Kalten Bufett und viel Alkohol die führenden Repräsentanten der DDR mit den Spitzen der westdeutschen Wirtschaft. Ich kann mich nur noch an einen solchen Empfang erinnern, bei dem unser Minister für Schwerindustrie, der bewährte alte Kommunist Fritz Selbmann, mit einer Gruppe westdeutscher Industrieller zusammentraf.

Von ihnen kannte ich noch aus meiner Bonner Zeit den Vorsitzenden des Ostausschusses der Deutschen Wirtschaft, Otto Wolf von Amerongen, und den Chef der Alfred-Krupp-AG, Berthold Beitz. Ich hatte diese Gruppe gerade begrüßt als Fritz Selbmann hinzukam.

Schon etwas alkoholisiert griff er diese Ruhrbosse mit den Worten an: "Was seid Ihr für Schisser ! Hier seid Ihr für friedlichen Ost-Westhandel und bei Euch hindert Ihr Adenauer nicht daran, wieder gegen uns aufzurüsten !" Berthold Beitz erwiderte, den etwas angeheiterten Zustand von Fritz Selbmann einkalkulierend: "Wissen Sie Herr Selbmann, die Zeiten, wo der Kanonenkönig Krupp noch das Sagen hatte, die sind vorbei. Heute haben Kohle und Eisen in Bonn keinen dominierenden Einfluß mehr.

Da bestimmen heute die Elektrotechnik und die Chemie". Nachdem Selbmann so belehrt gegangen war, sagte Beitz:" Das ist wirklich ein erstaunlicher Mann. Was der sich als ehemaliger Ruhrkumpel an detailliertem Wissen auf dem Gebiet der Schwerindustrie angeeignet hat, würde ihn auch bei uns zu einem gesuchten Industriellen werden lassen". Mich machte dieses Lob auf Fritz Selbmann, den ich noch aus meiner ersten Zeit in Dresden 1945 / 46 gut kannte, sehr froh. Denn in Fritz Selbmann verkörperte sich ein Stück Geschichte der DDR. Als ein von den Nazis verfolgter und gequälter alter Kommunist, hatte dieser frühere Ruhrkumpel sich sofort nach seiner Befreiung aus den Klauen der Nazis dem Neuaufbau in der Sowjetischen Besatzungszone zur Verfügung gestellt. Gleichzeitig lernend und aufbauend hatte er

maßgeblichen Anteil an der Überwindung der schweren Kriegs-
schäden und am Aufbau einer volkseigenen Industrie. Die DDR,
abgeschnitten von allen früheren Rohstoff- und Energiequellen
und dem Wirtschaftsboykott Adenauers ausgesetzt, mußte bei
dem fühlbaren Mangel an Fachkräften unter ungeheuren Opfern
eine neue Industrie aufbauen, der vor allem jede schwerindustriel-
le Basis fehlte. Es war Fritz Selbmann, der den im Westen zunächst belächelten Aufbau eines Eisenhüttenkombinats in dem
dafür eigens gebauten Ort Eisenhüttenstadt in Angriff nahm. In
dem heute weltbekannten EKO wurde nun aus sowjetischem Erz
und polnischer Steinkohle der in der DDR so dringend benötigte
Stahl produziert. Wenn solche "Aktivisten der ersten Stunde" -
und ich gehöre auch dazu und habe darüber sogar eine Ehren-
Urkunde der Stadt Dresden - noch heute stolz auf das damals Ge-
leistete sind, dann sollte man das keinem übelnehmen !

Von gleichem Interesse wie diese Regierungsempfänge
waren für mich als Mitglied der Westkommission des Politbüros
damals die Teilnahme an den zu jeder Frühjahrsmesse stattfindenden "Gesamtdeutschen Arbeiterkonferenzen", die immer in dem
bekannten großen Gartenlokal "Auensee" nahe Leipzig stattfanden. Die Leipziger Messe als schützenden Vorwand für eine Reise
in die DDR nutzend, trafen hier oft mehr als hundert westdeutsche
Arbeiter, unter ihnen viele Betriebsräte und Gewerkschaftsfunkti-
onäre, mit Funktionären der DDR zusammen, vorwiegend aus der
SED und dem FDGB. Um den sicher mit im Saal sitzenden Hä-
schern des "freiheitlich- demokratischen Staates" in Bonn keine
Möglichkeit einer nachträglichen Verfolgung zu geben, traten die
westdeutschen Vertreter immer nur mit ihrem Vornamen und
Herkunftsland auf. Ihre Reden waren aber für mich sehr aufschlußreich, weil sie die oft sehr unterschiedlichen Situationen
und Stimmungen in den Betrieben widerspiegelten ebenso wie
den Wissenstand über die Wirklichkeit in der DDR. Das war vor
allem für die von uns herausgegebenen Publikationen sehr wichtig. Natürlich kam es damals sowohl in den Reden vieler DDR -

Funktionäre wie aber auch in unseren Publikationen zu einer zu jener Zeit offenbar unvermeidlichen Schönfärberei, die ihre Ursache vor allem in unserem eigenen Aufbau - Enthusiasmus hatte.

Nur in den Reden des jeweils teilnehmenden Politbüro-Mitglieds - entweder Hermann Matern oder Albert Norden - kamen auch Probleme und Schwierigkeiten unseres Aufbaus zur Sprache und hier vor allem die, die durch die Bonner Embargo - und Boykottpolitik verursacht wurden.

Während der Ostsee- Wochen, bei denen es neben der großen Demonstration der Bevölkerung des Ostsee- Bezirkes vor der Parteiführung der SED und der Regierung und einer sehr repräsentativen Ausstellung von Erzeugnissen dieser Region auch zu vielen Veranstaltungen in fast allen Küstenstädten kam, fanden dort auch immer Zusammenkünfte mit westdeutschen Besuchern und Gästen statt, die von den jeweiligen Kreisausschüssen der Nationalen Front organisiert wurden. Zu ihnen erschienen vor allem die von den Parteien und Massenorganisationen eingeladenen Westdeutschen oder Westberliner. In zwanglosem Beisammensein bei Kaffee und Kuchen wurde eine breite Palette von Problemen und Fragen diskutiert, wobei ich dort immer entweder das einleitende Referat oder das Schlußwort hielt. Über den Rundfunk wurden diese Veranstaltungen auch über den Strandfunk popularisiert, so daß meine Frau, die manchmal mitkam, immer wußte, wo ihr Mann an diesem Tag auftreten würde.

Wir als Westabteilung des Nationalrats hatten natürlich auch eigene Gäste aus Westdeutschland oder Westberlin, die die Gelegenheit gerne wahrnahmen, auf unsere Kosten ein paar schöne Tage an der Ostsee zu verleben. So kann ich mich noch an eine Gruppe von linken Studenten von der Freien Universität Westberlin erinnern, die in ihrer Mehrheit den Jungsozialisten angehörten. Ich und meine Frau, die wegen ihrer langjährigen Tätigkeit in Bonn jetzt für die Westarbeit im Demokratischen Frauenbund DFD mitverantwortlich war, wohnten mit diesen sehr interessierten und motivierten Studenten während einer Ostseewoche im

Heim des Kulturbundes Heiligendamm. An einem Abend kamen die Studenten noch auf die Idee, nach einem feucht- fröhlichen Abendessen ein Bad in der recht kühlen Ostsee zu nehmen. Da wollte ich kein Spielverderber sein und so stürzten wir uns alle im Adamskostüm in die nächtliche Ostsee.

Meine Frau ahnte die Folgen des kühlen Bades und als wir bibbernd den Fluten entstiegen, standen sie und mein Fahrer Erich Witt am Ufer mit einem Tablett mit Gläsern voll Wodka, um uns schnell innerlich aufzuwärmen. Ich hätte diese Episode sicher vergessen, wenn nicht Zwei der damaligen Teilnehmer - heute gut situierte Herren in reiferen Jahren - sich nicht gerade an diese Episode erinnert hätten, als sie nach der Wiedervereinigung, angeregt durch den Fernsehfilm "Es begann in Eberswalde" mit mir und meinem Schul- und Studienfreund Hans Borgelt (auf den später noch eingegangen wird), wieder Kontakt zu meiner Frau und mir aufgenommen hätten.

In der damaligen Zeit, wo ich mich beruflich bedingt, vor allem mit den Vorzügen des sozialistischen Aufbaus beschäftigen mußte, war ich aber auch innerlich voll im Einklang mit der politischen Führung. Die schon damals sichtbare Mängel, vor allem die Umwandlung der theoretisch behaupteten Diktatur des Proletariats in eine Diktatur der Partei und hier vor allem ihres Zentralkomitees und ihres Ersten Sekretärs, wurden bei mir dadurch eliminiert, daß gerade wir im Nationalrat in der Nationalen Front alles taten, um breiteste Volksschichten zur Mitarbeit zu gewinnen.

Unsere damalige Losung hieß darum auch "Arbeite mit, plane mit, regiere mit!" Aus heutiger Sicht muß man aber kritisch feststellen, daß diese Losung nur auf der untersten Ebene Anwendung fand, in den Hausgemeinschaften, in den Städten und Gemeinden und manchmal auch noch in den Kreisen. Darüber gab es nur noch die Befehle der SED. In den Betrieben beschränkte sich unsere Losung vor allem auf die Neuererbewegung, mit deren Hilfe die so notwendige Produktivitätssteigerung erreicht werden sollte.

Als Vizepräsident des Nationalrats gehörte ich zur Nomenklatur des Zentralkomitees, also zur DDR - Führungsschicht. Bei Kundgebungen, Paraden oder Demonstrationen stand ich mit auf der Ehrentribüne. Bei allen Empfängen der DDR oder der ausländischen Botschaften waren ich und meine Frau mit eingeladen, wir wurden bevorzugt vom Regierungskrankenhaus betreut und konnten dadurch auch jährliche Kuren in der DDR oder im befreundeten Ausland genießen und erhielten über den Journalistenverband der DDR auch immer Plätze in dem wunderschönen Internationalen Journalistenheim in Varna am Schwarzen Meer oder in sowjetischen Kurorten auf der Krim. Dieses privilegierte Dasein machte natürlich blind gegenüber den damals schon vorhandenen Mängeln und Fehlentwicklungen, die erst sehr viel später für mich immer sichtbarer, fühlbarer und zum Schluß unerträglich wurden. Hinzu kam, daß Anfang der 60er Jahre auch Walter Ulbricht als Erster Sekretär noch häufig den Rat von Sachkundigen suchte und nicht selbstherrlich regierte. So wurden Heinz Geggel als Leiter der Westkommission des Politbüros und ich als Leiter der Westkommission des Nationalrates bei bestimmten Einschätzungen von Ereignissen oder Entwicklungen in Westdeutschland von Walter Ulbricht konsultiert. In dieser Zeit gab es also bei mir eine volle Identifikation mit der Politik der Partei, zumal die Entwicklung in Westdeutschland, über die im Folgenden gesprochen werden muß, für mich immer erschreckendere Züge bekam.

Zunächst muß ich aber noch über eine Aufgabe berichten, die äußerst angenehm war. Ich erhielt eines Tages von der Partei den Auftrag, Mitglied der traditionsreichen und auch international hochgeschätzten "Deutschen Shakespeare - Gesellschaft in Weimar" zu werden, die am 23. April 1864 aus Anlaß des 300. Geburtstages dieses größten Dramatikers der Welt gegründet worden war. Dieser Auftrag hatte zwei Ursachen: einmal hielt man es für notwendig, diese älteste literarisch- wissenschaftliche Gesellschaft mit vielen prominenten Mitgliedern aus ganz Deutschland politisch zu stärken, weil im Zuge der deutschen Spaltung in Westdeutschland eine Konkurrenz - Gesellschaft entstanden war, die dort von großen Banken und Industrieunternehmen gesponsert wurde. Durch Mitglieder dieser in Düsseldorf beheimateten Gesellschaft wurde während der immer zu Shakespeares Geburtstag um den 23. April herum in Weimar stattfindenden Jahrestagungen versucht, die Weimarer Gesellschaft und durch sie auch die DDR zu diskreditieren. Die Jahrestagungen nahmen deswegen zunehmend einen politischen Charakter an. Während die Weimarer Mitglieder - fast alles Anglisten oder Literaten - sich in ihren Fachvorträgen ganz auf Shakespeare und sein Werk konzentrierten, kam es in den Diskussionsbeiträgen einiger Westdeutscher oft zu politischen Provokationen.

Da die Mitglieder der Weimarer Gesellschaft solche politischen Dispute nicht gewohnt waren, sollten Professor Friedrich - Karl Kaul als Jurist und ich als ein mit solchen Auseinandersetzungen vertrauter Politiker die DDR - Position in dieser Gesellschaft stärken.

Aber meine Betreuung mit dieser Aufgabe hatte noch einen anderen Grund. Und der lag in der Freundschaft von meiner Frau und mir mit der Familie des Präsidenten der Weimarer Shakespeare- Gesellschaft, Professor Dr. Martin Lehnert, sicher dem bedeutendsten Anglisten der DDR, der auch international nicht nur durch seine Shakespeare- Forschung, sondern auch durch seine Übersetzungen volkstümlicher englischer Dichtung des Mittelalters bekannt war. Berühmt wurden unter anderen seine "Canterbury - Erzählungen" von Geoffrey Chaucer, die einmal als ein prächtig von Werner Klemke illustrierter Band im Verlag Rütten & Loening und dann vollständig im Insel- Verlag erschienen. Diese Freundschaft war für die Partei sehr bedeutend, weil sie dadurch über mich eine gute Einflußnahme auf eine Persönlichkeit hatte, die durch ihr Auftreten auf internationalen Tagungen und Kongressen die DDR sehr wirkungsvoll repräsentieren konnte, was Professor Lehnert auch ohne mich aus persönlicher Überzeugung immer tat.

Unsere Freundschaft, die bis zum Tode des Ehepaares Lehnert andauerte, hatte recht dramatisch begonnen. Bei einem Ostsee - Urlaub hatten uns Freunde mit der Familie Lehnert bekannt gemacht. Gegenseitige Sympathie führte dazu, daß wir uns zur Fortsetzung unserer Bekanntschaft in Berlin verabredeten. Schon kurze Zeit nach unserer Rückkehr aus dem Urlaub luden uns Lehnerts zu sich nach Pankow ein. Im Laufe der Unterhaltung fragte meine Frau die Gattin von Professor Lehnert, wo sie herstamme, denn ihr höre man keinen Dialekt an, während ihr Mann den Urberliner nicht leugnen könne. Frau Lehnert antwortete, sie stamme aus der Prignitz. Meine Frau daraufhin: "Da stamme ich auch her. Wo genau ist denn ihr Geburtsort?" Frau Lehnert: "Das ist ein Dorf in der Nähe von Kyritz". Meine Frau: "Und wie heißt das Dorf"? Frau Lehnert: "Das Dorf heißt Vehlow". Meine Frau springt auf: "Vehlow? Da bin ich doch auch geboren!" Nun springt auch Frau Lehnert auf: "Ich bin die gebürtige Käte Voß!" Meine Frau: "Und ich bin Gerda Koch, die bei meinen Großeltern Thiele groß geworden ist".

Nun fallen sich beide um den Hals, Tränen kullern über ihre Wangen und beide rennen, von Rührung übermannt, aus dem Zimmer. Jetzt erfahren wir Männer, die wir dieser dramatischen Entwicklung atemlos gelauscht haben, daß Vater Voß der Leiter der Dorfschule in Vehlow gewesen war, von dem auch meine Frau im Anfang unterrichtet wurde. Da es bei fünf Kindern im Hause eines Dorfschullehrers nicht sehr üppig zuging, waren Besuche der Kinder bei dem reichen Bauern Thiele immer gern in Anspruch genommen worden. Meine Frau war damals eng mit Gisela Voß, einer der Schwestern von Frau Lehnert, befreundet, da beide sportlich sehr engagiert waren. Durch diese gemeinsame Jugend unserer Frauen erhielt unsere Freundschaft nun einen sehr engen und herzlichen Charakter. Und Martin Lehnert nutzte unsere Freundschaft auch gerne, um sich mit mir über politische Fragen zu beraten, mit denen er sowohl als Leiter des Anglistik - In-

stituts der Humboldt- Universität und zeitweiliger Dekan ihrer
Philosophischen Fakultät, wie auch als Präsident der Shakespeare
- Gesellschaft konfrontiert war. Die jährlichen Shakespeare-
Tagungen wurden von nun an für meine Frau und mich hochge-
schätzte kulturelle Höhepunkte.

Denn neben den vor allem von den Anglisten und deren
Studenten besuchten Fachvorträgen, fanden jeden Abend im
Weimarer Nationaltheater durch Bühnen der DDR oder Englands
sehr interessante Shakespeare-Aufführungen statt, die nicht nur
ein großes Erlebnis für uns waren, sondern uns auch im Laufe der
Jahre einen tiefen und sehr umfassenden Einblick in das so viel-
seitige Schaffen dieses weltgrößten Dramatikers ermöglichte.
Während dieser Shakespeare-Tagungen wohnten wir durch Vermittlung von Professor Lehnert immer mit ihnen gemeinsam in
Weimars berühmten Hotel "Elefant", wodurch wir auch mit den
anderen Mitgliedern des Präsidiums der Shakespeare-Gesellschaft
bekannt wurden. Wir gingen auch immer mit zu den feierlichen
Kranzniederlegungen an dem bekannten Shakespeare-Denkmal,
wo meist Professor Lehnert eine seiner berühmten, mit trockenem
englischen Humor gewürzten Reden hielt. Einmal animierte mich
Professor Lehnert auch dazu, anstelle des sonst üblichen Vertre-
ters des DDR-Kulturministeriums zu sprechen. Dieses Ministerium trug auch die vor allem durch die verschiedenen Theateraufführungen sicher sehr hohen Kosten dieser Jahrestagungen. Als
Verantwortlicher des Nationalrats für die Westarbeit nutzte ich
natürlich auch diese günstige Gelegenheit, um ausgewählte westdeutsche Teilnehmer zu einem Essen mit zwangloser politischer
Aussprache einzuladen. Diese Gespräche waren angesichts des
hohen wissenschaftlichen und künstlerischen Niveaus dieser Teilnehmer der Shakespeare-Tagungen immer sehr fruchtbar und verhalfen uns oft zu sehr nützlichen Kontakten.

Aber die immer engere Freundschaft mit Lehnerts hatte für
unsere Familie auch noch einen sehr nützlichen Effekt. Lehnerts
hatten auf der kleineren der beiden Inseln im schönen Teupitzer

See ein Grundstück mit einem im Laufe der Jahre immer wohnlicheren Häuschen. Da wir auch gerne außerhalb Berlins eine "Datsche" suchten, um vor allem im Sommer dem Dunst der Großstadt zu entfliehen, animierten uns Lehnerts, uns doch auch in Teupitz nach etwas Passendem umzusehen. Sie vermittelten uns die Bekanntschaft mit dem Bürgermeister dieser einst von Theodor Fontane sehr geschätzten kleinsten Stadt der DDR, der als SED-Mitglied sehr daran interessiert war, möglichst viele Genossen bei sich anzusiedeln, um dem politisch sehr anrüchigen Ort eine progressivere Aura zu verschaffen. Diesen schlechten Ruf verdankte Teupitz der auf einer Anhöhe über dem Ort gelegenen Heil- und Pflegeanstalt, die während der Nazi-Herrschaft ein Zentrum der Euthanasie gewesen war. Und viele der damaligen "Pfleger" dieser Anstalt waren Mittäter bei diesen furchtbaren Mordaktionen gewesen, wohnten jetzt meist noch im Ort und waren auf Grund ihres schlechten Gewissens keine Freunde eines antifaschistisch-demokratischen Regimes.

Zunächst vermittelte uns der Bürgermeister ein Grundstück am Ende des Teupitzer Sees gerade gegenüber von der von Lehnerts bewohnten kleinen Insel, damit wir in Lehnerts Nähe sein könnten. Aber dieses stark zum See abfallende Grundstück war völliges Ödland und ohne jede Bebauung. Die Erschließung hätte so hohe Kosten verursacht, die unsere damaligen finanziellen Möglichkeiten weit überstiegen hätten. Dann bot uns der Bürgermeister ein Objekt an, das ihm selber schon großen Ärger eingetragen hatte. Es lag an einer Bucht des Teupitzer Sees, an der noch zum Ort Teupitz gehörenden Halbinsel namens "Kohlgarten".

Diese Halbinsel war vor und auch noch in der ersten Nazizeit eine von Berliner Juden dominierte Erholungsstätte mit einer sehr schönen Villa als Mittelpunkt. Das uns jetzt dort angebotene völlig verwilderte Grundstück mit einer Größe von 2000 qm lag direkt am Wasser und besaß auch ein kleines Holzhäuschen, so wie es viele Berliner "Laubenpieper" besaßen. Vor dem Kriege

gehörte dieses Grundstück dem Berliner Obst-und Gemüsehändler Blauschuck, der im Ortsteil Johannisthal wohnte und auch dort sein Geschäft besaß. Er hatte eine Tochter und einen Sohn und benutzte im Krieg das Grundstück vor allem zum Obst- und Gemüseanbau. In den letzten Kriegstagen wurde Vater Blauschuck dann aber als noch rekrutierter Volkssturmmann ein Opfer von Hitlers "Totalem Krieg". Kurz nach Gründung der DDR wurden Mutter und Tochter republikflüchtig. Nur der Sohn Joachim blieb in
Johannistal wohnen, arbeitete aber in Westberlin, war also das, was man damals "Grenzgänger" nannte.

Diese Grenzgänger waren eine besondere Sorte von menschlichen Parasiten. Durch ihren Wohnsitz im Ostteil Berlins nutzten sie dort alle Vorteile der hier durch staatliche Subventionen lächerlich geringen Kosten für Mieten, Fahrpreise und Grundnahrungsmittel. Da sie zudem im Westteil Berlins ihr dort verdientes Geld in den Wechselstuben zu dem Schwindelkurs 1 : 6 bis 1 : 10 umtauschten, verfügten sie über große Mengen Ostgeld, mit dem sie sich fast alles leisten konnten. Das empörte uns natürlich sehr und führte im Ostteil Berlins zu nicht geringen sozialen Spannungen. Und während diese Grenzgänger alle Vorteile ihres Wohnsitzes im Osten Berlins oder der Berliner Randgebiete rücksichtslos ausnutzten und sich an den Arbeitsergebnissen der DDR - Bürger schamlos bereicherten, waren sie zugleich Träger und Mittler der in Westberlin unter den Bedingungen des Kalten Krieges heftig geschürten Hetz- und Haßkampagne gegen die DDR.

Auch Sohn Blauschuck gehörte zu diesen Feinden der DDR. Mit einer Motorrad - Gang kreuzte er häufig in Teupitz auf und randalierte auf dem elterlichen Grundstück, machte dort mit seinen Freunden gefährliche Schießübungen und nutzte das Häuschen zu wilden Saufereien und Gruppensex.

Als er trotz des heftigen Protestes der Bewohner oder Nutzer des Kohlgartens nicht mit seinem wüsten Treiben aufhörte und

dann sogar damit begann, im Ort Teupitz Verkehrsschilder umzu-
reißen und Straßenlaternen runterzuschießen,. wurde gegen ihn
vom Kreisgericht Königswusterhausen ein Ortsverbot verhängt.
Fortan konnte er also das elterliche Grundstück nicht mehr nutzen,
so daß es nun noch mehr verkam.

Natürlich wollten Bürgermeister und die Anwohner des
Kohlgartens diesen Schandfleck gerne beseitigen und drängten
uns sehr, dieses Grundstück zu übernehmen. Wir zögerten zunächst, weil uns die Rechtslage zu schwierig erschien. Nach
DDR- Recht standen der Mutter die Hälfte, den beiden Kindern je
ein Viertel des Grundstücks zu. Da Mutter und Tochter republikflüchtig waren, fielen ihre Anteile in die Treuhandschaft der Gemeinde. Aber was war mit dem Anteil des Sohnes, der jetzt seinen
Besitzanteil ja nicht mehr nutzen konnte? Da fand aber dann auf
Antrag des Bürgermeisters die zuständige Staatsanwaltschaft einen rettenden Ausweg. Auf der Grundlage des gerichtlichen Orts-
verbots für Sohn Blauschuck ordnete sie für Joachim Blauschucks
Besitzanteil einen Zwangspachtvertrag an, so daß die Gemeinde
Teupitz jetzt über das ganze Grundstück verfügen konnte und nun
mit uns einen nur von uns kündbaren Pachtvertrag abschloß. Der
Bürgermeister entschloß sich zu dieser langfristigen Lösung, weil
ihm klar war, daß bis zur Nutzung dieses Grundstücks hohe Inves-
titionen notwendig waren.

Damit hatte er vollkommen recht. Im ersten Sommer
konnten wir nur die dringendsten Arbeiten erledigen. Wir wohnten in dieser Zeit bei einer alten Frau Hohmann am Teupitzer
Markt und waren tagsüber auf dem Grundstück. Zunächst mußten
der Zaun, der Bootssteg und das Häuschen in Ordnung gebracht
werden.

Dazu war ein dauernder Kampf um entsprechende Hand-
werker nötig, die in der Gegend sehr rar waren und daher ständig
von Interessenten belagert wurden. Um ihrer sicher zu sein, holte
ich sie meist selber mit meinem Auto von zu Hause ab.

Als das Grundstück halbwegs in Ordnung und das Häuschen auch durch den Ausbau des spitzgiebligen Daches zu einem Schlafraum voll bewohnbarer war, hatte ich das Glück, von einem Berliner Schneidermeister dessen noch sehr gut erhaltenes Segelboot kaufen zu können. Es war eine auf 20 qm Segelfläche vergrößerte H- Jolle mit Gaffeltakelung, einem Mahagoni- Bootskörper und einem mit japanischem Kautschuk vergossenen Eichenstabdeck. Das war immer mein Traum gewesen: ein Grundstück mit Häuschen am See und dazu ein schönes Segelboot. Mit diesem Boot segelten wir nun natürlich auch oft zu Lehnerts, wo meine Frau mit der wiedergefundenen Jugendfreundin ein Plauderstündchen machte, während ich mit dem immer schon sehnsüchtig auf mich wartenden Sohn Norbert Lehnert über den See kreuzte und ihm dabei gleich das Segeln beibrachte. Die Berliner nannten diesen wunderschönen Teupitzer See, den sie von Berlin aus mit dem Schiff erreichen konnten, wegen der dort vor allem auf der großen Insel angesiedelten politischen und wissenschaftlichen Prominenz den "Lago di Bonzo"!

Wir hatten zu vielen dieser prominenten Datschenbewohner ein sehr freundschaftliches Verhältnis. So waren der Schriftsteller und spätere Präsident der Akademie der Künste der DDR, Willi Bredel, und seine schwedische Frau May fast unsere Nachbarn, was zu häufigem freundschaftlichen Beisammensein führte. Auch Gottfried Hamacher, der langjährige Vertreter unseres DDR-Reisebüros in Moskau, der wie ich auch aus dem Nationalkomitee Freies Deutschland kam, war einer unserer Nachbarn. Uns gegenüber an der Bucht war der international renommierte Gerichtsmediziner Professor Prokop ansässig geworden. Unsere Bekanntschaft hatte für mich einen überraschenden Beginn. Eines Sonntag-Vormittag kam Professor Prokop mit seiner Frau zu uns herübergerudert und sagte, er wolle sich doch als unser neuer Gegenüber mit uns bekannt machen. Unser Bootssteg hatte als Abschluß eine große Sitzplattform auf die wir jetzt Prokops einluden. Bei einem Glas Wein plauderten wir miteinander, als Frau

Prokop plötzlich sagte: "Wir kennen uns übrigens seit langem, Herr Dr. Dengler ! Und zwar aus Ihrer Bonner Zeit. Als Sie nach Bonn kamen und im Büro von Bundestagspräsident Dr. Ehlers wegen der von diesem Herrn Präsidenten Pieck zugesagten Akkreditierung eines ND-Korrespondenten vorsprachen, habe ich Sie empfangen. Denn damals war ich die Chefsekretärin von Herrn Dr. Ehlers. Ich habe dann auf seine Anweisung hin auch alles Notwendige eingeleitet, um Ihre Akkreditierung beim Bundestag perfekt zu machen. Damals ahnte ich natürlich nicht, daß ich einmal Professor Prokop ehelichen und später mit ihm von Bonn aus nach Ostberlin übersiedeln würde. Und nun bin ich auch wie Sie eine DDR-Bürgerin!"

Eine besondere Teupitzer Freundschaft verband uns mit der Familie Frey. Charly Frey war damals einer der Direktoren der "Interhotelkette der DDR": Sie hatten eine schöne Ferienwohnung in einer großen Villa am anderen Ende des Teupitzer Sees im Ort Schwerin, die einer alten aus Wien stammenden Frau Singer gehörte, die aber den größten Teil ihres Hauses an Freys vermietet hatte. Charly Frey erhielt aus dem Devisen - Erlös von "Interhotel" einen Teil seines Gehalts in D-Mark, was ihm einen für normale DDR- Bürger unerreichbaren Lebensstil ermöglichte. So besaß er ein mit zwei großen Volvo - Motoren ausgestattetes luxuriöses Motorboot, mit dem er uns oft zu schönen Fahrten einlud. Unvergessen vor allem nächtliche Mondscheinfahrten über den großen Teupitzer See, die meist mit einer Bowle auf der Terrasse ihres Hauses endeten.

Teupitz war für uns, unsere beiden Söhne und unsere Enkeltochter fast 30 Jahre lang eine herrliche Sommererholung, weit weg vom Mief der Großstadt. Mit der Wiedervereinigung fand diese Idylle dann ein jähes Ende. Denn sobald der Einheitsvertrag mit seiner für Millionen DDR - Bürger so verhängnisvollen Festlegung "Rückgabe vor Entschädigung" in Kraft war, pochte Sohn Blauschuck auf seine als "Erbengemeinschaft" deklarierten Besitzrechte. Von dem nun in Teupitz amtierenden CDU- Bürgermeister erhielten wir daraufhin postwendend die Kündigung unseres Pachtvertrages und einen kurzfristigen Räumungsbeschluß. Seitdem haben wir Teupitz nicht mehr wiedergesehen!

Kapitel IV

Neu im Visier: Nazis und Kriegsverbrecher in der BRD

Das Jahr 1961 brachte für mich und die von mir geleitete Westabteilung des Nationalrats eine gravierende Veränderung. Der bisher selbständige halbstaatliche "Ausschuß für Deutsche Einheit" wurde durch einen Beschluß der Partei in unsere Westabteilung eingegliedert. Das hatte sicher seinen Grund in der Person von Albert Norden, der bisher Leiter dieses Ausschusses gewesen war, sich aber jetzt ganz auf seine Tätigkeit in der Partei konzentrieren wollte. Mit dieser Eingliederung, die aber keine Auflösung diese Ausschusses bedeutete, kamen völlig neue Aufgaben auf uns zu. Denn im Wesentlichen hatte sich dieser Ausschuß darauf konzentriert, die Rückkehr alter Nazis und Kriegsverbrecher in den Bonner Staats-, Justiz- und Polizeiapparat und die Bundeswehr öffentlich und international anzuprangern. Das war und das blieb auch weiter das Lieblingsbetätigungsfeld von Albert Norden. Dabei spielte der von Adenauer wieder mit Amt und Würden ausgestattete Staatssekretär Dr. Hans Globke, der einer der Initiatoren der nazistischen Judenvernichtung war, und nun eine Schlüsselstellung im Bonner Staatsapparat einnahm, die Hauptrolle. Auf zehn internationalen Pressekonferenzen, auf denen 4000 Dokumente vorgelegt wurden, die den höchsten westdeutschen Beamten aufs schwerste belasteten, wurde dieser "Eichmann von Bonn" an den Pranger gestellt. Der Bundesregierung wurde mehrfach das Angebot unterbreitet, diese Dokumente einzusehen. Vertreter der DDR und internationale Persönlichkeiten überbrachten Fotokopien des Belastungsmaterials, Bürger der DDR, der CSSR, der Bundesrepublik und anderer Staaten erstatteten Strafanzeige und verlangten die sofortige Abberufung Globkes.

Aber Adenauer dachte garnicht daran, diesen Vertrauensmann Fricks und Himmlers, der die juristischen Grundlagen für
die Nazidiktatur mitgeschaffen hatte, abzuberufen, oder gar der
Strafverfolgung auszusetzen. So konnte Globke mit Eifer unter
Adenauer die Notstandsgesetzgebung vorantreiben und als obers-
ter Personalchef der Bundesrepublik wieder seine alten Kompli-
cen in maßgeblichen Positionen unterbringen. Durch ihn wurde
der Staatsapparat, die Justiz und die Polizei und später auch die
Bundeswehr mit aktiven Werkzeugen Hitlers und Himmlers
durchsetzt. Der "Ausschuß für Deutsche Einheit" hatte es daher zu
seiner Hauptaufgabe gemacht, diesen so in der Bundesrepublik
wiedererstandenen nazistischen Sumpf trockenzulegen.

Mit der Eingliederung in den Nationalrat kam nun diese
Aufgabenstellung auf mich und meine Westabteilung neu hinzu.
Dafür kam auch fast der gesamte sehr qualifizierte Personal-
bestand des Ausschusses zu uns in die Westabteilung, die dadurch
nun den größten Teil der Mitarbeiter des Nationalrats stellte. In
der Folgezeit wurde nun die Arbeit der Westabteilung des Nationalrats immer stärker von dieser Entlarvung der Nazis und
Kriegsverbrecher im Bonner Staatsapparat dominiert. Die vor
allem von den Mitarbeitern des "Ausschusses für Deutsche Einheit" erarbeiteten Dokumente über die Schandtaten vieler führender Bonner Beamten im Staats-, Justiz- und Polizeiapparat, in der
Diplomatie und in der Bundeswehr während der Hitler-Ära wurden meist auf großen internationalen Pressekonferenzen von Professor Albert Norden vorgestellt.

Nachdem mit der Inthronisierung von Globke im Bundes-
kanzleramt und mit dem eigens dafür geschaffenen 131er Gesetz
alle Hemmungen zur Wiederverwendung alter Nazis und schwer
belasteter Kriegsverbrecher in der BRD beseitigt waren, fand nun
die Entlarvung durch die DDR ein reiches Betätigungsfeld. Einen
Höhepunkt bildete natürlich in der Kampagne gegen Globke der
vor dem Obersten Gericht der DDR gegen ihn geführte Prozeß,
der vom 8. bis 23. Juli 1963 stattfand und für den unsere Mitarbei-

ter vom "Ausschuß für Deutsche Einheit" das Hauptbelastungsmaterial zusammengetragen hatten.

Das Auffinden dieses belastenden Materials war sehr kraft- und zeitaufwendig, denn schon im Kriege hatten die Nazis viele Personalakten ausgelagert. Diese Sisyphusarbeit wurde durch eine hilfreiche Zusammenarbeit mit der Volksrepublik Polen und der Sowjetunion erleichtert. So lagerten in der jetzt zu Polen gehörenden Marienburg umfangreiche Akten vor allem aus dem Justizapparat. Dort entdeckte unsere auf dem Gebiet der westdeutschen Justiz tätige Mitarbeiterin Annemarie Richter eines Tages zufällig die Akte des damals amtierenden Bonner "Ministers für Vertriebene, Flüchtlinge und Kriegsgeschädigte", Dr. Hans Krüger, dem Vorgänger von Herrn Lemmer. Dieser Altnazi - er hatte schon am 9. November 1923 am Hitler-Putsch gegen die Weimarer Republik teilgenommen - war nicht nur ein Nazi, sondern gehörte auch der extrem faschistischen Oberländer-Organisation "Bund Deutscher Osten" an. Unmittelbar nach Hitlers Überfall auf Polen wurde Krüger Nazi-Ortsgruppenleiter und Sonderrichter in dem okkupierten Konitz (polnisch Cuojnice). Schon in den ersten Wochen seiner Amtstätigkeit ließ er 2000 Polen umbringen, die vorher in seinem Amtsgerichtsgefängnis eingekerkert gewesen waren.

Ein überlebender Zeuge aus Cuojnice berichtete, daß Krüger der Schrecken des Gefängnisses gewesen sei. Nach jeder Visite durch Krüger im Gefängnis seien die Insassen sortiert worden und ein Teil von ihnen sei dann zur Hinrichtungsstätte in das "Tal des Todes" gefahren und dort ermordet worden.

Die Enthüllung dieser Untaten wollte Professor Norden wie gewohnt auf einer großen internationalen Pressekonferenz vornehmen. aber dazu mußte die Originalakte nach Berlin geholt werden, da Annemarie Richter nur Fotokopien mitgebracht hatte. Nach einer Rücksprache Nordens mit dem ZK der PVAP in Warschau wurde von dort die Ausleihe der Originalakte genehmigt.

Also erhielt Annemarie Richter den Auftrag, gemeinsam

mit dem Mitglied der Generalstaatsanwaltschaft Carlos Foth die Akte aus der Marienburg nach Berlin zu holen. Aber als die Beiden in der Marienburg ankamen, war die Akte verschwunden. Das Entsetzen der Beiden war entsprechend. Zum Glück - wie sich erst später herausstellte - riefen sie gleich in Warschau im ZK der PVAP an und teilten dort den neuen Tatbestand mit. Dann riefen sie mich in Berlin an und teilten mir mit, daß sie leider mit leeren Händen nach Berlin zurückkehren würden. Da alle Vorbereitungen für die Pressekonferenz abgeschlossen waren, wollte ich sie nicht gefährden und entschloß mich, Norden von der neuen Situation nicht zu informieren. Ich dachte mir, wenn er am nächsten Tag vor der Pressekonferenz davon erfährt kann er nicht mehr zurück und muß mit den Fotokopien Vorlieb nehmen. In Allerherrgottsfrühe, ich schlief noch, klingelte das Telefon. Am Apparat war Annemarie Richter und teilte mir mit, sie seien jetzt in Frankfurt/ Oder und hätten die Akte. Wie das, rief ich erstaunt? Annemarie Richter berichtet, sie sei nachts auf der Fahrt von Posen nach Frankfurt/ Oder gewesen, als sie mit hoher Geschwindigkeit ein Auto überholt und sie dann zum Anhalten gezwungen habe.

Nach einer Ausweiskontrolle hätten die polnischen Sicherheitskräfte gesagt: "Sehr gut! Euch suchen wir. Hier ist Eure Akte!" Und dann hätten sie erzählt, daß das ZK der PVAP sofort nach unserem Anruf die Sicherheit alarmiert habe, die sofort den richtigen Riecher hatte und im Hotel, in dem damals noch provisorisch die Vertretung Bonns residierte, den Archivar aus der Marienburg verhaftet hatten, der dort versuchen wollte, die für die BRD so brisante Akte der Bonner Regierung zu verkaufen - gegen Devisen natürlich ! Erst nach der Pressekonferenz habe ich dann Professor Norden die Odyssee dieser Akte berichtet. Aber auf Grund unserer Enthüllungen mußte damals Erhard seinen "Vertriebenminister" nach nur dreimonatiger Amtszeit entlassen. Aber Dr. Hans Krüger blieb weiter Mitglied der Bundestagsfraktion der CDU, juristischer Berater der Vertriebenenverbände und konnte unbehelligt seine Rechtsanwaltspraxis ausüben.

Ein ebenso von uns entlarvter Judenmörder und Ausplünderer jüdischer Vermögen war der als Staatssekretär im Bonner Ministerium für wirtschaftliche Zusammenarbeit fungierende Karl-Friedrich Vialon. Unser Mitarbeiter Norbert Podewin entdeckte mit Hilfe des sowjetischen KGB in Riga seine Akte. Daraus ging hervor, daß Vialon als Leiter der Finanzabteilung des Reichskommissariats für das Ostland in Riga tätig gewesen war. In seinem Wirkungsbereich, zu dem estnische, lettische, litauische und bjelorussische Gebiete gehörten, wurde die sogenannte "Endlösung der Judenfrage" unter Beteiligung Vialons am rigorosesten durchgeführt. Es gelang kaum einem jüdischen Bürger, mit dem Leben davonzukommen. Vialon organisierte auf das Perfekteste die Ausplünderung dieser Unglücklichen. Er sammelte das Vermögen und die Habe der Ermordeten und machte sie dem faschistischen Regime für weitere Mordtaten nutzbar. Nach unseren Enthüllungen wurde Vialon "aus gesundheitlichen Gründen" aus dem Bonner Ministerium entlassen.

Natürlich endeten nicht alle unsere Enthüllungen mit einer Entlassung der Betroffenen. Es war nur ein ganz kleiner Teil. Die Mehrzahl blieb unbehelligt in ihren Ämtern und Funktionen, vor allem die blutbefleckten Nazi- und Kriegsrichter im Bonner Justizapparat. Dort konnten sie im Zuge des Kalten Krieges ihrem Haß auf Friedenskämpfer, Atomkriegsgegner und vor allem Kommunisten wieder freien Lauf lassen.

Aber unsere Enthüllungen vor allem führender Bonner Politiker erregten doch internationales Aufsehen. So als wir nachwiesen, daß Bundespräsident Lübke am Bau von Konzentrationslagern mitgewirkt hatte, daß Bundeskanzler Georg Kiesinger als Altnazi Leiter der Auslandspropaganda in Ribbentrops Außenministerium gewesen war. In einem Weißbuch enthüllten wir die Kriegsverbrechen des Generalinspekteurs der Bundeswehr General Heinz Trettner, die Tätigkeit des Bundespräsidenten Eugen Gerstenmaier als SD-Agent P 38/546 und daß 250 leitende Polizeioffiziere Westdeutschlands frühere Gestapo- und SS-Führer gewesen waren.

Das Ausmaß der im Bonner Staat wiederverwendeten Nazi- und Kriegsverbrecher war aber dank ihrem Protektor Globke und dem von ihm initiierten 131er Gesetz allmählich so groß, daß Einzelveröffentlichungen unsere Möglichkeiten überstiegen.

So entstand auf Anregung von Albert Norden das erste "Braunbuch über Kriegs- und Naziverbrecher in der Bundesrepublik in Staat, Wirtschaft, Armee, Verwaltung, Justiz und Wissenschaft". Herausgeber waren wir als Nationalrat und das Dokumentationszentrum der Staatlichen Archivverwaltung der DDR, das in Zusammenarbeit mit vielen in- und ausländischen Archiven die Hauptarbeit dieser Schreckensbilanz trug. Im "Braunbuch" wurde aufgelistet und dokumentiert: Zu den Stützen der Hitlerdiktatur, den Wegbereitern und Nutznießern der Judenverfolgung, den Organisatoren und Kommandeuren der Überfälle auf fast alle Länder Europas, zu den überführten Mördern von Antifaschisten, Widerstandskämpfern und Deserteuren, die damals in Westdeutschland wieder tätig waren, zählten allein:

21 Minister und Staatssekretäre der Bundesrepublik
100 Generale und Admirale der Bundeswehr
828 hohe Justizbeamte, Staatsanwälte und Richter
245 leitende Beamte des Auswärtigen Amtes, der Bonner Botschaften und Konsulate
297 leitende Beamte der Polizei und des Verfassungsschutzes.

Das am 2. Juli 1965 der internationalen Öffentlichkeit auf einer von Albert Norden geleiteten Pressekonferenz vorgelegte "Braunbuch" erregte im In- und Ausland ein so reges Interesse, daß schon im Oktober 1965 eine zweite Auflage notwendig wurde. In ihr wurden weitere 100 schwerbelastete Stützen und Handlanger des Nazi- Regimes, die im Bonner Staat wieder einflußreiche Positionen innehatten, erstmalig und mit neuen Dokumenten an das Licht der Öffentlichkeit gezogen.

Im Mai 1968 schließlich erschien sogar noch eine dritte Auflage mit weiteren belasteten Personen. Albert Norden wurde dazu durch die Reaktion aus Bonn animiert, wo mit allen Mitteln versucht wurde, die Verbreitung und den Besitz dieses Braunbuches zu unterbinden und sogar unter Strafe zu stellen. Ich äußerte damals Norden gegenüber große Bedenken zu dieser dritten Auflage, weil nun auch kleinere Nazis aufgeführt wurden, so daß man in der westdeutschen Bevölkerung die Befürchtung hegen könnte, die DDR ziele auf eine neue große Entnazifizierung , nachdem die erste noch durch Besatzungsmächte durchgeführte von Bonn so rasch abgebrochen worden war. Aber Norden blieb von meiner Meinung unbeeindruckt und so erschien auch die dritte und letzte Auflage dieses so großes Aufsehen erregenden "Braunbuches".

Aber die Entlarvung von Nazi- und Kriegsverbrechern in Bonner Diensten war nicht das einzige Betätigungsfeld, das mit der Übernahme des "Ausschusses für Deutsche Einheit" auf uns zukam. Es erschienen auch von uns gut dokumentierte Analysen der Situation in Westdeutschland im Hinblick auf die damals nur von der DDR angestrebte Einheit Deutschlands. Dafür firmierte bei uns ein "Komitee zum Studium der gesellschaftlichen Verhältnisse und ihrer Veränderung in Westdeutschland"; das im Wesentlichen von Mitarbeitern des "Ausschusses für Deutsche Einheit " getragen wurde, aber immer unter Hinzuziehung von für die Thematik besonders prädestinierten Wissenschaftlern oder Fachleuten aus anderen Organisationen oder Institutionen.

So erschienen zum Beispiel:

• Notstandsgesetze vernichten Demokratie. Gutachten über Umfang und Ursache des Abbaus der demokratischen Grundrechte in Westdeutschland

• Gutachten zum Schutz von Mutter und Kind in Westdeutschland.

• Gutachten über Auswirkungen der EWG auf die westdeutschen Bauern und Vorschläge für den Beginn einer nationalen Agrarpolitik.

- Gutachten über die maßlosen Profite in Westdeutschland und erste Vorschläge zur Überwindung sozialer Ungerechtigkeit.
- Gutachten über die rückständige und sozial ungerechte westdeutsche Landschule.
- Gutachten über die Machtkonzentration der Monopole in Westdeutschland und ihre Folgen.
- Gutachten über die Lage des städtischen Mittelstandes unter der Herrschaft der aggressiven westdeutschen Monopole.
- Gutachten über die soziale und politische Stellung der Frau in Westdeutschland.

Durch die Übernahme des "Ausschusses für Deutsche Einheit" war für mich im Nationalrat ein völlig neues Aufgabengebiet entstanden. Während bis dahin für uns die Popularisierung der DDR, ihres gesellschaftlichen Systems und ihrer Politik im Vordergrund gestanden hatten, rückte nun das System und die Politik Westdeutschlands in den Mittelpunkt. Natürlich brachte ich dafür aus meiner fünfjährigen Tätigkeit in Bonn beste Voraussetzungen mit. Man unterstellte mir damals sogar in den westdeutschen Medien, ich hätte meine Zeit in Bonn hauptsächlich dazu benutzt, belastendes Material über Bonner Politiker zu sammeln. Das war natürlich purer Unsinn. Ich hatte mich zwar in Bonn sehr über die Nichtbewältigung der Nazi - Vergangenheit geärgert, aber für das Sammeln von Belastungsmaterial über wiederverwendete Nazi - und Kriegsverbrecher im Bonner Staat hatte ich weder Zeit, noch Gelegenheit, noch Auftrag. Das wäre auch bei meiner Überwachung durch westdeutsche und westliche Geheimdienste ein zu gefährliches Unterfangen gewesen.

Aber nun bin ich durch die Darstellung der neuen Tätigkeit im Hinblick auf Westdeutschland ganz aus dem Zeitablauf geworfen worden. Denn natürlich beherrschte im Jahr 1961 nicht die Übernahme des "Ausschusses für Deutsche Einheit" in den Nationalrat das Geschehen, sondern der 13. August mit dem Bau der

Mauer in Berlin und der Grenzsicherung gegenüber der Bundesrepublik.

Der 13. August war ein wunderschöner heiterer Sonntag.
Wir waren, wie so oft an sommerlichen Wochenenden, auf unserem Grundstück am Teupitzer See. Nach unserem Frühstück auf
dem Bootssteg machte ich mein Segelboot klar, um bei einer fri-
schen Brise meiner Leidenschaft zu frönen. Ich versprach meiner
Frau, pünktlich zum Mittagessen zurück zu sein. Als ich gegen 12
Uhr wieder in unsere Bucht zurückkehrte, sah ich schon von weitem meine Frau auf dem Bootssteg stehen und mir Zeichen geben,
schnell anzulegen. Ich konnte mir den Grund ihrer Aufgeregtheit
nicht erklären, denn ich war doch pünktlich zurück. Da wir West-
wind hatten, mußte ich mehrmals kreuzen, ehe ich anlegen konnte. Dann erklärte mir meine Frau, der Bürgermeister sei vorhin
dagewesen, um mir die Order aus Berlin zu übermitteln, ich müsse sofort zurückkehren, denn man habe die Grenze nach Westberlin dicht gemacht und alle führenden Genossen kämen jetzt zum
Einsatz.

Also wurde alles schnell eingepackt und nach Berlin gestartet. Ich konnte mir allerdings noch überhaupt nicht vorstellen,
was mit meinem Einsatz gemeint war und wie diese Abriegelung
Westberlins praktisch vonstatten ging. Auf der Rückfahrt ließ ich
allerdings die Lage Revue passieren, die für die DDR durch die
offene Grenze entstanden war. Wir hatten in unserer Propaganda-
arbeit nach Westdeutschland immer wieder auf die gefährliche
Situation hingewiesen, die dadurch entstanden war, daß man
Westberlin zum "Pfahl im Fleische der DDR" mißbraucht hatte,
um sie ausbluten und dann vernichten zu können. Kurz vor dem
13. August legte der damalige Regierende Bürgermeister von
Westberlin, Willy Brandt, dar, welche Aufgaben der Stadt im Sinne der Bonner "Deutschlandpolitik" obliegen. "Es ist nun mal so,
daß Berlin die Aufgabe hat, die Konsolidierung und Stabilisierung
des Regimes so sehr wie möglich zu erschweren". Der Bonner
Wirtschaftskrieg, der vor allem über Westberlin gegen die DDR

geführt wurde, hatte bis jetzt seinen Initiatoren im Schöneberger Rathaus und in Bonn Milliarden Gewinne eingebracht. Der bekannte Kieler Nationalökonom, Professor Baade, unterzog einen Teil des Aderlasses an der DDR - Wirtschaft einer wissenschaftlichen Analyse. Sein Ergebnis :"Ich komme zu Beträgen, die in der Größenordnung von 30 Milliarden liegen". Also nicht nur die Milliarden die bei der Abwicklung der DDR - Wirtschaft nach der Wiedervereinigung (man denke nur an die gewaltigen Rüstungsgüter der NVA der DDR!) durch die Treuhand der DDR - Wirtschaft gestohlen wurden, sondern auch die Milliarden, die vor dem Mauerbau der DDR geraubt wurden, sollten die heute in Rechnung stellen, die Krokodilstränen über jene Gelder vergießen, die nun wieder in die bewußt ruinierten Gebiete der DDR gepumpt werden müssen.

Aus meiner persönlichen Kenntnis war es vor allem die gezielte Abwerbung hochqualifizierter wichtiger Fachkräfte aus Wirtschaft, Wissenschaft und Kultur, die auf Kosten der DDR eine hervorragende Ausbildung erworben hatten und die nun zum Nulltarif von Bonn und Westberlin übernommen wurden. Bei diesem Abzug von Fachkräften hat allerdings die SED keinen geringen Schuldanteil. Als ich noch in Bonn tätig war, erteilte mir eines Tages Hermann Matern als Vorsitzender der Zentralen Parteikontrollkommission den Auftrag, mit DDR - Flüchtlingen in der BRD ins Gespräch zu kommen, um die Gründe ihres Verlassens der DDR zu erkunden. Da niemand dieser ehemaligen DDR - Bürger ahnen konnte, von einem Mitarbeiter des "Neuen Deutschland" interviewt zu werden, gaben alle Befragten bereitwillig Auskunft. Es war eine ziemlich lange Liste, die ich dann Hermann Matern übergab. Als er sie in meiner Gegenwart gelesen hatte, sagte er mit bösem Gesicht: "Das ist ja furchtbar! Dann sind ja viele direkt von unserer Partei Vertriebene!"

Aber unabhängig von dieser Einschränkung bleibt doch festzuhalten, was der ehemalige Brigadegeneral der US - Armee, Hugh B. Hester in seinem Buch "Abrüstung: Die Weltmeinung" geschrieben hat, daß Westberlin als ein trojanisches Pferd absichtlich in das Herz der DDR gesetzt wurde, um sie zu vernichten. Wörtlich heißt es bei ihm: "Die Mauer ist das direkte Ergebnis der Acheson - Dulles - Adenauer Verschwörung, um Westberlin in einen Schwarzmarkt, in ein Zentrum der Spionage und Sabotage zur Vernichtung des sozialistischen Lagers zu verwandeln".

Zurück zum 13. August. Als ich in Berlin eintraf und meine Frau und die Kinder zu Hause abgesetzt hatte, wurde mir im Nationalrat kurz der bisherige Verlauf geschildert. Meine Aufgabe sollte es sein, aufklärend bei den in Berlin - Mitte eingesetzten Kampfgruppen zu wirken. Denn ähnlich wie ich selber waren ja auch die Angehörigen der Kampfgruppen vorher nicht über diese Aktion unterrichtet worden. Sie mußten nun also erst nachträglich über das Warum und Wieso ins Bild gesetzt werden. Eine besondere Instruktion hielt man bei mir für überflüssig, mußte man wohl mit Recht annehmen, daß ein so mit der Materie vertrauter Propagandist wie ich, schon selber imstande war, die jetzt entstandene Lage zu erklären. Da ich schon vorher in unseren Propagandamaterialien die für die DDR unerträgliche Situation mit Westberlin als "billigste Atombombe" (Ernst Reuter in der amerikanischen Zeitschrift "News Week") erläutert hatte, kam für mich damals die Abriegelung Westberlins und damit die Stabilisierung der wirtschaftlichen und politischen Lage in der DDR wie eine Erlösung. Damals hatte ich auch keinen Blick für die menschlichen Folgen für viele Berliner Familien. Mir war damals vorrangig bedeutsam, daß ein gefährlicher Kriegsbrandherd gelöscht war und die Bonner Pläne, "mit klingendem Spiel durchs Brandenburger Tor zu marschieren", ausgeträumt waren. Die sich nach dem Mauerbau in der DDR schnell bessernde wirtschaftliche Lage versöhnte damals viele, vor allem außerhalb Berlins, die vorher an der Richtigkeit dieser Aktion gezweifelt hatten.

Kapitel V

Der Nationalrat wird entmannt

Das Jahr 1965 brachte für den Nationalrat und damit auch für mich eine einschneidende Veränderung. In diesem Jahr fand das oft als "Kulturrevolution" gekennzeichnete 11. Plenum des ZK der SED statt. Hier wurde den Kulturschaffenden der "Sozialistische Realismus" als einzig mögliche Kunstform aufgezwungen und jede andere Kunstauffassung als "Dekadenz" gebrandmarkt. Mit dem von Walter Ulbricht diktierten "Bitterfelder Weg" sollte den Künstlern die Arbeiter als Hauptgegenstand ihres Schaffens gewiesen werden. Andererseits sollten auch die Arbeiter aktiv am Kunstschaffen teilnehmen. Um diese Zielsetzung durchzupeitschen, ging man sehr rigoros vor. So wurden zum Beispiel wunderschöne Keramiken von Professor Michel aus Weimar im "Neuen Deutschland" in einer ganzseitigen bebilderten Polemik als Beispiel für die bei vielen Künstlern noch vorherrschende "Dekadenz" diffamiert. Meine Frau und mich empörte das damals sehr, weil wir selber eine von uns als sehr schön empfundene schlanke weiße Vase von Professor Michel besaßen - und noch heute besitzen -, die uns unsere Weimarer Freunde, der Architekt Professor Küttner und seine als Kinderbuchautorin bekannte Frau Ulla, einmal zum Geburtstag geschenkt hatten. Dieses von vielen Künstlern verfluchte 11. Plenum riß einen nie zugeschütteten Graben zwischen ihnen und der Partei. Für viele wurde er auch Ursache, die DDR zu verlassen.

Für uns im Nationalrat hatte dieses 11. Plenum auf ganz andere Weise eine unheilvolle Auswirkung. Um den "sozialistischen Realismus" als einzig geduldete Kunstrichtung durchzusetzen und die Künstler entsprechend zu disziplinieren, wurde das Kulturministerium als Leitungsorgan für dieses Ziel personell neu besetzt. Zum neuen Kulturminister wurde Klaus Gysi und zu seinem Stellvertreter als Staatssekretär unser Vorsitzender des Büros des Präsidiums des Nationalrates Horst Brasch ernannt.

Mit ihm verloren wir einen sehr souveränen und ideenreichen Leiter, der vor allem als bewährter Antifaschist, als Mitbegründer des WBDJ, des Weltbundes der Demokratischen Jugend, in England und später der FDJ in Ostdeutschland, als Mitglied des ZK der SED und der Volkskammer der DDR in der Partei und vor allem im Apparat des ZK der SED eine große Autorität genoß. Das war für uns im Apparat des Nationalrats sehr segensreich, denn mit ihm trauten sich vor allem die vielen kleinen Besserwisser im Apparat des ZK der SED nicht anzulegen.

Wir waren nun natürlich sehr gespannt, wer jetzt Nachfolger von Horst Brasch werden würde. Mit größter Überraschung, ja Bestürzung nahmen wir daher den Beschluß des Sekretariats des ZK der SED zur Kenntnis, daß der vom "Ausschuß für Deutsche Einheit" in unsere Westabteilung übernommene Werner Kirchhoff für diese Funktion bestimmt worden sei. Einen absoluten Nobody an die Spitze einer so bedeutenden Einrichtung wie den Nationalrat zu berufen, war nicht nur für uns im Nationalrat völlig unverständlich. Offenbar wollte die Abteilung Agitation im ZK der SED, der der Nationalrat unterstand, damit einen ihr hörigen Erfüllungsgehilfen installieren, der sonst keinerlei Rückhalt innerhalb oder außerhalb der Partei besaß.

Und man hatte Albert Norden als für den Nationalrat zuständiges Politbüromitglied sicher mit dem Hinweis für die Ernennung geködert, daß es sich bei Werner Kirchhoff doch um einen von ihm für den "Ausschuß für Deutsche Einheit" gewonnenen Kader handele, der sich mit ihm deshalb auf besondere Weise verbunden fühle. Und sicher hatte auch das Ministerium für Staatssicherheit nichts gegen diese Ernennung einzuwenden!

In der Folgezeit bestätigten sich unsere schlimmsten Befürchtungen. Es begann nun eine Zeit ständiger kleinlichster Gängelei durch die Abteilung Agitation des ZK der SED. Als Zuchtmeisterin wurde das Mitglied dieser Abteilung, die alte Kommunistin Paula Acker, ausersehen. Da sie selber in dieser Abteilung im Kreis der meist viel jüngeren und sehr arroganten Mitarbeiter einen sehr schweren Stand hatte, versuchte sie das durch besonderen Eifer uns gegenüber zu kompensieren. Vor allem wir als Westabteilung und damit vor allem ich als Leiter waren bei allen Parteiversammlungen das Hauptziel ihrer Kritik. Im Grunde wurden hier auf unserem Rücken Differenzen und Rivalitäten zwischen der Westabteilung und der Agitationsabteilung des ZK der SED ausgetragen. Um mich als einzigen langjährigen wirklichen Sachkenner der BRD in Schach zu halten, wurde mir aus dem Parteiapparat als mein Stellvertreter der Genosse Karl Wildberger als Aufpasser an die Seite gestellt. Er wurde auch gleichzeitig für unsere Abteilung als Verbindungsmann zum MfS, dem Ministerium für Staatssicherheit, eingesetzt.

Zu dieser Verbindung muß aber doch etwas ausführlicher Stellung genommen werden. Natürlich waren wir als eine Stelle, die ständigen Kontakt mit Politikern und Bürgern der BRD hatte, für die Arbeit des MfS besonders wichtig. Vor allem die Mitarbeiter meiner Abteilung, die diese direkten Verbindungen zu organisieren und zu pflegen hatten, standen in ständigem Kontakt des MfS. Dabei waren diese engen Verbindungen von beiderseitigem Nutzen. Das MfS erfuhr durch uns ständig, welche Personen mit welcher politischen Meinung mit uns in Kontakt standen.

Und unsere Mitarbeiter bekamen vom MfS Hinweise auf Personen, bei denen eine Kontaktaufnahme entweder ratsam war oder wegen deren Nähe zu Geheimdiensten der BRD oder anderer westlicher Staaten zu vermeiden sei. Es gab noch ein weiteres wichtiges Feld unserer Zusammenarbeit, das auf dem Gebiet unserer Enthüllungsarbeit gegenüber den alten Nazis und Kriegsverbrechern in Bonner Diensten lag. Durch das MfS erhielten wir viele wichtige Akten, Unterlagen und Hinweise über solche Personen, wobei sich das MfS dabei auch auf seine engen Verbindungen zu den Sicherheitsorganen Polens und der Sowjetunion stützen konnte.

Es gab bald noch ein neues Gebiet, auf dem unsere Verbindung mit dem MfS unerläßlich war. In dieser Zeit nämlich begann ein zeitweise recht bedeutsamer Zuzug in die DDR von Zuwanderern und Rückkehrern, die mit den Verhältnissen in der BRD nicht zurechtkamen und nun einen Neuanfang in der DDR versuchen wollten. Sie wurden zunächst in Lagern, hauptsächlich in Barby an der Elbe und in Blankenfelde bei Berlin untergebracht. Wir als Westabteilung des Nationalrates erhielten nun den Auftrag, die politische Betreuung dieser Menschen zu übernehmen. Dabei ging es vor allem darum, den Neuankömmlingen "die Errungenschaften der DDR auf politischem, sozialen und kulturellen Gebiet" zu erläutern.

Während die Rückkehrer ja mit den Verhältnissen in der DDR vertraut waren, hatten die Zuwanderer oft abenteuerliche Vorstellungen. So traf ich in Barby auf den sehr sympathischen jungen Landwirt namens Axel Curdts, der auf einem Gut in Niedersachsen schamlos ausgebeutet worden war und dort auch keine Chance hatte, sich weiterzubilden. Er war mit der Vorstellung in die DDR gekommen, "die Russen werden dir sicher an der Grenze deinen Motorroller wegnehmen, aber du wirst drüben sicher einmal studieren können". Ich habe ihn in der Folge intensiv betreut und auch dafür gesorgt, daß er später auf der LPG-Hochschule in Meißen studieren und dort auch mit einem guten Diplom sein Studium abschließen konnte. Das erlaubte es ihm später auch, ein angesehener Mitarbeiter an einem landwirtschaftlichen Forschungs- und Entwicklungsinstitut in dem wegen seiner Großviehanlage bekannten Ferdinandshof zu werden. In Meißen hatte er auch seine spätere Frau Helga, eine Paluccaschülerin, kennenlernen können und mit beiden verbanden meine Frau und mich eine herzliche Freundschaft bis in unsere Tage.

Aber natürlich waren nicht alle Rückkehrer und Zuwanderer so ehrliche Leute wie Axel Curdts. Manche dunklen und kriminellen Elemente versuchten auch, auf diesem Wege unterzutauchen, um sich so dem Zugriff von Polizei und Justiz entziehen zu können. Aber das gelang kaum, weil es trotz aller Feindschaft zwischen DDR und BRD auf Polizeiebene doch eine recht gut funktionierende Zusammenarbeit gab. Neben solchen kriminellen Elementen wurde aber auch von den westlichen Geheimdiensten versucht, ihre Agenten auf diesem Wege einschleusen und legalisieren zu lassen. Daher war hier wieder das MfS gefragt und in den Lagern unerläßlich.

Was mich selber anbelangt, so hatte ich außer auf dem Gebiet der Verfolgung von Nazis und Kriegsverbrechern in der BRD nie direkten Kontakt mit dem MfS. Offenbar wirkte dort noch die Abfuhr nach, die man sich bei dem von Paul Verner abgeblockten Versuch eingehandelt hatte, mich bei der Aufnahme meiner Tätigkeit als ND-Korrespondent in Bonn für eine Zusammenarbeit mit dem MfS zu gewinnen.

Kapitel VI

Als Repräsentant des Nationalrats auf Auslandsreisen

Aber natürlich bestand meine Tätigkeit im Nationalrat nicht nur aus Malaisen. So konnte ich mit Jaroslav Haseks bravem Soldaten Schwejk auch öfter sagen:" Nichts ist so angenehm, als auf anderer Leute Kosten fremde Länder zu besuchen". Von diesen Reisen, die ich immer in offizieller Mission als Vizepräsident des Nationalrats unternahm, sind mir vor allem vier wegen der damit verbundenen Erlebnisse besonders im Gedächtnis geblieben.

So flog ich 1964 nach Bulgarien, um mit der dortigen Vaterländischen Front, mit der wir wegen der gleichen Aufgabenstellung eine sehr enge Verbindung hatten, die bisherige Zusammenarbeit kritisch zu analysieren und ein neues Abkommen über unser gemeinsames Wirken abzuschließen. Da ich auch meine Frau mitnehmen durfte, beschlossen wir, diese Dienstreise in das schöne Bulgarien mit einem Erholungsurlaub an der Schwarzmeerküste im Internationalen Journalistenheim in Varna zu verbinden. In völliger Verkennung, mit welchen Strapazen dieses Treffen mit unseren bulgarischen Freunden verbunden sein würde, beschlossen wir, den Aufenthalt in Varna vor die Zusammenkunft in Sofia zu legen. Wir wollten sozusagen Kraft schöpfen, um die im Programm der Vaterländischen Front für uns eingeplante Besichtigungsreise durch Bulgarien gut überstehen zu können. Aber das war eine krasse Fehlplanung. Denn nach dieser Rundtour, die uns fast durch ganz Bulgarien führte, hätten wir eine Erholung viel nötiger gehabt.

Wir reisten gemeinsam mit einer Gruppe von DDR-Journalisten, die auch in Varna Urlaub machen wollte. Das wunderschöne Heim in Varna - es lag allerdings viel näher an dem berühmten "Goldstrand" als an Varna - gehörte dem Internationalen Journalistenverband, das nur von den Bulgaren verwaltet wurde. Die sozialistischen Länder, die das Heim gemeinsam gebaut und finanziert hatten, bekamen für ihre Journalisten ein bestimmtes Kontingent, wozu noch immer einige Journalisten von kommunistischen Zeitungen aus kapitalistischen Ländern kamen. Diese bunte Mischung mit ihren unterschiedlichen Erfahrungen und Temperamenten machte neben der herrlichen Natur den Reiz dieses Heimes aus.

Unser Abflug von Schönefeld verzögerte sich um Stunden, weil irgend etwas am Flugzeug nicht in Ordnung war. Unsere Reiseleiterin, Frau von Kügelgen, sah immer wieder auf ihre Uhr, weil sie mit Recht um unseren Anschluß von Sofia nach Varna bangte. Da damals der Flughafen von Varna noch im Bau war, mußten wir sogar bis Balcick fliegen. Als wir mit fünf Stunden Verspätung endlich abflogen, war an einen Anschluß in Sofia nicht mehr zu denken. Wir richteten uns also schon im Geiste auf eine qualvolle Nacht auf dem Sofioter Flughafen ein.

In Sofia war die bulgarische Anschlußmaschine natürlich schon längst weg. Als unser Gepäck gerade ausgeladen wurde und die Besatzung unseres Flugzeuges in das Flughafengebäude kam, entschloß ich mich als "Ranghöchster", mit der Mannschaft zu verhandeln, ob sie uns nicht bis Balcick weiterfliegen könnte. Mit dem Hinweis, daß es ja Schuld der Interflug sei, daß wir jetzt hier hängengeblieben seien und am nächsten Tag auch nur einzeln mit den fast ausgebuchten Maschinen weiterfliegen könnten, überzeugte ich die Mannschaft, obwohl sie damit gegen die Vorschrift verstieß, keinen ihr unbekannten Flugplatz anzufliegen.

Nur die Stewardess weigerte sich und ohne sie durfte die Mannschaft nicht weiterfliegen. Da kam Hilfe aus unserer Reisegruppe. Die Frau des Chefredakteurs des "Sonntag", Hans Jacobus, war früher einmal Stewardess gewesen, war der Mannschaft aus dieser Zeit noch bekannt und erklärte sich bereit, den Dienst zu übernehmen. Also wurde unser Gepäck wieder eingeladen. Dann flog unsere Maschine nach Varna und von dort aus die Schwarzmeerküste entlang. Plötzlich kam der Co-Pilot aus dem

Cockpit und erklärte, anscheinend sei ihr Höhenmesser nicht in Ordnung, er schwanke dauernd um 50 bis 80 Meter. Da fiel mir ein, daß wir 1938 mit unseren Motorrädern auch diese Küste entlang gefahren waren und damals große Schwierigkeiten mit der Steilküste und ihren vielen Einbuchtungen gehabt hatten. Jetzt, bei völliger Dunkelheit konnte man das natürlich nicht wahrnehmen. Ich erklärte also dem Co- Piloten diese hier anzutreffende Küstenzerrissenheit und machte ihm klar, daß der Höhenmesser sehr richtig die Differenz zwischen Steilküste und Meeresoberfläche registriere.

Endlich erreichten wir den nur mäßig beleuchteten Flugplatz von Balcick, der eigentlich ein Militärflugplatz und daher garnicht auf internationalen Flugbetrieb eingerichtet war. Beim Aussteigen aus dem Flugzeug, das mehr ein Herausklettern war, bemerkten wir eine größere Menschengruppe, die sich hier zu der so ungewöhnlichen Nachtlandung eingefunden hatte. Und aus dieser Menschengruppe rief plötzlich eine Männerstimme sehr laut "Dr. Dengler, Dr. Dengler!!" Meine Frau und ich sahen uns ganz verdutzt an und konnten uns überhaupt nicht erklären, was das zu bedeuten hatte. Ich hob aber meinen Arm hoch und rief laut: "Hier! Hier"! Daraufhin drängte sich ein jüngerer Mann bis zu uns vor und begrüßte uns überschwenglich und lüftete nun das Geheimnis. Er sei der Kreissekretär der Vaterländischen Front aus Varna und hätte aus Sofia die Anweisung erhalten, uns hier in Balcick zu begrüßen. "Wie", so fragten wir ihn, "konnten Sie denn wissen, daß wir jetzt mitten in der Nacht ankommen? Wir hätten doch eigentlich am Nachmittag mit einer planmäßigen bulgarischen Maschine ankommen müssen. "Ja, meinte er, als wir am Nachmittag nicht mitgekommen seien, hätte er sich zu einer nahegelegenen Kolchose begeben, zu der er jetzt sowieso einmal hätte hinfahren wollen. Dort hätten sie sich dann "festgequatscht" und gut gegessen und getrunken und plötzlich hätten sie unser Flugzeug gehört. Da auch nach den Erfahrungen der Kolchosbauern um diese Zeit nie ein Flugzeug ankomme, hätte er sich gedacht, das sind sicher jetzt die Deutschen vom Nachmittag, hätte sich schnell in sein Auto gesetzt und wäre zum Flugplatz gerast. Jetzt sei er glücklich, daß er ausgeharrt habe und uns weisungsgemäß begrüßen könne. Für unsere Reisegruppe entstand nun das Problem, wie kommen wir jetzt von Balcick zu unserem Journalistenheim in Varna? Der Bus, der uns hätte abholen sollen, war natürlich längst heimgefahren. Aber unser Kreissekretär wußte gleich Rat. Er schlug vor, meine Frau und mich und die Reiseleiterin in sein Auto zu setzen, ins Heim zu fahren und dort das Abholen der restlichen Gruppe in die Wege zu leiten. Und so geschah es auch. So bekamen wir von der schon sprichwörtlichen bulgarischen Gastfreundschaft schon einen ersten tiefen Eindruck.

Am nächsten Tag, noch etwas müde von den gestrigen Strapazen, legten wir uns nach dem Essen zur wohlverdienten Mittagsruhe. Wir waren gerade am Einschlafen, da klopfte es laut an unsere Zimmertür. Etwas unwirsch und nur im Schlafanzug öffnete ich. Draußen standen zwei hübsche Bulgarinnen mit einem riesigen Gladiolenstrauß. Sie sollten uns im Namen der Vaterländischen Front herzlich willkommen heißen und uns mitteilen, daß sich der Kreissekretär nach ein Paar Tagen, wenn wir uns etwas erholt hätten, bei uns melden und uns abholen würde, um uns in Varna über ihre politische Arbeit in ihrem Bezirk zu informieren. Nun dämmerte uns , was wir als offizielle Gäste noch zu erwarten hatten!

Nach den von uns eingeplanten 14 Tagen Urlaub, in denen wir natürlich von unserem Kreissekretär sehr informativ über die hiesige Arbeit der Vaterländischen Front informiert worden waren und viel Sehenswertes hatten besichtigen können, flogen wir mit einer kleinen Inlandsmaschine über Tarnovo nach Sofia, wo wir entsprechend dem Besuchsprogramm am 9. September an den Veranstaltungen zum Nationalfeiertag teilnehmen sollten. In der etwa 20- 30 Personen fassenden kleinen Propellermaschine teilten wir uns die Plätze mit Bäuerinnen und Bauern, die ihr mitgenommenes Federvieh offenbar in Tarnovo verkaufen wollten. In Tar-

novo mußte unser Flugzeug mehrmals die für die Landung vorge-
sehene Wiese überfliegen, um die Schafherde zu vertreiben, die
sich da breitgemacht hatte. Am Rande der Wiese stand für uns
Fluggäste ein richtiges Dorfgasthaus bereit, wo man aber einen
ausgezeichneten Rotwein genießen konnte.

In Sofia wurden wir von der ganzen Leitung der Vaterländischen Front empfangen und dann in das große Interhotel beglei-
tet, wo ein ganzes Appartement für uns reserviert worden war.
Am Nachmittag begannen dann die Gespräche über unsere weitere Zusammenarbeit, für die ich aus Berlin eigene Vorschläge mitgebracht hatte. Es wurde vereinbart, daß vor unserer Rückkehr
nach Berlin und nach unserer Rundreise die bulgarischen Freunde
einen Vertrag ausgearbeitet haben würden, den wir dann gemeinsam unterzeichnen könnten. Dann unterbreitete man den vorbereiteten Plan für unsere Rundreise fast durch das ganze Land, damit
wir ihr schönes Bulgarien besser kennenlernen könnten, von dem
wir ja bisher nur die Schwarzmeerküste rund um Varna kennengelernt hätten. Die Reise sollte gleich nach dem morgigen Staatsfei-
ertag beginnen.

Dieser Nationalfeiertag, den wir mit anderen ausländischen
Gästen auf einer Ehrentribühne miterleben konnten, wird uns unvergessen bleiben. Die viele Stunden dauernde Demonstration
unterschied sich völlig von dem, was wir aus der DDR gewohnt
waren. Trotz des Regens - der, wie unsere bulgarischen Freunde
sagten, für diesen Festtag ganz ungewöhnlich sei - zogen immer
neue, in den verschiedensten Volkstrachten gekleidete Gruppen
tanzend und singend an den Tribünen vorbei. Die Demonstration
glich in ihrer Buntheit und Fröhlichkeit eher einem großen Volks-
fest als einer politischen Demonstration. Man konnte sich an den
vielen bunten Kostümen und den schönen Menschen, die sie tru-
gen, garnicht satt sehen.

Am Nachmittag waren wir dann Gäste unseres Botschafters Rudi Jahn, den vor allem meine Frau aus gemeinsamer Zeit
gleich nach 1945 in der Landesregierung Sachsens gut kannte.

Trude Jahn hatte uns zu Ehren extra einen richtigen deutschen Pflaumenkuchen gebacken. Rudi Jahn machte uns im Hinblick auf unsere Reise auf zwei Erscheinungen aufmerksam, denen wir im ganzen Land begegnen würden. Die eine sei die noch aus der Türkenzeit herrührende Ungleichheit von Mann und Frau. Körperlich schwere Arbeit überließen die Männer fast immer den Frauen. Die Partei versuche zwar hier eine Änderung, aber bisher nur mit geringem Erfolg. Das zweite Problem seien die vielen Zigeuner im Lande, deren Integration außerordentlich schwer sei. Es gäbe dafür in der Regierung sogar ein eigenes Staatssekretariat für Zigeunerfragen. Außerdem gehe die Industrialisierung nur sehr langsam voran. Dominierend - auch für den Export - seien Wein - und Tabakanbau.

Am Abend fand dann der große Festempfang der Regierung statt, an dem wir als Ehrengäste teilnahmen und auf dem uns unsere bulgarischen Freunde mit vielen führenden Funktionären von Partei und Regierung bekanntmachten. Schon die ersten Tage in Sofia hatten uns klargemacht, daß neben unserem Kopf unser Magen einer großen Belastungsprobe ausgesetzt sein würde, was sich bei unserer nun folgenden Rundreise voll bestätigen sollte.

Am nächsten Tag wurden wir zunächst mit unserer Reisebegleitung bekanntgemacht. Als Reiseleiterin und Dolmetscherin fungierte eine junge Juristin, unsere Doris, mit der wir uns während der Rundreise sehr eng befreundet und die wir später in Berlin wiedergetroffen haben. Und dann muß unser Kraftfahrer Christoff genannt werden, mit dem es viele heitere Erlebnisse gab. Als er schon in Sofia alle Stoppschilder "übersah" und ich ihn darauf aufmerksam machte, meinte er nur verächtlich: "Ach was! Bei uns nur symbolisch". Er war zudem vorher Fahrer eines Generals gewesen, was er uns sozusagen als Sicherheitsgarantie mitteilte. Aus dieser Zeit hatte er auch offenbar die Gewohnheit beibehalten, nach jedem Aussteigen mit einem Handbesen den Innenraum des Autos auszukehren . Im übrigen besaß er wie unsere Doris auch unseren Reiseplan mit den entsprechenden Zeitangaben, den er sich ständig bemühte exakt einzuhalten. Selbst wenn wir noch mitten in einem interessanten Gespräch oder bei einer etwas längeren Besichtigung waren, erschien Christoff mit seinem Plan, zeigte auf die Uhr und drängte zum Aufbruch. Während er auf der Landstraße sehr ruhig fuhr, trat er sofort auf das Gaspedal, wenn er ein Dorf passierte und ließ die ganze Zeit über seine Hupe ertönen, um, wie er sagte, "das Federvieh von der Straße zu jagen". Als wir zum Rilakloster fuhren, versperrte uns ein Bus das Überholen. Selbst Christoffs Dauerhupen bewirkte nichts. Da sagte ich ihm, daß wir uns in solchen Fällen mit der Lichthupe Platz schaffen. Das wollte ihm garnicht einleuchten. Als ich ihm sagte, er solle es doch einmal probieren, schaltete er sein Scheinwerferlicht ein und aus und siehe da, welch ein Wunder für Christoff, der Bus fuhr sofort zur Seite und der Fahrer winkte uns sogar vorbei. Seit dieser Zeit war ich bei Christoff eine Kraftfahrerautorität!

Wir lernten auf dieser mehrtägigen Reise wirklich fast das ganze Land kennen. Überall waren wir bei den Funktionären der Vaterländischen Front avisiert und an jeder Station unseres Besuches war ein spezielles Programm organisiert. Es würde zu weit führen, alle Orte, in denen wir waren, hier aufzuführen. Nur zwei will ich erwähnen, weil sie für uns mit besonderen Erlebnissen verbunden waren. Das erste betrifft unseren Aufenthalt in der Textil - Metropole Gabrovo. Eigentlich sollten wir -nach einer Besichtigung der an die Talwände der Jantra angeschmiegten sehr reizvollen alten bulgarischen Hauptstadt Tarnovo - im dortigen Interhotel übernachten. Aber vor dem Hotel empfing uns der örtliche Kreissekretär der Vaterländischen Front und entschuldigte sich, daß wir leider nicht hier nächtigen könnten, weil die aus Berlin nach Moskau fahrende "Friedenskarawane" gerade heute hier einträfe und durch sie alle Zimmer belegt seien. Das sei aber nicht so schlimm, er habe mit den Freunden in Gabrovo gesprochen, die schon alles für unsere An - und Unterkunft vorbereitet hätten. Wir sollten dort bis zum Theaterplatz fahren, wo man schon auf uns warten würde.

Also fuhren wir weiter nach Gabrovo. Vor dem Theater stand eine große Gruppe von Menschen, von der wir annahmen, es seien Theaterbesucher während einer Pause. Wie entsetzt waren wir, als sich nach unserem Aussteigen diese Menschengruppe auf uns zu in Bewegung setzte. Selbst unsere Doris verlor die Fassung und stieß einen Schreckensruf aus. Aus der Menge trat ein glatzköpfiger sehr rundlicher Mann hervor, der uns sogleich an eine Figur aus Repins Gemälde von den "Saporosher Kosaken" erinnerte. Er erklärte, er sei hier im Textilzentrum Gabrovo der Vorsitzende der Vaterländischen Front und freue sich sehr, uns als gute Freunde zu empfangen und auch als erste Ausländer im neuen Haus der Vaterländischen Front bewirten zu können.

Dann gab es die hier üblichen Umarmungen und Wangenküsse von allen, was von meiner Frau bei den meist bärtigen Männer nicht gerade als angenehm empfunden wurde, zumal man nicht genau unterscheiden konnte, ob sie mehr nach Tabak oder nach Knoblauch rochen.

Dann gingen wir über den Theaterplatz zu einer sehr stattlich aussehenden Villa, dem neuen Domizil der Vaterländischen Front. Innen war alles sehr schön folkloristisch dekoriert und eine lange Tafel mit viel Obst, Tomaten, Wurst, Käse und vielen Flaschen Wein gedeckt. Also hofften wir, dieses Zusammensein ohne zu große Belastungen unseres Magens überstehen zu können, denn wo auch immer wir bisher gewesen waren, immer mußten wir uns durch Berge von Fleisch durchquälen.

Dann wurden zahlreiche Reden gehalten, wobei sich die vielen Mitgekommenen als Vertreter der verschiedensten Organisationen, Institutionen und Betriebe vorstellten, die alle zur Vaterländischen Front gehörten. Und fast alle hatten irgendwelche Freundschaftsgeschenke mitgebracht, die sie uns nun mit erneuten Umarmungen und Küssen überreichten. Ich konnte ihnen nach meiner Rede und Danksagung nur Anstecknadeln unserer DDR - Organisationen überreichen, bis auf den Vorsitzenden, für den ich noch einen schönen Bildband über die DDR parat hatte.

Der Abend war mit reden, essen, trinken schon weit fort-
geschritten und wir überlegten schon mit unserer Doris, wie wir
einen passenden Abgang finden könnten. Da stand der Vorsitzende auf und erklärte den offiziellen Teil für beendet und sagte dann
zu unserem Entsetzen: "So, und nun gehen wir ins Hotel zum A-
bendessen". Was blieb übrig, als dieser Einladung zu folgen und
uns wieder den Magen mit einem mehr als üppigem Mahl vollzu-
schlagen. Und dann begann ein typischer Gabrovoer Abend.

Gabrovo ist in Bulgarien nicht nur wegen seiner großen
Textilindustrie bekannt, sondern auch wegen des Witzes seiner
Einwohner. Sie nennen sich selber die "Schotten Bulgariens" und
ihre Witze drehen sich fast alle um ihren Geiz. Der dicke Vorsitzende war mit seinem Witzeerzählen unermüdlich und unsere gute
Doris mußte bis tief in die Nacht fast bis zum Umfallen seine un-
endliche Reihe von Witzen übersetzen. Um zu verstehen, um welche Art von Witzen es sich handelte, hier einige Kostproben:

> Ein Gabrover im Restaurant: "Kellner, mir sind zehn Sto-
> tinki unter den Tisch gefallen. Falls sie sie finden, geben
> sie sie mir, wenn nicht, können sie sie als Trinkgeld behal-
> ten."
> Ein Gabrover bewirtet seinen Gast mit Kartoffeln. "Langen
> Sie nur zu, sie sind selbst gezüchtet". "Du hast doch gar
> keinen Garten". "Meine Frau und ich haben uns eine Grab-
> stätte gekauft, solange noch keiner von uns dort liegt,
> pflanze ich dort Kartoffeln".
> Von den Gabrovern erzählt man...
> ....sie heben die Gräten auf, wenn sie Fisch essen und be-
> nützen sie dann als Zahnstocher.
> ...sie werfen die Katzen den Schornstein hinunter, um den
> Kaminfeger zu sparen...
> ....wenn sie eine Wohnung mieten, achten sie immer dar-
> auf, daß vor dem Fenster eine Straßenlaterne steht.

Zu einem Gabrover kam Besuch. Man unterhielt sich eine Weile, da sagte die Hausfrau: "Möchtest Du unserem Gast nicht eine Erfrischung anbieten? ""Aber sicher!" erwiderte er und öffnete ein Fenster.

Am nächsten Morgen sahen wir aus unserem Hotelfenster auf einen sehr belebten Markt. Unserem Fenster gegenüber befand sich ein Stand, an dem frische Piroggen gebacken wurden. Wir beschlossen also nach dem gestrigen üppigen Mahl auf ein Frühstück zu verzichten und uns mit einer Pirogge zu begnügen. Nach ihrem Verzehr gingen wir zum Hotel zurück, um unser Gepäck einzuladen. Und wer stand da im Foyer? Die ganze große Gesellschaft von gestern mit dem dicken Vorsitzenden an der Spitze, der uns erklärte, man wolle nun zum Abschied mit uns gemeinsam frühstücken. Wieder scheiterten unsere guten Vorsätze an der bulgarischen Gastfreundschaft! Wir als Zwei - Mann - Delegation plus Dolmetscherin und Fahrer standen hier einer sicher 20 köpfigen bulgarischen Gruppe gegenüber, von der wir den Eindruck hatten, sie nutzten als echte Gabrovoer die günstige Gelegenheit voll aus, auf Staatskosten reichlich zu dinieren. Dank des guten Appetits der bulgarischen Mitesser dauerte das Frühstück fast bis zum Mittag. Und als wir dann endlich abfahren konnten, geleiteten uns die Gabrovoer mit einem langen Autokonvoi noch bis an das Ende der sich sehr lang dahinstreckenden Industriestadt.

Auf dem Rückweg nach Sofia besuchten wir noch eine Muster - Kolchose. Offenbar war man auch hier auf unseren Besuch gut vorbereitet. Alle Häuser und Ställe waren in einem mustergültigem Zustand, die Viehpflegerinnen hatten alle schneeweiße Kittel an und in den Ställen hätte man vom Fußboden essen können, so sauber war da alles. Besonders imponierte uns ein eigenes zum Kolchos gehörendes Kaufhaus mit einem ebenso reichhaltigen wie preiswertem Angebot.

Im Klubhaus war wieder eine Tafel für uns gedeckt mit Obst und vielen Flaschen Rot - und Weißwein. Als wir saßen - meine Frau und unsere Doris waren die einzigen Frauen an der

Tafel - kamen zwei Frauen mit einem großen Waschkorb herein, der voll mit gebratenen Hühnerhälften war. Jeder von uns bekam also ein halbes Huhn vorgelegt, dazu gab es warmes Weißbrot und Wein und hinterher Obst. Dann machte meine Frau einen schweren Fehler in dem sie - mit vollem Recht - die herrlichen Äpfel und die köstlichen Weintrauben besonders lobte. Als wir dann abfahren wollten, standen je drei Horden mit Äpfeln und drei mit Weintrauben neben unserem Auto, die wir als Gastgeschenk mit nach Hause nehmen sollten. Unser armer Christoff hatte lange zu zirkeln, bis er uns mitsamt dem vielen Obst im Auto verstaut hatte. Wir hofften sehr, daß wir das Obst in Sofia bei der Leitung der Vaterländischen -Front loswerden würden. Aber dort lehnte man das entrüstet ab. Also wurde es mit uns zum Flugplatz gebracht und im Flugzeug verstaut, wofür die bulgarischen Freunde sicher viel Übergepäck haben bezahlen müssen. Von unseren VIP - Plätzen aus konnten wir bis Berlin immer unsere sechs Horden vor dem Cockpit stehen sehen. In Berlin war Horst Brillowski, neben dem Persönlichen Referenten des Präsidenten auch noch der Protokollchef des Nationalrats, ziemlich ratlos, wie er uns mit den Obsthorden in die Stadt bringen sollte. Aber im Nationalrat konnten wir doch mit dem vielen Obst noch viele Mitarbeiter glücklich machen. Wir selber waren froh, nun wieder zu normalem Leben zurückkehren und dem so privilegierten Dasein als Repräsentant deutsch - bulgarischer Freundschaft Adieu sagen zu können.

Von einer anderen Reise ist nun zu berichten, die mich innerlich sehr bewegt hat. Aus Anlaß des 21. Jahrestages der Befreiung hatte die Gesellschaft für Sowjetisch - Deutsche Freundschaft eine DDR - Delegation eingeladen. Und so reiste vom 4.- 15. Mai eine zehnköpfige Delegation nach Moskau, die zur Hälfte aus Mitgliedern des Nationalrats und zur anderen Hälfte aus Angehörigen der Gesellschaft für Deutsch- Sowjetische Freundschaft bestand. Und ich wurde zum Leiter dieser Delegation bestimmt. Die Delegation war dem Anlaß entsprechend von allen Parteien und Organisationen sehr qualifiziert besetzt. So gehörte ihr unter

anderen auch der wegen der Übernahme sowjetischer Schnell-
drehmethoden mit dem Nationalpreis ausgezeichnete Erich Wirth
an, der auch Mitglied des ZK der SED war. Mit ihm habe ich
mich während der Reise richtig angefreundet.

Leiter dieser gewichtigen Delegation zu sein war eine
Aufgabe, die mich doch sehr erregte. 21 Jahre nach Beendigung
des von Hitler provozierten blutigen Raub- und Vernichtungskrie-
ges, den ich noch als Feind der Sowjetunion begonnen hatte, kam
ich nun als hochgeachteter Repräsentant deutsch - sowjetische
Freundschaft in das Land zurück, wo ich unter den Schlägen der
Roten Armee in Stalingrad ein neues, mein zweites Leben begonnen hatte.

Im Gegensatz zur DDR, wo die Gesellschaft für Deutsch-
Sowjetische Freundschaft von einer Einzelmitgliedschaft getragen
wurde, bestand in der Sowjetunion eine Kollektivmitgliedschaft
vor allem aus Betrieben und Institutionen, die eine enge wirtschaftliche oder wissenschaftliche Verbindung mit der DDR hatten. Als offizielle Delegation wurden wir von der Leitung der
Sowjetisch- Deutschen Gesellschaft und der Gesellschaft für kulturelle Verbindungen mit dem Ausland sehr herzlich empfangen.
Man hatte für uns ein sehr repräsentatives Programm zusammen-
gestellt, das uns in der Folge zwar mit vielen leitenden Funktionären aus Politik und Wirtschaft zusammenführte, aber kaum Gelegenheit bot, mit der Bevölkerung ins Gespräch zu kommen. Bei
fast allen Gesprächen und Zusammenkünften würdigten die sowjetischen Funktionäre zwar immer den schweren Kampf der DDR
gegen die gefährliche NATO - Politik der Bonner Regierung, aber
in der Hauptsache drehte sich alles um die weitere wirtschaftliche
Zusammenarbeit. Überall erklärte man uns, mit welchem Elan
man daran gegangen sei, die Beschlüsse des XXIII. Parteitages
der KPdSU in die Tat umzusetzen, daß aber die Erfüllung der
großen Ziele des neuen Fünfjahrplans zur Voraussetzung habe,
daß auch von Seiten der DDR die von ihr übernommenen Ver-
pflichtungen in Quantität und Qualität erfüllt würden. Obwohl wir

keine Wirtschaftsdelegation waren, konfrontierte man uns aber doch auch mit Lieferungen aus der DDR, die den Qualitätsansprüchen in keiner Weise genügten. Man gab uns also mit auf den Weg, als Deutsch- Sowjetische Freundschaftsgesellschaft uns nicht in wohlklingenden Erklärungen zu erschöpfen, sondern überall Einfluß zu nehmen auf die exakte Erfüllung unserer Exportverpflichtungen.

Aber natürlich hatte unsere Delegation auch Gelegenheit, an offiziellen Feierlichkeiten teilzunehmen. So fand am 5. Mai eine Festveranstaltung im Kulturhaus der Moskauer Gaskoksfabrik statt, auf der der DDR - Botschafter Bittner und ich Reden hielten, in denen wir die Befreiungstat der Sowjetunion würdigten und unsere nationale Politik darlegten. Auf dem Festempfang der DDR - Botschaft am nächsten Tag konnten wir dann mit zahlreichen hochrangigen Funktionären aus Staat und Wirtschaft zahlreiche Gespräche führen.

Nach den Feierlichkeiten in Moskau trennte sich unsere Delegation. Und damit begann das eigentlich Interessante unserer Reise. Während ein Teil nach Leningrad und Talinn fuhr, flog ich mit dem anderen Teil nach Baku. Schon beim Anflug überquerten wir einen Wald von Erdöl - Bohrtürmen, wo der Rohstoff gefördert wurde, auf den Hitler mit seiner Kriegswirtschaft so begierig gewesen war und den General von Manstein für ihn erobern sollte.

Baku machte auf uns einen überwältigenden Eindruck. Seine zum Kaspischen Meer sich öffnende Prachtstraße und die vielen Moscheen mit ihren Minaretten, die Theater und Museen und die anderen großen öffentlichen Gebäude und das viele Grün der Gärten und Parks und die oft in aserbaidschanischer Tracht oder leichter bunter Sommerkleidung flanierenden Einwohner bezauberten uns. Nach einem herzlichen Empfang durch die dortige Sowjetisch - Deutsche Freundschaftsgesellschaft reisten wir noch am gleichen Tag mit dem Zug nach Kirowabad, wo wir vor allem das dort gerade fertiggestellte größte Aluminiumwerk in Europa besichtigen konnten.

Am 9. Mai, dem "Tag des Sieges", nahmen wir an den dortigen Feierlichkeiten teil, um am nächsten Tag mit örtlichen Funktionären in den kleinen Kaukasus zu fahren, wo an einem schönen klaren Bergsee ein echtes aserbaidschanisches Picknick veranstaltet wurde. Vor unseren Augen wurde ein junges Schaf geschlachtet und dann am Spieß gebraten. Das Fleisch war dann allerdings von der Zartheit eines LKW - Reifens und nur mit kaukasischem Gebiß verzehrbar. Aber aus den mitgebrachten Körben quollen Weißbrot, Tomaten, Äpfel, Weintrauben und andere Früchte und vor allem viel Wein und Wodka, so daß es bald sehr fröhlich und unterhaltsam wurde.

Zu einem besonderen Erlebnis wurde am 11. Mai eine Fahrt mit dem Dampfer zu den sogenannten "Ölsteinen", einer mitten im Meer gelegenen künstlichen Erdöl - Bohrinsel. Schon die Fahrt dahin war für uns interessant und aufschlußreich, weil wir an Bord endlich einmal Gelegenheit bekamen, mit einfachen Bürgern, Arbeitern und Ingenieuren, die mit uns als Ablösung zur Insel fuhren, ins Gespräch zu kommen. Dabei trafen wir auch auf einige, die gebrochen Deutsch sprachen. Sie waren entweder als Soldaten oder Ingenieure oft mehrere Jahre in der DDR gewesen und interessierten sich sehr, wie es jetzt dort vorwärts gehe. Vor allem zwei Ingenieure erklärten uns, daß sie mit ihren Kenntnissen und Ideen viel zum Aufbau der DDR beigetragen hätten und deshalb jede Gelegenheit nutzten, um zu erfahren, was aus ihrer Arbeit geworden sei. Leider sei in dieser Beziehung die Tätigkeit der Bakuer Freundschaftsgesellschaft nicht sehr fruchtbar. Ich mußte mir bei diesem Gespräch allerdings auch beschämt eingestehen, daß ich selber auf dieser Seite unserer Zusammenarbeit schlecht im Bilde war. Daher war ich sehr froh, daß Erich Wirth zu unserer Delegation gehörte, der aus eigener Erfahrung über die Fruchtbarkeit dieser Zusammenarbeit sehr konkret berichten konnte.

Die Bohrinsel selber war sehr beeindruckend. Sie war so groß, daß eine eigene kleine Feldbahn auf ihr fuhr und so die einzelnen Bohrtürme miteinander verband. Aber das Ganze machte auf uns doch einen recht provisorischen Eindruck. Jedenfalls fiel ein Vergleich mit den hochmodernen Bohrinseln der großen westlichen Erdölgesellschaften nicht günstig aus. Kein Wunder, daß heute das Interesse dieser Gesellschaften so stark auf dieses reiche Erdölvorkommen im Kaspischen Meer konzentriert ist.

In Baku hatten wir dann noch eine unerwartete Begegnung. Wir trafen in der Stadt eine Gruppe von Soldaten unserer Volksmarine, die ihre Freizeit zu einem gemeinsamen Stadtbummel nutzten. Wie sie uns erklärten, waren sie für längere Zeit in Baku stationiert, um hier eine U- Boot- Ausbildung zu absolvieren. Auch diese Art der Zusammenarbeit war für mich neu.

Zum Abschluß unseres Aufenthaltes in Aserbaidschan führte man uns noch in die völlig neu errichtete Stadt Sumgajit, die der Standort des hochmodernen, voll automatisierten Rohrwalzwerkes war. Hier wurden die großen Rohre hergestellt, die jetzt überall in der Sowjetunion für die Errichtung der riesigen Pipelines für Erdöl und Erdgas gebraucht wurden und an deren Verlegung auch zahlreiche Jugendbrigaden aus der DDR teilnahmen. Neben dem fast menschenleeren Werk interessierte uns aber fast noch mehr die neue Stadt, weil man hier versucht hatte zu verwirklichen, was man zu dieser Zeit unter einer sozialistischen Stadt zu verstehen glaubte.

Hier waren auf jeden Fall viele Probleme des Zusammenlebens und Zusammenwirkens auf neuartige Weise gelöst, die auch für uns in den neu errichteten Industriestädten von großer Bedeutung sein konnten.

Bei dieser Reise gab es noch eine Begebenheit, die von den sowjetischen Medien sehr breit als leuchtendes Beispiel deutsch - sowjetischer Freundschaft gewürdigt wurde und sicher auch große emotionale Wirkung hatte. Unserer Delegation gehörte auch die LPG - Bäuerin Margarete Scholkmann an. Sie hatte schon zu Beginn der Reise die Bitte geäußert, mit ihrer jetzt in Kiew lebenden Pflegetochter zusammentreffen zu können, die ein

Kind eines nach Deutschland verschleppten Ukrainers war und die Margarete Scholkmann unter Lebensgefahr bei sich aufgenommen und großgezogen hatte. Man war ihrer Bitte nachgekommen und so war sie schon vorzeitig aus Baku abgereist, um ihre Pflegetochter in Moskau zu treffen. Diese Pflegetochter blieb dann bis zum Schluß unseres Aufenthaltes in der Sowjetunion bei unserer Delegation und nahm mit uns auch an allen Veranstaltungen teil.

Nach Absolvierung des für Delegationen wie die unsere üblichen Besichtigungsprogramms in Moskau mit Lenin - Denkmal, Kreml, Rüstkammer, Revolutionsmuseum usw., fand eine abschließende Aussprache mit dem Zentralvorstand der Sowjetisch - Deutschen Freundschaftsgesellschaft statt. Neben unserem Dank für die große Gastfreundschaft regten wir aber doch an, solche Delegationen nicht nur ein sehr repräsentatives Programm absolvieren zu lassen, sondern stärker zu massenpolitischer Arbeit zu nutzen. Die vielen einmal in der DDR stationierten Soldaten und auch die dort zeitweilig tätigen Facharbeiter, Ingenieure und Wissenschaftler hätten ein verständliches Interesse an Informationen über den gegenwärtigen Stand der Entwicklung der DDR, ihrer Politik, ihrer Wirtschaft und Kultur.

Dieser Vorschlag von uns wurde zwar als berechtigt akzeptiert, aber wie sich später gezeigt hat, nicht in die Tat umgesetzt. Offenbar bestand eine politische Weisung, einen solchen engen Kontakt zwischen den Bürgern beider Staaten zu vermeiden. Die Zeit von Glasnost und Perestroika lag noch in weiter Ferne!

Einen herausragenden Platz in meinen Reisen als Repräsentant des Nationalrats nimmt die Teilnahme einer von mir geleiteten Delegation an den Feierlichkeiten in Kuba ein, die aus Anlass des 7. Jahrestages der Gründung der Komitees zur Verteidigung der Revolution und des 18. Jahrestages der Gründung der DDR stattfand. Es war eine Reise, die einen besonderen Höhepunkt in meinem Leben darstellt.

Vom 19. September bis 11. Oktober bereiste unsere Dele-

gation, der neben mir noch Horst Schütze, Sekretär des Be-
zirksausschusses der Nationalen Front in Neubrandenburg, und
Werner Fahlenkamp, Stellvertretender Chefredakteur des LDPD -
Zentralorgans "Morgen" angehörte, fast die gesamte sozialistische
Insel in der Karibik unmittelbar vor den Toren Amerikas.

Aber wie bei der Reise nach Bulgarien stand auch diesmal
unsere Abreise unter einem unglücklichen Stern. Wenige Tage
vorher stürzte eine tschechoslowakische Maschine nach einer
Zwischenlandung in Gander / Kanada beim Abflug ab, zerschellte
und alle Insassen kamen ums Leben. Daraufhin wurden erstmal
alle Flüge von Prag nach Havanna gestrichen. Da wir aber unbedingt zu den Jubiläumsfeierlichkeiten in Kuba sein sollten, wurde
unser Flug umgebucht und zwar nun über Moskau nach Havanna.
Aber in Moskau wurde uns erklärt, ein sofortiger Weiterflug sei
nicht möglich, weil ein Taifun die Strecke gefährde. Also wieder
vom Flugplatz in das sehr wenig komfortable Flughafenhotel des
mitten in der Stadt gelegenen Hubschrauber - Landeplatzes. Am
nächsten späten Nachmittag wurden wir wieder zum Flugplatz
rausgefahren, weil die Maschine am Abend starten sollte. Unser
Gepäck war schon verladen und wir hatten schon im Flugzeug
Platz genommen, als uns plötzlich erklärt wurde, der Taifun sei
noch nicht ganz abgezogen und daher auch heute kein Flug möglich. Also wieder zurück in unser wenig freundliches Quartier.
Am nächsten Abend endlich konnten wir starten. Die große vier-
motorige Turbopropmaschine war nur schwach besetzt, weil- wie
man uns sagte - in Murmansk so viel wie möglich Kerosin getankt
werden müsse, um von dort nonstop bis Havanna fliegen zu können. Es sei ein langer Flug, der erst nach Norden bis fast zum
Nordpol führe und dann immer entlang der kanadischen und amerikanischen Küste, über die Bahamas nach Havanna. Neben unserer Delegation waren ausschließlich sowjetische Spezialisten an
Bord, die wieder an ihre Arbeitsplätze in Kuba zurückkehrten und
offenbar den Flug dorthin schon häufiger absolviert hatten.

In Murmansk erfolgte also die angekündigte Zwischenlandung zum Auftanken. Als wir das Flugzeug verließen, waren wir plötzlich von einer Winterlandschaft umgeben. Wir flüchteten mit unserer schon für das heiße Kuba vorgesehenen Kleidung in das warme Flughafengebäude, wo wir im Restaurant allerdings mit einem köstlichen Fisch - Abendessen verwöhnt wurden. Nun lernten wir auch unsere Mitreisenden etwas näher kennen, die sich sehr über unser woher und wozu interessierten. Sie akzeptierten uns sofort als gute Freunde, wobei diese Freundschaft sogleich mit reichlich Wodka begossen wurde.

Schon in recht fröhlicher Stimmung bestiegen wir wieder unser Flugzeug, wobei die sowjetischen Spezialisten uns zeigten, wie man bei dem vielen Platz im Flugzeug die Sitze so verstellen konnte, daß für jeden von uns ein bequemer Liegeplatz entstand. Aber an schlafen war noch nicht zu denken, denn jetzt entstand erst einmal eine mehr als lebhafte Diskussion zwischen den Spezialisten und den Stewardessen um die Herausgabe von Kognak. Nachdem sie den begrenzten Vorrat ausgetrunken hatten, wobei wir immer aufgefordert wurden mitzutrinken, und den entsprechenden Flüchen auf die knausige AERO - Flot, begannen die Sowjetniks nun, die eigenen Vorräte auszupacken, aufzukorken und auszutrinken, wobei wir uns dem Mittrinken garnicht entziehen konnten. Nachdem auch die Kognakvorräte der sowjetischen Spezialisten ausgetrunken und wir dabei immer ihre Gäste gewesen waren, entschlossen wir uns, aus unserem eigentlich für unsere kubanischen Partner bestimmten Vorräten auch eine Flasche zu opfern. Nach diesem unfreiwilligen Zechgelage waren wir froh, uns endlich langmachen zu können.

Draußen war es stockdunkel, weil wir ja immer mit der Nacht mitflogen. Als es endlich hell wurde, waren wir schon im Anflug auf die Bahamas. Alle versuchten jetzt, sich etwas "landfein" zu machen, wobei uns unsere neuen sowjetischen Freunde ihre elektrischen Rasierapparate zur Verfügung stellten, weil hier an eine Naßrasur nicht zu denken war.

Als sich dann endlich die Tür des Flugzeugs öffnete und ich als erster die Gangway betrat, traf mich die heiße, feuchte Luft wie ein Hammer. Jetzt rächte sich unser intensiver Alkoholkonsum im Flugzeug, unser Opfer an die deutsch - sowjetische Freundschaft. Ich mußte mich sehr zusammenreißen, um in meinem Zustand Haltung zu bewahren, denn am Fuße der Gangway hatte sich eine Empfangsdelegation versammelt, der auch Berichterstatter von Presse, Funk und Fernsehen angehörten. Nach der Begrüßung durch einen Vertreter der Nationalleitung der Komitees zur Verteidigung der Revolution (CDR) erwartete man nun von mir eine erste Erklärung, auf die ich garnicht vorbereitet war. Ich mußte also improvisieren, was mir bei meinem gegenwärtigen Zustand garnicht leicht fiel. Ich war froh, daß wir gleich anschließend in das Flughafengebäude gehen konnten, wo es doch etwas kühler war. Dort kam es dann zu einem ersten Gespräch mit den kubanischen Freunden, bei dem wir auch gleich Bekanntschaft machten mit Daikerie und Cuba - Libre, zwei herrlichen Getränken, die wir dann auf unser Reise noch oft genießen konnten. Von großem Vorteil für uns war die schon auf dem Flugplatz wirksam werdende Betreuung durch unsere Botschaft, die uns für die ganze Dauer unseres Aufenthaltes in Kuba den Botschaftsdolmetscher Rolf Staltmeier zur Verfügung stellte, eine Aufgabe für ihn, die garnicht leicht zu erfüllen war. Denn in Kuba spricht man kein klassisches spanisch, sondern ein "Räuber - Spanisch", wie uns Rolf Staltmeier erklärte.

Auf der langen Fahrt vom Flughafen in die Stadt bestaunten wir immer wieder die großen Plakatwände mit den bildhaften Darstellungen revolutionärer Losungen, ein Relikt noch aus der Zeit, in der die auch bis in die entlegensten Gebiete hinein organisierte Alphabetisierungskampagne noch nicht angelaufen war.

Havanna machte auf uns von weitem einen überwältigenden Eindruck mit seiner von zahlreichen Hochhäusern dominierten Skyline, Zeugen noch aus der Zeit der von Amerika beherrschten Batista - Diktatur. Später, bei näherem Kennenlernen der

Stadt, mußte man leider viel Baufälliges vor allem an den oft sehr schönen alten Bauten aus früherer Kolonialzeit zur Kenntnis nehmen. Für ihre Restaurierung fehlten dem armen Kuba zur Zeit einfach die materiellen und finanziellen Mittel. Überall spürte man die Folgen des von den USA Kuba gegenüber verhängten Boykotts und Wirtschaftsembargos. Neben vielen Gebäuden waren es vor allem die noch aus der USA - Zeit stammenden großen Autos, die meist in einem erbärmlichen Zustand waren.

Von dem allen wurden wir aber selber kaum tangiert. Wir wurden in dem noch in sehr gutem Zustand befindlichen ehemaligen Hilton - Hotel untergebracht, das jetzt wie das landesübliche Getränk "Cuba Libre" hieß: noch am gleichen Tag hatten wir ein sehr informatives Gespräch mit der Nationalleitung der Komitees zur Verteidigung der Revolution, kurz CDR genannt. Man erklärte uns, die Komitees seien vor acht Jahren von der Nationalleitung bis hinunter zu den Straßenkomitees geschaffen worden, um den Partei - und Staatsorganen im Kampf gegen die aus den USA ferngesteuerte Konterrevolution und bei der Erfüllung der Aufgaben des sozialistischen Aufbaus zu helfen.

Diese Komitees waren anfangs eine reine militante Organisation, weil alle Mitglieder zugleich Milizdienst versahen. Aber jetzt, so wurde uns erklärt, nachdem die Konterrevolution im Inneren zerschlagen und sich zumeist nach Florida abgesetzt habe, stünden die Aufgaben des Aufbaus eines sozialistischen Kubas immer mehr im Vordergrund, so daß heute die Komitees immer stärker in Aufgaben und Zielsetzungen den Ausschüssen der Nationalen Front in der DDR ähnelten, weshalb auch unser Besuch für Kuba von so großem Nutzen sei. Jetzt gehe es vor allem darum, die Bevölkerung zur freiwilligen Arbeit für verschiedene Zwecke, vor allem in der Zuckerrohrernte zu mobilisieren. Materielle Stimuli lehnte man kategorisch ab. Die CDR bekämpfe energisch das sogenannte "Peso - Gewissen", also den Wunsch, durch bessere Arbeit mehr zu verdienen, um besser leben zu können. Das sei erst möglich, wenn alle lateinamerikanischen Länder befreit seien.

Diese Feststellung wurde uns sicher deshalb so eindringlich mit auf den Weg gegeben, weil man wußte, daß wir in der DDR in dieser Frage ganz gegenteiliger Auffassung waren. Diese Ermahnung galt vor allem im Hinblick auf die Tatsache, daß wir die erste Nationalrats-Delegation waren, der man die Möglichkeit gab, in öffentlichen Einwohnerversammlungen und zwar in Santiago de Kuba, in Camagüey und in Matansas zur Bevölkerung zu sprechen.

Mit diesem Reizthema wurden wir dennoch während unserer Reise immer wieder konfrontiert, vor allem, weil die in Kuba tätigen Spezialisten aus der DDR keinen Hehl aus ihrer gegenteiligen Meinung machten. Und trotz der ablehnenden Haltung, die sicher von der Parteiführung initiiert worden war, ging die Diskussion über einen materiellen Anreiz in Landwirtschaft und Industrie offenbar immer weiter. So erklärte man uns in der großen Musterfarm von Aguacate, daß es hier nicht nur entsprechend der Qualifikation unterschiedliche Tariflöhne gäbe, sondern zu diesen Tariflöhnen auch noch spezielle Leistungslöhne gezahlt würden. Und bei unserer Unterredung in der großen Zementfabrik in Santiago wurde uns zum Schluß vom Produktionsleiter die Frage gestellt, wie wir zum materiellen Stimulus ständen. Und nachdem wir über die Gründe und Erfolge der Kopplung von Bewußtseinsentwicklung und materiellem Anreiz berichtet hatten, erklärte der Produktionsleiter im Beisein der Werkleitung, der Parteileitung und der Vertreter aus Havanna; in Kuba habe man dazu offiziell eine andere Meinung, er persönlich sei aber der Ansicht, wir in der DDR hätten mit unserer Methode recht.

Bei der Besichtigung dieses Werkes, das ganz Kuba mit Zement versorgte, wurden wir noch mit einem anderen, uns schon aus den Anfangsjahren der Sowjetunion, aber bei uns unbekanntem Problem konfrontiert. Ein großes, freistehendes, elektrisches Aggregat war mit Seilen abgesperrt, an denen große gelbe Tafeln mit einem Totenkopf darauf hingen. Der Werkleiter erklärte uns, hier habe es schon zwei Tote gegeben, weil die ungelernten Arbeiter es nicht hätten lassen können, daran rumzuspielen. Das sei in Kuba sowieso ein sehr ernstes Problem, daß es nicht wie in der DDR oder Tschechoslowakei eine hochqualifizierte Facharbeiterschaft gegeben habe. Nur sehr mühsam müsse man zunächst sogar erst am Arbeitsplatz, ein Facharbeiterwissen heranbilden bei Menschen, die gleichzeitig auch erst noch lesen und schreiben lernen müßten.

Was das "Peso - Gewissen" betrifft, so haben wir nicht nur theoretisch dagegen polemisiert. Wir hatten als Gastgeschenke aus der DDR ein Dutzend Armbanduhren aus Ruhla und Glashütte mitgebracht, die wir jetzt in der Landwirtschaft und Industrie an uns namhaft gemachte Bestarbeiter verteilten, um so den materiellen Anreiz deutlich zu machen Aber ehe wir durch das wunderschöne Land fuhren, waren wir erst noch einige Tage in Havanna, vor allem, um an den Feierlichkeiten aus Anlaß des 7. Jahrestages der Gründung der Komitees zur Verteidigung der Revolution teilzunehmen, der eigentlichen Ursache unseres Besuchs. Höhepunkt war eine große Kundgebung, auf der Fidel Castro sprach. Wir hatten Ehrenplätze auf der großen Tribüne, konnten daher Fidel Castro aus nächster Nähe erleben. Als gute Deutsche waren wir rechtzeitig auf unseren Plätzen und waren erstaunt, noch niemanden auf der Tribüne vorzufinden. Auch auf dem großen Platz waren erst einige Gruppen von Zuhörern erschienen. Unser Dolmetscher erklärte uns, daß das hier keine Seltenheit sei. Pünktlichkeit sei keine Tugend der Kubaner.

Fast eine Stunde nach dem angesetzten Termin erschien Fidel Castro mit großem Gefolge. Inzwischen war auch der Platz dicht gedrängt voller Menschen, die Fidel Castro mit großer Begeisterung lautstark begrüßten. Unser Dolmetscher konnte uns zwar von der einstündigen Rede nur Bruchstücke übersetzen, aber die waren für uns doch schon sehr aufschlußreich. So erwähnte er die große Hilfe der Sowjetunion, ohne die die kubanische Revolution garnicht hätte überleben können, mit keinem Wort. Dafür spielten "die kleinen, sozialistischen Länder, die wie Kuba und die

DDR noch aktiv gegen den Imperialismus kämpfen", eine große Rolle. Auf den Vergleich Kubas mit der DDR stießen wir in der Folge noch oft, zumal Kuba mit der amerikanischen Enklave Guatanamo ein ähnliches Problem wie die DDR mit Westberlin hatte. Da wir ganz in der Nähe von Fidel Castro saßen, konnten wir ihn gut beobachten. Er sprach mit großen Gesten und einer schon fast theatralischen Mimik. Er unterbrach seine Rede immer wieder mit Fragen, die er an die große Volksmenge stellte, die ihm die erwartete Antwort zuschrie. Den Hauptteil seiner Rede widmete Fidel Castro den schwierigen Aufgaben des sozialistischen Aufbaus und der Forderung nach erhöhter Wachsamkeit gegenüber konterrevolutionärer Sabotage und imperialistischen Anschlägen, also den beiden Hauptaufgaben der Komitees zur Verteidigung der Revolution.

Schon in Havanna konnten wir aber auch viele neue Eindrücke von den kubanischen Menschen und den Verhältnissen, in denen sie lebten, sammeln. Vor allem mußten wir - wie später im ganzen Land - feststellen, daß wir noch nie so viele schöne, fröhliche und gutmütige Menschen angetroffen hatten wie in Kuba. Und Hitler und seine Rassenfanatiker hätten hier lernen können, daß auch beim Menschen die Rassenmischung sich sehr positiv auswirkt und zwar nicht nur im Erscheinungsbild, sondern auch bei der Intelligenz. Fast überall im Lande waren die leitenden Funktionäre Mischlinge. Eine herausragende Rolle spielen die Kinder. Sie werden in einer Weise privilegiert und genießen Freiheiten, wie sie so in Europa unbekannt sind. Und dann zwei uns besonders auffallende Lieblingsbeschäftigungen der Kubaner: Musik und Sex. Überall wo wir hinkamen hörte man Rumba - Rhythmen und sieht Menschen in inniger Umarmung.

Auf Havannas Prachtstraße Malecon hat man auf einer Länge von tausend Metern extra abends die Straßenlampen abgeschaltet, um für die alten, aber weich gefederten amerikanischen Autos genügend Parkmöglichkeiten für Liebesspiele zu schaffen. Und an den schwingenden Bewegungen der Autos merkte man, daß es im Inneren hart zur Sache ging. Auch in den vielen Bars herrschte große Dunkelheit - meist leuchteten aus kleinen Schlitzen in großen Bambusrohren nur kleine Lämpchen-, so daß man feststellen mußte : die Kubaner lieben die Dunkelheit, weil sie in der Dunkelheit so gerne lieben. Auch beim Baden in dem warmen Wasser, das einen mit seinem Salzgehalt auch ohne Schwimmbewegungen schön trägt, waren auch intimste Szenen keine Seltenheit, was wir besonders an dem wunderschönen Strand von Varadero später feststellen konnten. Man kann daher heute gut verstehen, daß Kuba immer stärker zu einem Zentrum des internationalen Sex - Tourismus gemacht wird, zumal die dort herrschende Armut eine Triebfeder für weibliche und männliche Prostitution ist.

In Havanna hatten wir noch ein ganz besonderes Erlebnis: Auf dem großen Platz vor der noch aus der Kolonialzeit stammenden imposanten Kirche fand an einem Abend ein Folklore - Festival statt. Wir hatten Ehrenplätze in der ersten Reihe und konnten so alles aus nächster Nähe bewundern. Was hier an Tänzen in prächtigen Kostümen, an mitreißenden Rumba - Rhythmen, an herrlichen Gesängen geboten wurde, war mitreißend. Der Abend bot neben den optischen und akustischen Erlebnissen auch einen aufschlußreichen Einblick in die verschiedenen ethnischen Gruppierungen Kubas, wobei die afrikanischen Darbietungen, die bis in die Zeit der Sklaverei zurückreichten , dominierten. Der Abend ließ ahnen, was sich hier in Kuba in der Zeit des Karnevals abspielen muß.

Von Havanna aus begann unsere Reise durch das ganze Land, wobei zunächst der Flug nach Santiago den Anfang machte. Die Landung auf dem hoch über Santiago liegenden Flugplatz auf einer ganz schmalen Piste war beängstigend. Rechts und links sah man vom Flugzeug aus nur in die Tiefe.

Unten lag malerisch um eine große Bucht gruppiert Santiago, ein Anblick, der vor allem am Abend, wenn sich das Lichtermeer der Stadt im Wasser spiegelte, besonders beeindruckend

war. Wir wurden hier oben in einem idyllischen Motel untergebracht, das aber den Standard eines Interhotels hatte. Bei der Besichtigung der Stadt fielen uns besonders die vielen Schiffe im
Hafen auf, unter denen die sowjetischer Herkunft dominierten.

Man erklärte uns, daß hier jeden Tag ein sowjetischer
Tanker einlief, um vor allem die kubanischen Kraftwerke mit
Treibstoff zu versorgen. Denn Kuba besitze noch aus der Zeit der
amerikanischen Vorherrschaft nur Kraftwerke auf Erdölbasis, was
zwar für die Umwelt sehr vorteilhaft, aber für die ständig notwendige Versorgung aus der fernen Sowjetunion doch recht
problematisch sei, eine Feststellung, die sich nach dem
Zusammenbruch der Sowjetunion dann ja leider auch sehr
bewahrheitet hat. Aber im Gegensatz zu der Rede Fidel Castros
war man hier in Santiago - wie später auch im ganzen Land - voll
des Lobes für die große sowjetische Hilfe. Die konnten wir auch
bei unserem Besuch in dem riesigen Zementwerk besichtigen, das
in der Hauptsache von der Sowjetunion errichtet worden war und
in dem auch jetzt noch sowjetische Spezialisten tätig waren -
vielleicht auch solche, die mit uns im Flugzeug aus Moskau
mitgereist und mitgetrunken hatten! Über die dort geführten
Gespräche habe ich schon berichtet.

Von Santiago aus waren wir natürlich auch in den Bergen
der Sierra Maestra und an den Gedenkstätten des Beginns der kubanischen Revolution. Einen besonderen Höhepunkt bildete unser
Besuch in Matanzas, wo am Abend des 7. Oktober ein großes
Freundschaftsmeeting zu Ehren des 18. Jahrestages der Gründung
der DDR organisiert war. Die Straße, in der diese Freundschafts-
kundgebung stattfand, war reich mit den Fahnen der DDR und
Kubas und einem großen Bild Ernst Thälmanns geschmückt. Alle
örtlichen Komitees hatten Delegationen entsandt, die uns auf offener Bühne gratulierten und symbolische Geschenke überreichten. Ich hatte dann Gelegenheit, über Entstehen und Wachsen der
DDR zu berichten, während anschließend der Provinzsekretär der
CDR, der erst kürzlich mit einer Delegation die DDR besucht hat-

te, über seine Eindrücke berichtete, um dann - ziemlich abrupt - seine Rede mit einigen Sätzen über die Unterstützung Kubas für den Befreiungskampf in Latein - und Südamerika abzuschließen. Das wurde offenbar in Kuba von allen Führungskräften verlangt, während wir den Eindruck hatten, daß diese abenteuerliche Politik bei der Bevölkerung nur geringe Resonanz fand - bis auf den Kampf Che Guevaras. Bei unserer Abreise wurde gerade noch sein Tod bekannt, was in ganz Kuba tiefe Bestürzung auslöste und sicher bei großen Teilen der Bevölkerung das Nachdenken über die Zweckmäßigkeit solcher Aktionen vertiefte. Den Abend in Matanzas beschlossen wir mit einem Cocktail, den wir den Mitgliedern der Provinz - und Stadtleitung der CDR im Hotel "International" in Varadero gaben, wo wir auch untergebracht waren, um ihnen damit unsere Dankbarkeit für ihre großen Anstrengungen zum Jahrestag der DDR zu bezeugen. Für mich hatte dieser Abend noch eine böse Folge: Beim Betreten der Bar, die - wie schon erwähnt - sehr dunkel war, verfehlte ich am Eingang eine Stufe und brach mir - wie später in Berlin festgestellt wurde - einen Zeh, was mich in der Folge doch stark behinderte. Wir blieben noch einige Tage in Varadero, dem wohl attraktivsten Badeort Kubas, und genossen Strand und Meer.

Wir konnten dann noch Stadt und Provinz Camagüey, Santa Clara und auch Cienfuegos kennen lernen, das für uns eine interessante Entdeckung barg. Unser Dolmetscher machte uns darauf aufmerksam, daß hier einmal in früher Zeit Normannen gelandet seien. Und bis heute hätten sich hier ihre Nachkommen festgesetzt. Und richtig konnten wir hier viele weißhäutige und blond - oder rothaarige Menschen treffen, ein sonst für Kuba ungewohnter Menschentyp.

Zurück in Havanna gab unser Botschafter Joachim Naumann für uns und die Nationalleitung der CDR einen Abschiedsempfang. Er ist deshalb erwähnenswert, weil wir von der Residenz unseres Botschafters tief beeindruckt waren. Er residierte in einer Villa etwas außerhalb Havannas, die früher einmal einem amerikanischen Millionär gehört hatte, und lag in einem großen Palmengarten mit sorgfältig gepflegtem Rasen. Wir kamen uns hier wie in Hollywood vor. Aber Halberstädter Würstchen und Radeberger Pilsner brachten uns schnell wieder in die DDR - Wirklichkeit zurück.

Wenn ich zum Schluß meiner Reiseschilderungen jetzt erst über eine Schwedenreise berichte, die vom 30.11 - 10.12.1965 stattfand, so hat das seinen Grund in einem Ereignis, das sich während meiner offenbar bewußt organisierten Abwesenheit von Berlin abspielte und auf das später noch ausführlich eingegangen werden wird.

Den Beschluß, mit dem renommierten DDR - Völkerrechtler Professor Graefrath, der später der Vertreter der DDR in der UNO - Menschenrechtskommission war, zu einer Vortragsreise nach Schweden zu fahren, erhielt ich zwar vom ZK der SED, aber die Reise erfolgte im Auftrag der Liga für Völkerfreundschaft und da speziell der Freundschaftsgesellschaft DDR - Schweden. Sie hatte mit ihrer schwedischen Partnerorganisation, die von Berlin aus angeleitet und finanziert wurde, diese Reise vorbereitet - mehr schlecht als recht - wie sich in Schweden sofort zeigte.

Für mich war diese Reise im Auftrag der Liga für Völkerfreundschaft etwas ganz Neues, war ich doch bisher immer nur als Vertreter des Nationalrates ins befreundete sozialistische Ausland gefahren. Außerdem kam für mich diese Reise sehr plötzlich und unvorbereitet. Nun also stand erstmals das neutrale Schweden auf dem Programm, wo aber die BRD, wie sich schnell zeigte, einen großen Einfluß besaß, sowohl auf wirtschaftlichem wie auch auf kulturellem Gebiet. Bei letzterem geschah das vor allem über die Germanistik - Fakultäten, wo viele westdeutsche Dozenten tätig waren, die mit der Sprache natürlich auch ihre Politik und Ideologie verbreiteten. Und da an Schwedens Schulen der Deutsch - Unterricht weit verbreitet war, erwiesen sich die von Westdeutschland stark beeinflussten Germanistik - Studenten später als Lehrer an den Schulen als wichtige Multiplikatoren.

Unsere Reise nach Schweden mit Zug und Fähre machten wir gemeinsam mit dem Mitglied des Politbüros der KP Schwedens, dem Genossen Lager, der uns während der Fahrt nicht nur mit wichtigen Informationen, sondern leider auch mit viel Whisky versorgte, mit dem er sich bei seinem Besuch im ZK der SED offenbar in Westberlin reichlich eingedeckt hatte.

Bei unserem Eintreffen im Büro der Gesellschaft Schweden - DDR in Stockholm zeigte sich, daß für unseren Aufenthalt ein mehr als dürftiges Programm aufgestellt worden war, das dann auch organisatorisch so schlecht vorbereitet war, daß ein wirkungsvolles politisches Auftreten nicht gesichert war, Hinzu kam, was wir sehr merkwürdig fanden, daß der verantwortliche Leiter des Büros, Ture Svenson, ausgerechnet während unseres Aufenthaltes in Schweden in Berlin war. Und sein Stellvertreter Karlson erwies sich als sehr unbeweglich und unbeholfen. Wir waren also gezwungen, unser Auftreten weitgehend selbst zu organisieren. Dabei halfen uns neben den von der Liga mitgegebenen Adressen vor allem unser DDR - Handelsrat Mainusch, der über gute Beziehungen zu schwedischen Wirtschafts - und Regierungskreisen verfügte, und der Korrespondent des DDR - Nachrichtendienstes ADN, Genosse Böttcher.

So gelang es Professor Graefrath in Stockholm, Malmö und Göteborg mit führenden Juristen und juristischen Fakultäten in Verbindung zu kommen, um dort neben juristischen Fragen auch unsere Politik darzulegen. Ich selber konnte durch Vermittlung des ADN - Korrespondenten mehreren Zeitungen Interviews geben, wobei ein großes Interesse für unser "Braunbuch über Nazis und Kriegsverbrecher in Bonner Diensten" bestand, das in den Redaktionen völlig unbekannt war, obwohl es in Stapeln im Stockholmer Büro der Gesellschaft Schweden - DDR herumlag, ohne an die Medien oder andere interessierte Stellen verschickt worden zu sein. Auch mit linken Studenten der larté gab es Zusammenkünfte und interessante Gespräche.

Wir bekamen aber schnell mit, daß es zu der Zeit in

Schweden ein besonderes Interesse und starkes Engagement gegen die USA - Aggression in Vietnam gab. Und man vermerkte mit Unverständnis, daß die Bonner Regierung auch bei diesem Völkermord wieder auf Seiten des Aggressors stand. So hatte Willy Brandt, der sonst im Lande ein hohes Ansehen genoß, bei seinem jüngsten Besuch in Schweden versucht, Amerikas schmutzigen Giftgaskrieg in Vietnam zu rechtfertigen, was seiner Popularität sehr geschadet hat. An Vietnam konnten wir in der Folge sehr wirkungsvoll die so unterschiedliche Politik beider deutscher Staaten darlegen und so viel Sympathie für die DDR gewinnen. Aber natürlich kamen auch "Mauer und Stacheldraht" in die Diskussion und es war garnicht leicht, ja oft unmöglich, die Schweden von der Notwenigkeit dieser Maßnahmen zu überzeugen.

Im Ganzen gesehen litt unsere Reise sehr unter der Improvisation und der Unfähigkeit des Stockholmer Büros der Freundschaftsgesellschaft. Überall hörten wir darüber auch heftige Klagen und böse Kritik, weil die beiden KP- Genossen ganz sektiererisch sich nur auf die Verbindung mit ihrer eigenen kleinen Partei stützten und keinerlei Anstrengungen unternahmen, breite an der DDR interessierte Kreise wenigstens mit dem ihnen zur Verfügung stehenden umfangreichen Informationsmaterial zu versorgen.

Als ich wieder in Berlin war, wurde ich gleich zu Werner Kirchhoff gerufen. Der teilte mir mit, daß während meines Aufenthaltes in Schweden ein "Staatssekretariat für gesamtdeutsche Fragen" gebildet worden sei, das von Joachim Herrmann als Staatssekretär und Herbert Häber als seinem Stellvertreter geleitet würde. Auf Beschluß der Partei seien alle meine Mitarbeiter aus dem wissenschaftlichen Bereich und einige aus dem operativen Bereich in das neue Staatssekretariat versetzt worden. Ich war zunächst sprachlos über diesen Handstreich, dann aber heftig empört. Daher also diese plötzliche Schwedenreise !

Man wollte mich aus Berlin weghaben, während man mir meine wichtigsten Mitarbeiter wegnahm, um so einen Widerstand gegen diese meine in Gang gesetzte Demontage zu verhindern. Als ich zu Werner Kirchhoff sagte, ohne diese Mitarbeiter, die die ganze Entlarvungskampagne gegen Nazis und Kriegsverbrecher in Bonner Diensten geleitet hatten, könne ich natürlich die Arbeit in der bisherigen Weise nicht mehr fortführen, meinte er trocken: "Das mußt Du selber mit dem ZK und dem neuen Staatssekretariat klären!" Ich ging also gleich zu Joachim Herrmann, der sich mit seinem Staatssekretariat im Haus neben dem Zentralrat der FDJ Unter den Linden niedergelassen hatte. Als ich Joachim Herrmann sagte, daß er nun natürlich mit meinen Mitarbeitern auch deren bisherige Tätigkeit mitübernehmen müsse, entgegnete er mir sehr arrogant, davon könne gar keine Rede sein. Das Staatssekretariat habe völlig andere Aufgaben und alles, wofür ich bisher zuständig gewesen sei, bleibe auch beim Nationalrat. In der Westabteilung des ZK erhielt ich anschließend die gleiche Antwort, wobei man mir sagte, man wolle jetzt durch das neue Staatssekretariat mit der BRD besser ins Gespräch kommen, erstrebe eine Normalisierung der Beziehungen und werde deshalb die Entlarvungskampagne nicht in der bisherigen Form fortsetzen. Wichtig für uns im Nationalrat sei jetzt die Intensivierung der Gespräche mit westdeutschen Persönlichkeiten und den Gästen aus der BRD, die in die DDR kämen. Das Staatssekretariat hingegen sei geschaffen worden, um mit offiziellen Stellen der BRD und führenden Politikern in Kontakt und ins Gespräch zu kommen.

Offenbar sollte aber das neue "Staatssekretariat für gesamtdeutsche Fragen" auch ein Pendant zum Bonner Ministerium für gesamtdeutsche Fragen sein. Aber je mehr sich die DDR gegen den Alleinvertretungsanspruch Bonns zur Wehr setzte und die Theorie von der Existenz von zwei unabhängig voneinander existierenden deutschen Staaten an Boden gewann, um so mehr wurde die Bezeichnung "Staatssekretariat für gesamtdeutsche Fragen" zu einem Anachronismus. Man taufte es also über Nacht in "Staatssekretariat für westdeutsche Fragen" um. Aber es gelang nie, dieses Staatssekretariat wirklich zu einem Ansprechpartner für offizielle westdeutsche Stellen oder führende Politiker zu machen. So plötzlich wie es geschaffen worden war, wurde es auch wieder aufgelöst. Joachim Herrmann und Herbert Häber kamen beide danach als Mitglieder in das Politbüro des ZK der SED. Während Joachim Herrmann, über den später noch zu sprechen sein wird, Herrscher über die Massenmedien der DDR wurde, versuchte Herbert Häber als Spezialist für Westdeutschland nun mit seiner Autorität als Mitglied des Politbüros die Politik der Normalisierung und Annäherung an die BRD verstärkt fortzusetzen. Das wurde ihm von Moskau aus sehr übel genommen und man zwang das ZK der SED, ihn wieder aus dem Politbüro zu entfernen. Und das geschah mit den übelsten Methoden, sogar unter Zuhilfenahme der Psychiatrie. Nach der Wiedervereinigung wurde über diese Schandtat - auch durch Herbert Häber selber - in den Medien ausführlich berichtet.

Kapitel VII

1968 : Auch für mich ein schicksalsschweres Jahr

Schon bei meiner Schwedenreise war mir bewußt geworden, daß der barbarische Krieg der USA gegen das friedliebende vietnamesische Volk eine weltweite Protestbewegung in Gang gesetzt hatte. In Amerika selbst protestierten Hunderttausende, ein Protest, der nach der Ermordung des schwarzen Bürgerrechtlers Martin Luther King am 4. April 1968 noch eine neue Motivation und Steigerung erfuhr. In Europa, vor allem in Frankreich und Deutschland ging der Protest in einen Schrei der Empörung über, als das Massaker im Bauerndorf My Lai bekannt wurde, wo eine US - Infanterie - Einheit unter dem erst 26 jährigen Oberleutnant William C. Cally 507 Bewohner kaltblütig massakriert hatte. Und der Giftkrieg zur Entlaubung Vietnams erinnerte in seiner Grausamkeit an das Atomverbrechen der USA in Hiroshima und Nagasaki. Überall, in Washington wie in London, Paris oder Westberlin gingen die jungen Leute, vor allem die Studenten, auf die Straße und lieferten sich dort mit der Polizei heftige Straßenschlachten.

Mich, als für die Westarbeit im Nationalrat Verantwortlicher, erregte diese neue gewaltige Protestbewegung sehr. Jetzt konnten wir unseren westdeutschen Partnern den gravierenden Unterschied zwischen der DDR und der BRD noch besser verdeutlichen. Während in der DDR die Parteien, die Regierung und die Bevölkerung alles taten, um dem vietnamesischen Brudervolk in seinem schweren Kampf politische, moralische und materielle Hilfe zu leisten, stand Bonn auch bei diesem verbrecherischen Krieg an der Seite Washingtons. Als im Juni 1967 der Student Benno Ohnesorg bei einer Protestaktion gegen den Besuch des Schahs in Westberlin von einem Polizisten erschossen und im April 1968 die Galionsfigur der westdeutschen Studenten, Rudi Dutschke, einem Attentat zum Opfer fiel, an dem er später starb, erreichte die Protestbewegung der jungen Leute in Westdeutschland und in Westberlin eine neue Dimension.

Für mich war besonders bedeutsam und interessant, daß sich diese Studentenbewegung immer stärker gegen die in der BRD herrschende Ordnung richtete. Von "Haut dem Springer auf den Finger!" reichten die Parolen über "Befreit die Eminenzen von ihren bürgerlichen Schwänzen!" bis "Unter den Talaren der Mief aus hundert Jahren!". Es wurde immer deutlicher, daß sich der jugendliche Proteststurm immer stärker gegen die in der BRD herrschenden gesellschaftlichen Zustände, gegen das "Establishment" richtete. Viele Studenten aus dem SDS, dem "Sozialistischen Studentenbund" und der APO, der "Außerparlamentarischen Opposition", waren zum Teil gute Bekannte von uns, hatten schon auf unsere Einladung hin die DDR besucht. Aber in den politisch motivierten Protest mischte sich auch viel für mich Unverständliches. Zwischen den Ostermarschierern und Kämpfern gegen den Krieg in Vietnam, wie gegen Bonner Notstandsgesetze und Wehrpflicht sah man Hippies mit Blumen im Haar und der Forderung nach freiem Sex, kämpften Frauen für ihre Emanzipation und wurde Che Guevara das Idol und nicht Marx und Engels.

Obwohl die 68er Bewegung gegen Imperialismus, für Frieden und Sozialismus kämpfte, wurde die DDR nie ihr Ideal. Und umgekehrt gab es für die DDR in dieser Bewegung zu viel Revoluzzertum und Anarchie, um von ihr akzeptiert zu werden. Es gab also eine deutliche Distanz zwischen den 68ern und der DDR. Dennoch hat diese Bewegung damals sicher einige Verkrustungen aufgebrochen und zu einer stärkeren Demokratisierung beigetragen. Aber das Gros der Bevölkerung stand der 68er Bewegung abwartend bis skeptisch gegenüber. Daher konnte sie auch keine politischen Strukturen verändern. Bis auf die von Ulrike Meinhof, Andreas Baader, Fritz Teufel und Horst Mahler repräsentierte kriminelle Terrorgruppe der RAF, der "Rote - Armee - Fraktion", verlief sich die 68er Bewegung in kleine unbedeutende Diskutierclubs und heute gehören viele von ihnen selbst zum gegenwärtigen "Establishment".

Ich selber war in meiner Beobachtung der westdeutschen und westberliner 68er Bewegung durch private Dinge stark abgelenkt. Nachdem beide Söhne aus dem Haus waren, empfanden wir unsere in der Berliner Mollstraße gelegenen große Fünf - Zimmer Wohnung als zu aufwendig. Wir hatten sie seinerzeit bezogen, um unserem Sohn Axel, der als sehr guter Schwimmer an die Kinder - und Jugend - Sportschule (KJS) "Ernst Grube" delegiert worden war, den täglichen Weg zur Schule und zum Schwimmstadion zu verkürzen. Jetzt, da er in Leipzig studierte, entfiel dieser Grund und auch unser ältester Sohn Harold hatte inzwischen geheiratet und eine eigene Wohnung.

Hinzu kam, daß die Mollstraße inzwischen zu einer Hauptverkehrsstraße geworden war, mit mehreren Straßenbahn - und Omnibuslinien, so daß die Lärmbelästigung sehr groß geworden war. Wir hatten bei häufigen Besuchen der mir noch aus dem Nationalkomitee in Moskau gut bekannten alten Genossin Lea Große immer schon deren schönes ruhiges Reihenhaus in der Kleinen Homeyerstraße in Pankow bewundert, das ganz nahe an der von einem Naturpfad durchzogenen Schönholzer Heide und dem weitläufigen schönen Bürgerpark lag. Dort auch einmal eine Wohnung zu bekommen war unser Traum. Da ich den damaligen Bezirksbürgermeister von Pankow gut durch meine Arbeit im Nationalrat kannte - jeder Sekretär hatte einen speziellen Bezirk zu betreuen und mir hatte man wegen meiner Westarbeit Berlin zugeteilt -, sagte ich ihm einmal diesen unseren Wunsch und bat ihn, mir Bescheid zu geben, falls in der Siedlung einmal ein Haus frei würde. Im Frühjahr 1968 rief er mich an und teilte mir mit, daß jetzt ein Haus freigeworden sei, denn die bisherige Mieterin, Frau Dr. Riebe, eine Anästhesistin des Krankenhauses Friedrichshain, sei republikflüchtig geworden. Das Haus sei zwar noch versiegelt, aber ich solle gleich Stadtrat Mallickh anrufen, der von ihm informiert sei, und mir von ihm eine Zuweisung geben lassen. Es klappte auch alles reibungslos und als das Haus geräumt und renoviert war, konnten wir einziehen. Das alles lenkte mich natürlich sehr von dem äußeren Geschehen ab.

In der Zwischenzeit waren in unserem Nachbarland, der Tschechoslowakei, der CSSR, gravierende Veränderungen vor sich gegangen. Anfang April hatte die KP der CSSR unter der neuen Führung von Alexander Dubcek ein Aktionsprogramm angenommen, das eine weitgehende Demokratisierung vorsah, vor allem die Presse-, Meinungs- und Versammlungsfreiheit. Es begann der sogenannte "Prager Frühling". Das alles löste in der CSSR eine große Begeisterung und viel Aktionismus aus. Da ich wegen meiner Westarbeit auch zu den privilegierten Beziehern westdeutscher und westberliner Zeitungen und Zeitschriften gehörte, erfuhr ich daraus, daß offenbar ganze Ströme von Sonderkorrespondenten in die CSSR reisten und in ihren Kommentaren und Berichten große, sehr weitreichende Hoffnungen auf ein Ausbrechen der CSSR aus dem "sowjetischen Joch" äußerten. Da man auch gleichzeitig die Nachricht verbreitete, daß Bonn "vorsorglich" 20.000 Soldaten an der bayrisch - tschechoslowakischen Grenze zusammengezogen habe, waren für mich die beiden Hauptkomponenten der von amerikanischen Theoretikern so definierten "Psychologischen Kriegführung" - ideologische Einmischung und militärischer Druck - jetzt gegeben. Für mich standen deshalb damals die wirtschaftlichen und militärischen Konsequenzen eines eventuellen Herausbrechens der CSSR aus dem RGW (Rat für gegenseitige Wirtschaftshilfe) und dem Warschauer Pakt (dem Militärbündnis der sozialistischen Staaten) so sehr im Vordergrund, daß dahinter die ernsthaften Bestrebungen nach einem demokratischen Sozialismus, nach einem - wie es damals hieß - "Sozialismus mit menschlichem Antlitz" - zurücktraten. Ich malte mir damals aus, was es für uns in der DDR bedeuten müßte, wenn sich die CSSR aus der wirtschaftlichen und militärischen Verzahnung herauslösen würde. Diese Gefahr sah ich wachsen angesichts der Begeisterung, mit der der gesamte Westen diesen Demokratisierungsprozesses begleitete. Mir war Bebels Warnung eingebleut worden, "wenn dich deine Feinde loben, hast du etwas falsch gemacht". Aber ich hoffte natürlich, daß es den sowjetischen Führern auf ihrem Treffen mit den tschechoslowakischen Reformern in Cierna (21. - 31. Juli 1968) und bei der anschließenden Konferenz der Führer aller Ostblockstaaten in Bratislava (3. August 1968) doch gelingen würde, zu einer für beide Seiten gütlichen Regelung zu kommen. Nie hatte ich damals an eine militärische, an eine brutal-gewaltsame Lösung gedacht.

Wenn auch meine Sorge um den Verbleib der CSSR im sozialistischen Verbund dominierte, so war bei mir doch auch Sympathie für den Versuch vorhanden, den "real existierenden Sozialismus" zu reformieren, ihn aus dem immer enger werdenden Korsett zentral- bürokratischer Reglementierung zu befreien und dem Ideal anzunähern, welches uns Marx und Engels vorgezeichnet hatten und um dessentwillen ich mich zum Marxisten gewandelt hatte. Der "Prager Frühling" schärfte jedenfalls meinen Blick auf offensichtliche Mängel unseres sozialistischen Systems, die ihn auch bei der Klassenauseinandersetzung mit dem Kapitalismus hemmten, ein Gebiet, auf dem ja meine spezielle Arbeit im Nationalrat lag

Ungeachtet der oft turbulenten Ereignisse im Westen und in der CSSR ging in der DDR alles seinen gewohnten Gang. So fand im Juli 1968 auch wie gewohnt wieder die traditionelle "Ostsee - Woche" statt, bei der sich nicht nur die Partei - und Staatsführung in Rostock versammelte und auf einer großen Kundgebung feiern ließ, sondern zu der auch viele Gäste vor allem aus den Ostsee- Anrainerstaaten und natürlich auch aus der BRD eingeladen wurden.

Das waren für mich und meine Mitarbeiter aus der Westabteilung immer Großkampftage. Denn einmal gehörten wir mit zu den Einladern unserer Freunde oder Bekannten aus dem Westen und mußten uns im Ostsee - Bezirk um sie kümmern. Andererseits aber fanden, organisiert durch die Kreisausschüsse der Nationalen Front, auch im ganzen Küstenbezirk Treffen mit allen

Gästen aus der BRD und Westberlin statt, auf denen ich meistens das einleitende Referat oder das Schlußwort hielt. Dadurch kam ich während der "Ostsee - Woche" fast durch alle Städte des Bezirks Rostock und war dabei oft schockiert, in welchem maroden Zustand sich solche Städte wie Stralsund oder Greifswald befanden.

Aus Anlaß der "Ostsee - Woche" fand - auch traditionell - immer in Rostock - Schutow eine Bezirks - Leistungsschau statt, eine Art Ostsee - Messe. Wir hatten immer auf dem weitläufigen Ausstellungsgelände in einer Baracke unser Ostsee - Wochen - Büro, das ständig besetzt war, wo sich alle Mitarbeiter einfanden und Absprachen treffen konnten, von wo wir aber auch telefonisch mit allen Kreisausschüsse der Nationalen Front in Verbindung standen. Durch diese häufige Anwesenheit auf dem Ausstellungsgelände waren wir dadurch auch sehr gute Kenner all dessen, was hier gezeigt wurde und womit sich der Bezirk Rostock der Partei - und Staatsführung und allen ausländischen Gästen repräsentierte. In diesem Jahr 1968 empfand ich die Ausstellung mit meinem durch den "Prager Frühling" offenbar doch etwas kritischer geschärften Blick als direkt provokativ. Das hier auf Hochglanz polierte Abbild der Leistungen des Bezirks stand mit der oft grauen und tristen Wirklichkeit in einem so krassen Widerspruch, daß mich das empörte. Als daher zum Abschluß der "Ostsee - Woche" der Oberbürgermeister von Rostock, Hans Koch, in unserem Büro erschien, um mir im Namen des Bezirks für meinen persönlichen Einsatz bei den Aussprachen mit den Gästen zu danken und mir dafür als Dank ein Moccaservice als Geschenk übergab, ging nach dem ausgiebigen Genuß von Kaffee und Kognak wieder einmal mein journalistisches Mitteilungsbedürfnis mit mir durch und ich erklärte ihm, ich sei von der Ausstellung hier richtig schockiert. Man zeigte der Partei - und Staatsführung doch hier ein Bild des Bezirks, das mit der Realität nur wenig zu tun habe. Das sei hier doch ein "Potemkinsches Dorf". Bei meinen Fahrten durch den Bezirk hätte ich jedenfalls einen anderen Eindruck bekommen und eine etwas bescheidenere Repräsentation hätte der Glaubwürdigkeit sicher gut getan. Als sich daraufhin der Oberbürgermeister sehr abrupt und kühl verabschiedete, nahm ich das damals garnicht tragisch. Ich fühlte mich sogar erleichtert, daß ich nicht feige geschwiegen, sondern meiner Kritik offen Ausdruck gegeben hatte. Aber da kannte ich offenbar den Ersten Sekretär der Bezirksparteiorganisation, Harry Tisch, noch zu wenig, um zu wissen, daß sich dieser ungehobelte, machtgierige und skrupellose Parteifunktionär nicht von mir in seine Suppe spucken ließ.

Aber zunächst kehrte ich nach Berlin zu meiner gewohnten Arbeit zurück. Noch immer standen die Aktionen der 68er im Westen und der Fortgang des Reformprozesses in der CSSR im Mittelpunkt meines Interesses. Um so erschrockener, ja entsetzt war ich, als ich am Morgen des 21. August noch zu Hause im Radio die Nachricht hörte, daß die Warschauer Paktstaaten in der Nacht in die CSSR einmarschiert seien, um Dubceks Reformprogramm mit militärischer Gewalt zu beenden.

Wie oft waren meine Frau und ich in Marienbad zur Kur und in Prag zu Besuch gewesen, wie freundschaftlich waren wir überall aufgenommen worden. Und wie eng hatte ich mit den Genossen von der "Rude Pravo" immer bei der Vorbereitung und Durchführung der "Friedensfahrt" zusammengearbeitet! Und nun sollten diese Freunde zu Feinden gemacht oder doch wie solche be- und mißhandelt werden! Das war für mich zunächst unfaßbar. Im Nationalrat waren auch alle meine Mitarbeiter tief erschrocken. Auf der sofort einberufenen Sekretariatssitzung wurde uns dann mitgeteilt, daß unsere NVA (Nationale Volksarmee) zwar in Alarmbereitschaft versetzt, aber unsere Truppen nicht mit einmarschiert seien. Der Gedanke, deutsche Soldaten, noch dazu in den der alten Wehrmacht so ähnlichen Uniformen, wieder als Besatzer in der CSSR zu wissen, wäre unerträglich gewesen. Wenn diese Nachricht auch unsere Erregung etwas dämpfte, so blieb das Entsetzen doch bestehen. In den nächsten Tagen beherrschten die Nachrichten vor allem aus Prag alle Medien. Während bei uns in

Presse, Funk und Fernsehen versucht wurde, den militärischen Einmarsch zu rechtfertigen, sah ich in der mir ja zugänglichen Westpresse Bilder und Berichte über den blutigen Zusammenprall sowjetischer Panzer mit der aufgebrachten und sich wehrenden tschechoslowakischen Bevölkerung.

Als ich daher am 30. August die telefonische Aufforderung erhielt, mich sofort in der Westabteilung des ZK einzufinden, nahm ich selbstverständlich an, daß es um eine Information und Argumentation im Hinblick auf die Ereignisse in der CSSR ginge, die uns gegenüber der BRD in eine schwierige Lage gebracht hatten. Als ich dann aber das Arbeitszimmer von Heinz Geggel betrat, dem Abteilungsleiter der Westabteilung des ZK und späteren Kommandeur der oft so verlogenen Propaganda der Honecker - Ära, saß dort nicht die von mir erwartete Westkommission, sondern - wie sich sofort zeigte - ein Partei - Inquisitionsgericht.

Neben dem präsidierenden Heinz Geggel saßen die für den Nationalrat zuständige Mitarbeiterin der Agitationskommission des ZK, Paula Acker, und auf der anderen Seite von Heinz Geggel hatte Werner Kirchhoff als Leiter des Büros des Präsidiums des Nationalrats Platz genommen. Sie sahen mich alle mit todernsten Gesichtern sehr grimmig an, forderten mich auf Platz zu nehmen und Heinz Geggel machte mich dann mit folgendem Beschluß des Sekretariats des ZK bekannt : Mit sofortiger Wirkung sei ich von meiner Funktion als Vizepräsident und Sekretär des Nationalrats entbunden. Der Beschluß sei wegen meiner parteischädigenden Äußerungen während der "Ostsee - Woche" erfolgt, wo ich - wie aus einem Schreiben der SED - Bezirksleitung Rostock hervorgehe - der Parteiführung und dem Genosse Ulbricht unterstellt hätte, daß sie sich belügen ließen. Außerdem sei man auch mit meiner Leitungstätigkeit sehr unzufrieden.

Mir war, als sei mir ein Betonklotz auf den Kopf gefallen. Mit allem hatte ich gerechnet, aber damit nun überhaupt nicht. Und welch eine Verdrehung der Tatsachen! Ich hatte in Rostock die verlogene Ausstellung des Bezirks kritisiert und damit den dafür verantwortlichen Bezirkssekretär Harry Tisch. Nun drehte der den Spieß um und machte daraus eine Kritik von mir an der Parteiführung im allgemeinen und dem Genossen Ulbricht im besonderen. Jetzt stand ich also am Pranger und noch dazu mit einer "Majestätsbeleidigung". Welch ein Schurkenstück! Ich war, was mir nur sehr selten passiert, zunächst völlig sprachlos.

Als ich dann zu erwidern versuchte, ich hätte in Rostock niemals die Parteiführung oder gar Walter Ulbricht verleumdet, schnitt mir Heinz Geggel das Wort ab und erklärte, sie hätten allein die Aufgabe, mir diesen Sekretariatsbeschluß mitzuteilen und nicht die Absicht, mit mir über diesen feststehenden Beschluß zu diskutieren. Damit war ich entlassen.

Ich fuhr nicht wieder in den Nationalrat, sondern nach Hause, um meine Frau von dem Vorgefallenen zu informieren. Als ich mich wieder einigermaßen gefaßt hatte, wurde mir erst bewußt, daß dieses Vorgehen allen Normen des Parteistatuts widersprach. Ich setzte mich also an meine Schreibmaschine und übermittelte Heinz Geggel, Paula Acker und Werner Kirchhoff folgende gleichlautende Erklärung:

"Der mir am 30. August 1968 vom Genossen Heinz Geggel mitgeteilten Beschluß des Sekretariats des ZK über meine Ablösung als Vizepräsident und Sekretär des Nationalrats kann ich nicht anerkennen. Dieser Beschluß widerspricht allen in unserer Partei bestehenden Normen, nach denen Vorwürfe gegenüber einem Genossen vorher mit ihm zu klären sind. In dem hier vorliegenden Fall ist noch nicht einmal der Versuch unternommen worden, mir oder den daran beteiligten Zeugen eine sachliche Klärung herbeizuführen.

Ich habe deshalb am heutigen Tag die Zentrale Parteikontrollkommission gebeten, die gegen mich erhobenen Vorwürfe parteimäßig zu klären. Bis zu dieser parteimäßigen Klärung betrachte ich daher den mir übermittelten

Beschluß als ruhend."

Dann telefonierte ich mit dem Sekretariat von Hermann Matern, dem Chef der Zentralen Partei - Kontrollkommission und meinem ehemaligen Lehrer an der Zentralen Antifa - Schule in Krasnogorsk und seitdem meinem väterlichen Freund, um mir einen Termin für eine Rücksprache geben zu lassen, um mit ihm das weitere Vorgehen zu beraten. Ich erhielt zwar gleich einen Termin für eine Aussprache, hielt es aber doch für zweckmäßig, ihn noch am selben Tag mit meinem Anliegen bekannt zu machen. Am nächsten Tag empfing mich Hermann Matern wie immer sehr freundlich. Er riet mir, mich an Erich Honecker zu wenden, der im Sekretariat nicht nur für Sicherheitsfragen sondern auch für die Kaderpolitik zuständig sei, um mit ihm meine Einwände gegen diesen Sekretariatsbeschluß zu erörtern. Er werde selber mit Genossen Honecker sprechen, damit er diese Angelegenheit in Ordnung bringe. Diese Fürsprache sollte sich dann als für mich sehr nützlich erweisen. Ich setzte mich also wieder an die Schreibmaschine und schrieb folgenden Brief an Erich Honecker :

"Am 30. August 1968 wurde mir vom Genossen Heinz Geggel im Beisein der Genossin Paula Acker und des Genossen Werner Kirchhoff ein Beschluß des Sekretariats des ZK der SED mitgeteilt, demzufolge ich ab sofort aus meiner Funktion als Vizepräsident und Sekretär des Nationalrats abberufen werde. Als Begründung wurde angegeben, ich hätte während der Ostsee - Woche in Rostock parteischädigende Äußerungen getan, die auch den Genossen Ulbricht betroffen hätten. Dies ginge aus einem Schreiben der Bezirksleitung Rostock hervor. Außerdem sei man auch mit meiner Leitungstätigkeit unzufrieden.
Das Schreiben der Bezirksleitung Rostock und die darin enthaltenen Beschuldigungen sind mir bis heute unbekannt. Niemand hat auch nur den Versuch unternommen, diese Vorwürfe mit mir und den dabei anwesenden vier Genossen des Nationalrats zu klären.

Wenn ein solcher Versuch gemacht worden wäre, hätte ich sehr leicht die Haltlosigkeit der gegen mich erhobenen Vorwürfe nachgewiesen. Entsprechend unserem Parteistatut hat aber jedes Parteimitglied das Recht, vor allen Instanzen, wo über Vorwürfe ihm gegenüber verhandelt wird, zu den Beschuldigungen persönlich Stellung zu nehmen. Dies ist aber in dem vorliegenden Fall nicht geschehen. Was meine Leitungstätigkeit anbetrifft, so weiß ich aus fast zehnjähriger Erfahrung hier beim Nationalrat, daß diese Frage gerade auf dem Gebiet der sehr weit gefächerten Westarbeit des Nationalrats und bei den sich schnell verändernden Bedingungen des Klassenkampfes ein sehr kompliziertes Problem ist, das ich schon gerne einmal in einem Kadergespräch erörtert hätte, das aber leider bisher nie stattgefunden hat. Statt dessen wurde jetzt über mich eine Kaderentscheidung gefällt, ohne mit mir vorher zu sprechen. Ich halte daher die Art, wie mit mir im vorliegenden Falle verfahren wurde, als mit den Normen unseres Parteilebens nicht vereinbar. Ich kann daher ein solches Verfahren nicht akzeptieren, wo ohne mein Wissen oder mein Anhören Beschlüsse über meine Person und meine Tätigkeit gefaßt werden, die derart gravierend sind.

Ich beharre keineswegs darauf, in meiner bisherigen Funktion weiter tätig zu sein. Aber ich glaube nach fast zehnjähriger Tätigkeit hier im Nationalrat das Recht zu haben, in einer anständigen Art aus meiner bisherigen Tätigkeit auszuscheiden, um dann eine Arbeit aufzunehmen, in der sowohl meine journalistische Berufserfahrung wie meine 15 jährigen Erfahrungen in der Westarbeit nutzbar gemacht werden können. Ich bitte Dich daher, die Entscheidung des Sekretariats des ZK noch einmal zu überprüfen, damit der Makel parteischädigenden Verhaltens von mir genommen ist und den Nationalrat und mich von der getroffenen Entscheidung in Kenntnis zu setzen."

Danach hielt ich es aber dann doch für zweckmäßig, mich noch einmal mit Horst Brasch wegen meines Vorgehens zu beraten. Er riet mir, von dem Nicht - akzeptieren des Sekretariatsbeschlusses Abstand zu nehmen und das auch Erich Honecker mitzuteilen, aber auf ein Kadergespräch nicht zu verzichten. Also schrieb ich schon einen Tag später einen zweiten Brief an Honecker, der folgendermaßen lautete :

"Ich nehme Bezug auf mein Schreiben vom 3.9. an Dich, in dem ich mitgeteilt habe, daß ich von meiner Funktion als Vizepräsident und Sekretär des Nationalrats abberufen wurde, ohne daß mit mir vorher über die Gründe meiner Abberufung gesprochen worden ist. Eine solche Verfahrensweise widerspricht unserem Parteistatut. Hätte man mit mir vorher ein Kadergespräch geführt, hätte ich ohne Zweifel eingesehen, daß nach meiner ununterbrochenen 15 jährigen Westarbeit und fast zehnjähriger Tätigkeit im Nationalrat, einer Arbeit, in der ich mich nach besten Kräften bemüht habe, als Parteimitglied meine Pflicht zu tun, auch einmal jüngeren Kräften in meiner Funktion Platz zu machen.
Nachdem ich mir meinen Brief an Dich noch einmal in Ruhe habe durch den Kopf gehen lassen und nach Rücksprache mit einigen Genossen, möchte ich klarstellen, daß ich, entsprechend meiner bisherigen Haltung, den Beschluß des Sekretariats natürlich akzeptiere, weil ich mich gegen seine Konsequenz, wie ich das auch schon in meinem ersten Brief zum Ausdruck gebracht habe, nicht sperre.
Dabei möchte ich aber doch noch einmal meinem Hauptanliegen aus meinem ersten Brief an Dich Ausdruck geben, daß mein Ausscheiden aus dem Nationalrat in einer anständigen Weise erfolgt, die keinen Zweifel an meiner Parteitreue und Parteiergebenheit zuläßt, und daß auch

mein künftiger Einsatz unter Berücksichtigung meiner
langjährigen journalistischen Berufserfahrung wie mei-
ner 15 jährigen Westerfahrung mit mir beraten werden
sollte."

Da mir Horst Brasch geraten hatte, gesondert und ausführlich auch zu den Vorwürfen zu meiner Leitungstätigkeit gegenüber Honecker Stellung zu nehmen, setzte ich mich hin und entwarf eine Stellungnahme. Da ich immer ein passionierter Journalist und nie ein guter Apparatschik war und auch in den Jahren
beim Nationalrat nie geworden bin, war mir klar, daß mir von
Seiten des Apparats des ZK durchaus Mängel in meiner Leitungstätigkeit nachgewiesen werden konnten.

Also entwarf ich eine Stellungnahme, die für die damalige
Zeit durchaus typisch war und aus einer Mischung von Kritik und
Selbstkritik bestand. Ich will sie aber doch trotz des großen Um-
fangs zitieren, weil sie ein Stück Zeitgeschichte ist und meine
zehnjährige Tätigkeit beim Nationalrat sehr präzise dokumentiert,
eine Tätigkeit, die nun ein so jähes Ende fand :

"Als ich im März 1959 vom dem Beschluß des Zentralko-
mitees in Kenntnis gesetzt wurde, daß ich zum Stellvertre-
tenden Vorsitzenden des Büros des Präsidiums des Natio-
nalrats berufen sei, verfügte ich über keinerlei Leitungser-
fahrung in einer so großen Organisation, weil ich bis da-
hin immer nur publizistisch gewirkt hatte. Mir war dieser
Mangel bewußt, und ich bemühte mich nach Kräften, mit
der mir von der Partei übertragenen Aufgabe fertig zu
werden, wobei mir zustatten kam, daß ich in dem Genos-
sen Horst Brasch als Vorsitzenden des Büros einen in Or-
ganisations- und Leitungsfragen erfahrenen und mir ka-
meradschaftlich helfenden Genossen zur Seite hatte. Man
erklärte mir damals, daß ich als Journalist mit dieser Auf-
gabe betraut worden sei, um die rein auf konspirative Ar-

beit und Wirksamkeit eingestellte Westabteilung des Nationalrats auf massenpolitsche Arbeit umzustellen. Wenn ich heute auf die fast zehnjährige Tätigkeit zurückblicke und an die in dieser Zeit vom Nationalrat durchgeführten großen Aktionen zur Entlarvung der Nazis und Kriegsverbrecher in Bonner Diensten von Oberländer bis Globke, von Fränkel bis Lübke denke, an die vielen Dokumentationen und internationalen Pressekonferenzen, an die Weiß -, Braun - und Graubücher, die wir in dieser Zeit über die Hintergründe der Bonner Aggressionsvorbereitung herausgebracht haben, so glaube ich, daß ich mit Hilfe der Partei diese mir damals übertragene Aufgabe auch erfüllt habe.

Ungeachtet dieser positiven Arbeitsergebnisse gab und gibt es bei mir große Schwächen, die sicherlich nicht nur mit meiner Neigung zu publizistischer Tätigkeit herrühren, sondern sicherlich auch in meiner Person begründet liegen. Es war und ist der Parteiführung bekannt, daß ich aus sehr bürgerlichen Verhältnissen stamme, Offizier der Hitler - Wehrmacht und als Student auch Mitglied der SA war und erst in reifem Mannesalter nach den Erlebnissen von Stalingrad einen neuen Weg beschritt, an die Seite der Arbeiterklasse fand, und die für mich nicht leichte Aufgabe erhielt, als Funktionär unserer Sozialistischen Einheitspartei tätig zu werden. Natürlich hat sich die Partei mit mir und habe ich mir auch selber große Mühe gegeben, mit den Schlacken meiner Vergangenheit fertig zu werden. Aber als erwachsener Mensch fällt das einem doch nicht ganz leicht und meine Vergangenheit hängt mir natürlich auch heute noch irgendwie an. Daß das zuweilen auch gegen mich benutzt wird, ist mir bewußt.

Die mir von der Westabteilung des ZK in ihrer Begründung für meine Abberufung vorgehaltenen Schwächen und Mängel in der Leitungstätigkeit liegen also zunächst si-

cherlich in meiner Person und den aus meiner Vergangen-
heit geprägten Charakterschwächen begründet. Aber diese
Schwächen und Mängel wurden noch verstärkt durch die
Umstände, unter denen ich im Laufe der Zeit meine Tätig-
keit durchführen mußte. 1959 übernahm ich eine verhält-
nismäßig kleine Abteilung, die aus einem Abteilungsleiter
und zehn Mitarbeitern bestand.

Ein völlig neuer Abschnitt begann für meine Tätigkeit, als
1962 der Beschluß gefaßt wurde, den "Ausschuß für Deutsche
Einheit" aufzulösen und mit seinen Mitarbeitern und Aufgaben in
die Westabteilung des Nationalrats einzugliedern. Dadurch wuchs
der Apparat des Nationalrats für die Westarbeit plötzlich nicht
nur auf 70 zum großen Teil sehr hoch qualifizierte Mitarbeiter an,
sondern wurde auch eine völlig neue Qualität unserer Arbeit an-
gestrebt. Damals leitete die Abteilung Dokumentation der heutige
Vizepräsident und Vorsitzende des Sekretariats, Werner Kirch-
hoff, die operative Abteilung wurde von dem Genossen Karl Wild-
berger geleitet, der heute stellvertretender Leiter der Westabtei-
lung des ZK ist. Genosse Wildberger hatte als Abteilungsleiter
den Genossen Hans Sacher zur Seite, der heute zur Leitung des
Staatssekretariats für westdeutsche Fragen gehört.
Mit der Bildung des Staatssekretariats für westdeutsche
Fragen und durch Umstrukturierung des Nationalrats und in der
Westabteilung des ZK verlor ich nicht nur die Genossen Kirch-
hoff, Wildberger und Sacher, sondern mußte zur Bildung des
Staatssekretariats 12 hochqualifizierte Mitarbeiter abgeben, dar-
unter alle Abteilungsleiter, stellvertretende Abteilungsleiter, mei-
nen Persönlichen Referenten und andere wissenschaftlichen und
politischen Mitarbeiter, die alle mit der uns übertragenen spezifi-
schen Arbeit aufs beste vertraut waren.
Nachdem ich gerade wieder Genossen für die Leitung der
Agitations - und Dokumentationsarbeit als Abteilungsleiter quali-
fiziert hatte, wurde mir zunächst der Genosse Podewin als Abtei-

lungsleiter Agitation - West genommen - er arbeitet jetzt in der Westabteilung des ZK - und danach auch noch der Abteilungslei-ter für Dokumentation, Genosse Steinke, der heute die Abteilung Agitation des Nationalrates leitet. Da sich aber trotz des Verspre-chens, daß sich auf Grund dieses Kaderverlustes auch unsere Aufgaben reduzieren würden, die Aufgaben nicht änderten, mußte nach solch einer Fluktuation selbstverständlich auch die Füh-rungstätigkeit leiden, weil die verbliebenen Mitarbeiter nicht an selbstständige Arbeit gewöhnt und z. T. auch nicht die dazu not-wendige Qualifikation besaßen.

Mir fiel es deshalb sehr schwer, mit diesem verbliebenen Kaderbestand die Fülle der uns übertragenen Aufgaben zu lösen. Entsprechend der Festlegung des ZK war und ist der Nationalrat auf dem Gebiet der Westarbeit für folgende Aufgaben verantwort-lich : Koordinierung der Westarbeit der Blockparteien und Mas-senorganisationen (außer FDGB, FDJ und VdgB), Entwicklung von Beziehungen und Arbeit mit allen bürgerlichen und kleinbür-gerlichen Schichten in Westdeutschland außerhalb der Arbeiter-klasse, eingeschlossen Beobachtung und Analyse der Tätigkeit der CDU/ CSU und FDP, Koordinierung aller nach Westdeutschland gerichteten schriftlichen Agitation und Herausgabe eigener schriftlicher Materialien und periodischer Publikationen, wie "Neue Bild - Zeitung" und "Visite"; Entlarvung von Revanchismus und Neofaschismus in Westdeutschland, Anleitung der Westkom-missionen der Bezirke und Kreise der Nationalen Front in ihrer Patenarbeit nach Westdeutschland und Anleitung der Nationalen Front für ihre Gespräche mit den westdeutschen Besuchern.

Für die Bewältigung dieser Aufgaben stehen zur Verfü-gung : Eine operative Abteilung mit einem Abteilungsleiter und 10 Mitarbeitern, eine Abteilung Agitation - West mit einem Abtei-lungsleiter und zwei jungen, noch unerfahrenen Mitarbeitern und eine Abteilung Dokumentation mit einem Abteilungsleiter und sieben Mitarbeitern. Von diesen Mitarbeitern wurden im letzten Jahr folgende Aktionen durchgeführt und folgende Materialien erarbeitet, gedruckt und vertrieben :

36 Dokumentationen, Broschüren, Traktate und Informationen. Unter ihnen befinden sich solche Dokumentationen wie : Braunbuch, "Vom Ribbentrop - Ministerium ins Amt des Bundeskanzlers", "Bilanz einer verfehlten Politik", die alle mit Pressekonferenzen oder Pressegesprächen verbunden waren. Zu diesen Publikationen kommen noch drei Ausstellungen und eine Vielzahl von Informationen und Einschätzungen der Situation in Westdeutschland für Bezirks - und Kreisausschüsse der Nationalen Front. Die Wochenzeitung "Neue Bild - Zeitung" hat einen Chefredakteur und fünf Redakteure, die Monatszeitschrift "Visite" einen Chefredakteur und zwei Redakteure.

Ungeachtet der Schwierigkeiten, die ich schon bei der Bewältigung der oben geschilderten Aufgaben mit diesem Mitarbeiterstab hatte und der Kritik an meiner mangelhaften Leitungstätigkeit, wurde mir am 1. Januar 1968 auch noch die Leitung des "Komitees zum Schutze der Menschenrechte" übertragen, so daß ich jetzt praktisch vier Abteilungen und zwei Redaktionen persönlich anzuleiten hatte. Die Übertragung der Verantwortung für die Anleitung des "Komitees zum Schutze der Menschenrechte" erfolgte zudem mit Beginn des "Internationalen Jahres der Menschenrechte", also zu einem Zeitpunkt, wo das Komitee außergewöhnlich umfangreiche Arbeiten bewältigen mußte.

Meine mangelnde Leitungstätigkeit wird von der Westabteilung des ZK auch auf "ausgesprochenen Geltungsdrang" zurückgeführt, der mich veranlaßte, "die Leitungstätigkeit im Nationalrat immer wieder zugunsten öffentlichen Auftretens z. B. im Rundfunk und Fernsehen zu vernachlässigen". Dazu muß ich feststellen, daß man es sicher erstaunlich finden würde, wenn der Vizepräsident des Nationalrats und Verantwortliche für die Westarbeit, der noch dazu von Beruf Journalist ist, nicht auch öffentlich zu den von ihm erarbeiteten Tatsachen und Problemen Stellung nehmen würde. Im übrigen gehört öffentliches Auftreten zu den Leitungsmethoden der Nationalen Front, über die wir Genos-

sen des Sekretariats auch vor unserer Parteileitung Rechenschaft geben mußten.

Als Vizepräsident und Sekretär des Nationalrats war ich außerdem nicht nur für mein Ressort, sondern als gewähltes Mitglied einer kollektiven Leitung auch für die Gesamtaufgaben des Nationalrats verantwortlich. Und in dieser Eigenschaft mußte ich nicht nur Konferenzen wahrnehmen und manchmal auch leiten, die garnichts mit der Westarbeit zu tun hatten, sondern war auch wie alle Sekretäre für einen Bezirk verantwortlich - wegen meiner Belastung durch die Westarbeit war es Berlin. Das hat natürlich in Zeiten politischer Anspannung wie bei Wahlen, Volksentscheid usw. einen großen Teil meiner Arbeitszeit gekostet.

Wenn also bestimmte Mängel in unseren Publikationsmaterialien zu kritisieren waren, so kann man dafür doch nicht das öffentliche Wirken des Vizepräsidenten des Nationalrates verantwortlich machen, der zwar für Leitung und Anleitung, aber doch wohl nicht als Korrektor in seine Funktion berufen worden ist.

Ohne eine Verteilung der Verantwortung ist eine solche Funktion bei der Aufgabenfülle auch unabhängig von meiner Person nicht zu bewältigen. Im übrigen war mein öffentliches Auftreten und Wirken für die Arbeit der Nationalen Front zweifellos auch sehr nützlich, nicht nur, weil ich dadurch unsere Fragen und Probleme an die Öffentlichkeit trug, sondern weil ich dadurch auch umfangreiche persönliche Kontakte gewann, die der Gesamtarbeit des Nationalrats sehr zugute kamen und ohne die ich die ständigen Kaderverluste niemals hätte ausgleichen können. Denn es wurden zwar ständig Kader aus dem Westbereich abgezogen, aber neue Kader mußte ich mir ständig selber suchen.

Mein Auftreten speziell im Rundfunk bzw. Fernsehen beruht außerdem auf einer Abmachung bei der Übernahme meiner Funktion im Jahre 1959, über die Genossin Paula Acker sicher Auskunft geben kann. Die Mängel in meiner Leitungstätigkeit beruhen daher meines Erachtens vor allem auf persönlichen Schwächen und dem ungenügenden Bemühen, die sehr aktuell bezogenen Arbeitsweise des Journalisten zu überwinden und durch wissenschaftliche Leitungsmethoden zu ersetzen. Wenn ich aber in Rechnung stelle, wieviele qualifizierte Kader mir in meiner Tätigkeit im Nationalrat abgezogen wurden, so vermag ich nicht zu begreifen, wie mir der Vorwurf gemacht wurde, "von einer zielbewußten politischen Anleitung, Erziehung und Qualifikation der mir unterstellten Kader könne keine Rede sein". Aber über diese Frage wie über die Feststellung, ich hätte an "Autorität bei meinen Mitarbeitern verloren", ist meine Auffassung zweifellos subjektiv, so daß zur Klärung dieser Fragen sicherlich die Meinung der Genossinnen und Genossen der drei Parteigruppen des Westbereichs des Nationalrats exakteren Aufschluß geben würde.

Neben den von mir im Vorhergehenden geschilderten persönlichen Schwächen und Mängeln in meiner eigenen Leitungstätigkeit gibt es aber auch Faktoren, die von meiner Person unbeeinflußt sind, aber die dennoch eine wissenschaftliche Leitungstätigkeit im Westbereich des Nationalrats erschweren. Ich erwähne diese Faktoren nicht, um meine eigenen Fehler und Mängel zu vertuschen, sondern in der Sorge, daß ohne Beseitigung dieser hemmenden Faktoren auch mein Nachfolger es schwer haben wird, die Westarbeit des Nationalrats zu sichern.

1. Es war für mich außerordentlich schwer, Sachentscheidungen von dem für die Westarbeit verantwortlichen Sekretär des Zentralkomitees, dem Genossen Norden, zu erhalten. Auf einen Brief mit zahlreichen konkreten Vorschlägen z. B., den ich ihm am 1.10.1966 schrieb und den ich ihm, als nach zehn Monaten noch keine Antwort da und mein Schreiben auch nicht mehr auffindbar war, am 18.7.1967 erneut übersandte, habe ich bis heute noch keine Antwort!

2. Bei der Erarbeitung von Maßnahmeplänen wurde selbst dann, wenn dies möglich gewesen wäre, der Verantwortliche für die Westarbeit im Nationalrat nicht hinzugezogen oder konsultiert. Dadurch kam es zu Ballungen von Aufträgen oder von uns nicht zu erfüllenden Festlegungen. Im jüngsten unsere Arbeit

betreffenden ZK - Beschluß 80/ 68 z.B. werden von der Abteilung Dokumentation zwei neue Dokumentationen verlangt, obwohl diese Abteilung aus vorhergehenden ZK - Beschlüssen zur Zeit noch an fünf weiteren Dokumentationen arbeitet. Die Erarbeitung einer Dokumentation ist aber wissenschaftliche Arbeit, die mit dem Zusammentragen vieler Fakten und daher auch mit viel Zeit verbunden ist.

3. Entgegen einer generellen Festlegung, daß alle Aufträge an den Nationalrat über den verantwortlichen Sekretär geleitet werden sollen, wird dagegen immer wieder verstoßen, so daß ich oft erst nachträglich von den Mitarbeitern erfahren habe, welche Arbeit sie plötzlich bekommen haben.

4. Die "Neue Bild - Zeitung" und in gewissem Sinne auch die "Visite" arbeiten seit langem unter nicht mehr zu vertretenden Arbeitsbedingungen. Die beiden Chefredakteure sind zugleich auch ihre eigenen Verlags - und Produktionsleiter. Vor allem der Chefredakteur der "Neuen Bild - Zeitung" muß mindestens die Hälfte seiner Arbeitszeit und -kraft der immer schwieriger werdenden Produktion widmen, weil sich die Produktionsbedingungen in der Druckerei "Tägliche Rundschau" durch Kapazitätsüberlastung, Mangel an Setzern und Metteuren usw. ständig verschlechtern. Dadurch kann er sich nicht ausreichend um den politischen Inhalt seiner Zeitung kümmern, was ständig Quelle mangelhafter Qualität und auch von Fehlern ist.

Mein Vorschlag, die gesamte Westagitation und damit auch die beiden ständigen Publikationen des Nationalrats in dem Verlag für Auslandspropaganda "Zeit im Bild" mitverlegen zu lassen, eine Frage, die ich mit dem Verlag schon vorbesprochen hatte und dort auch auf Bereitschaft gestoßen war, ist bis heute immer noch nicht entschieden, obwohl unsere Verhandlungen mit dem Verlag am 3. März stattfanden und die Westabteilung sechs Wochen später über den Stand informiert worden war.

*Ich fasse zusammen : Ich akzeptiere, daß ich unter den o-
ben geschilderten Umständen meiner Leitungstätigkeit nicht gerecht geworden bin. Es trifft auch zu, daß im Verlaufe meiner fast
zehnjährigen Tätigkeit im Jahre 1967 die Broschüre "Notstand
und Frauen" wegen starker Mängel zurückgezogen werden mußte.
Darüber hat es eine kritische und ernste parteimäßige Auseinandersetzung gegeben. Ich muß aber ebenso darauf hinweisen, daß
es außer diesen subjektiven Faktoren bei mir auch starke objekti-
ve Faktoren gegeben hat und gibt, die Ursache für mangelhafte
Westarbeit des Nationalrates sind.*

Natürlich war ich jetzt sehr nervös und aufgeregt, wußte
ich doch nicht, was jetzt aus mir werden sollte. Würde Honecker
überhaupt selber reagieren und wenn wann? Aber schon nach wenigen Tagen erhielt ich aus dem ZK den Anruf, mich am nächsten
Tag bei Honecker zu melden. Als ich das Zimmer von Honecker
betrat, empfing er mich unerwartet freundlich. Offenbar hatte
Hermann Materns Anruf bei ihm, meine Angelegenheit ordentlich
zu regeln, Wirkung gehabt. Er erklärte, er habe meine Eingaben
an ihn gelesen und wolle die Sache jetzt regeln. Er könne natürlich den Sekretariatsbeschluß nicht außer Kraft setzen. Aber er
habe angeordnet, daß ich beim Nationalrat ehrenhaft und würdig
verabschiedet würde. Und er habe auch schon über meine weitere
Verwendung eine mich hoffentlich befriedigende Regelung getroffen. Ich solle künftig in Babelsberg an der Akademie für Staat
und Recht ein Institut für Auslandsinformation leiten. Genosse
Manfred Feist (sein Schwager) habe als Leiter der Abteilung Auslandsinformation im ZK diese Lösung sehr begrüßt. Über den
Ministerrat (dem die Akademie in Babelsberg unterstand) sei Babelsberg über diese Lösung auch schon unterrichtet worden. Auch
an meinem bisherigen Gehalt werde sich nichts ändern. Für mich
kam diese Lösung sehr überraschend. Also sollte ich nicht wieder
in meinen geliebten Journalistenberuf zurück, sondern nun wieder
in ein ganz neues Gebiet und das dazu noch auf dem Gebiet der

Wissenschaft.

Daß ich nicht wieder in die Journalistik zurückkehren sollte, erwies sich später als großes Glück. Denn bei der sich in der Ära Honecker durchsetzenden schrecklichen Gängelei und völligen Entmündigung aller Redaktionen hätte mir das nicht nur meinen Beruf vergällt, sondern sicher auch zu für mich unangenehmen Zusammenstößen mit der Agitations- Abteilung des ZK geführt. Aber nun nach Babelsberg ? Dort hatten wir doch schon einmal in meiner DEFA - Zeit gewohnt! Wir waren doch nun gerade in Berlin umgezogen und nun wieder nach Babelsberg, das konnte ich meiner Frau nicht zumuten. Also nannte ich Honecker meine Bedenken.

Aber da hatte er sofort eine Lösung parat: "Du brauchst doch nicht umzuziehen. Ich werde den Ministerrat anweisen, Dir aus dem Kontingent des ZK einen personengebundenen Dienstwagen zur Verfügung zu stellen und der Akademie eine zusätzliche Planstelle für einen Kraftfahrer zuzuweisen". Dieses mehr als großzügige Angebot haute mich um. Da mußte Honecker mir gegenüber doch ein schlechtes Gewissen haben! Aber bei diesem Entgegenkommen konnte ich mich seinem Angebot natürlich nicht länger widersetzen. Ich willigte also ein und verließ Erich Honecker doch nach fast einstündiger Unterredung sehr befriedigt.

An einem der nächsten Tage fand dann die von Honecker angeordnete feierliche Verabschiedung im Nationalrat statt. Im Zimmer von Werner Kirchhoff war das ganze Sekretariat versammelt und auch Paula Acker vom ZK saß mit süß - saurem Gesicht mit am Tisch. Man merkte allen die Peinlichkeit dieser angeordneten Zeremonie an. Werner Kirchhoff quälte sich bei seiner Ansprache sehr, nach meiner Verdammung nun meine Verdienste in fast zehnjähriger Nationalratstätigkeit aufzulisten. Dann kam die Reihe an mich zu reden. Ich hatte im Gegensatz zu Kirchhoff weder Grund noch Scheu, noch einmal unsere großen erfolgreichen Aktionen, vor allem bei der Entlarvung der Nazis und

Kriegsverbrecher in Bonner Diensten, Revue passieren zu lassen und auch nicht zu verschweigen, daß auch unsere Kontaktpolitik mit westdeutschen und westberliner Bürgern sehr erfolgreich gewesen war, wozu auch unsere Publikationstätigkeit sehr viel beigetragen habe. Ich dankte allen meinen Mitarbeitern und sprach zum Schluß den aus allen Blockparteien kommenden Sekretären meinen herzlichen Dank für ihre gute und kameradschaftliche Zusammenarbeit aus.

Nach dem Ende dieser Veranstaltung kam Paula Acker auf mich zu und fauchte mich an: "Das war typisch für Dich! Allen hast Du gedankt, aber kein Wort des Dankes an die Partei ! "Da sie sehr viel kleiner war, blickte ich sie von oben herab kalt an und sagte zynisch : Du glaubst wirklich, in meiner Lage wäre das zumutbar gewesen? Ich nicht! "Damit war ein wichtiger Lebensabschnitt beendet, den ich selber nie angestrebt, sondern in den mich nur meine Parteidisziplin hineingezwungen hatte, die damals von jedem SED- Funktionär erwartet wurde.

Aber das "Potemkinsche Dorf" in Rostock und mein Rausschmiß aus dem Nationalrat, der mir gezeigt hatte, daß die Parteiführung solche Täuschungsmanöver nicht nur duldete, sondern sogar billigte, hinterließen bei mir doch tiefe Wirkungen. Die Zeit, in der ich alles, was die Parteiführung tat, rückhaltlos billigte und unterstützte, war nun vorbei.

Es war nicht die Partei mit ihrem Ziel der Verwirklichung des Sozialismus, es war die Parteiführung, deren Tun und Handeln jetzt von mir kritischer betrachtet wurden. Mein Vertrauen in die Integrität von Politbüro und ZK waren erschüttert worden. Ich mußte meine Illusion über die Selbstlosigkeit der führenden Genossen zu Grabe tragen.

Kapitel VIII

Endstation Wissenschaft

Nachdem im Laufe des Septembers 1968 die Frage des Autos und des Fahrers gelöst worden war, fuhr ich am 1. Oktober das erste Mal raus nach Babelsberg. Da Westberlin in großem Bogen umfahren werden musste, führte die Route über Schönefeld und Teltow bis zum Bahnhof Drewitz, von wo aus es nur noch ein kurzes Stück bis zu meiner neuen Wirkungsstätte war, die sich damals noch "Deutsche Akademie für Staats - und Rechtswissenschaften Walter Ulbricht" nannte. Für die Fahrt von Pankow- Niederschönhausen bis zur Akademie brauchte man, wie ich bei dieser ersten Fahrt feststellte, bei glatter Fahrt 1 1/2 Stunden, das hieß, für meine Arbeitszeit mußte ich künftig drei Stunden mehr einplanen. Zu meiner früheren DEFA - Zeit, als ich damals schon ganz dicht an der jetzigen Akademie gewohnt hatte, war das ganze Gebiet dicht abgeschottet gewesen, weil hier damals der Stab der in der DDR stationierten sowjetischen Truppen lag. Erst später, als das unmittelbare Angrenzen an Westberlin aus Sicherheitsgründen zu gefährdet erschien, tauschte man mit der Akademie, die bis dahin im Kloster Forst Zinna untergebracht gewesen war. Um jetzt auf das Gelände der Akademie zu gelangen, mußte man erst einen Schlagbaum passieren, da die Akademie ja jetzt im streng bewachten Grenzgebiet lag und damit auch nicht für jedermann zugänglich war. Das Gebäude der Akademie selber war ein typischer Nazibau, errichtet einmal für die Olympiade 1936 als Sitz des Olympischen Komitees. Nach der Olympiade war dann dort bis Kriegsende das Deutsche Rote Kreuz mit seinem Hauptsitz untergebracht. Das war offenbar auch der Grund, daß das ganze Areal so gut wie unbeschädigt den Krieg überstanden hatte.

Ich meldete mich zunächst im Rektorat der Akademie, die damals von Professor Dr. Arlt geleitet wurde. Ich wurde dort zwar sehr höflich, aber auch zurückhaltend begrüßt. Schon hier merkte ich eine gewisse Unsicherheit, wie man mit mir umzugehen hatte. Natürlich war hier meine abrupte Entlassung aus meiner wichtigen Funktion als Vizepräsident des Nationalrats bekannt. Andererseits wollte man die Akademie aber auch nicht als Abschiebebahnhof betrachten. Und dann war ich auf ausdrückliche Weisung des ZK der SED hierher kommandiert worden und hatte mit einem personengebundenen Auto mit Fahrer ein kaum glaubliches Privileg, denn an der Akademie verfügte sonst nur noch der Rektor und das Direktorat des "Instituts für Internationale Beziehungen" - meine künftige Wirkungsstätte - über ein Auto. Wer von den Professoren sonst einmal ein Auto benötigte, mußte es über seine Leitung beim Fuhrpark extra anfordern.

Für mich begann diese erste Unterredung mit einer herben Enttäuschung. Ein Institut für Auslandsinformation, als dessen Leiter mich Honecker nach Babelsberg dirigiert hatte, existierte garnicht und war auch nicht geplant. Statt dessen gab es am Institut für Internationale Beziehungen - kurz IIB genannt - nur eine kleine bescheidene Sektion Auslandsinformation, die auch noch nicht lange bestand und offenbar von den alteingesessenen klassischen Sektionen der Außenpolitik auch nur sehr widerwillig als "artfremd" akzeptiert worden war.

Mit dem Arbeitsvertrag mußte ich auch das Statut und die Arbeitsordnung der Akademie akzeptieren. Man teilte mir auch gleich mit, daß die Akademie als Ganzes zwar dem Ministerrat unterstellt sei, daß aber das IIB bei Lehre, Forschung und bei der Auswahl der Studenten dem Außenministerium unterstehe. Daher seien für alle Mitarbeiter des IIB auch die Kaderbestimmungen des Außenministeriums gültig. Das erwies sich für mich bei näherem Kennenlernen als äußerst fatal. Denn nach diesen Bestimmungen durfte ich keinerlei private Kontakte zu Bürgern der BRD, Westberlins oder des Auslandes unterhalten. Nach fast 15 jähriger Westarbeit war natürlich mein Bekanntenkreis dort entsprechend groß. Darüber hinaus wohnten dort neben meinen beiden Schwestern auch der Großteil meiner Verwandten, Freunde und Klassenkameraden. Ihnen allen durfte ich noch nicht einmal mitteilen, daß ich jetzt künftig aus dienstlichen Gründen keinen Kontakt mehr halten durfte. Das stieß natürlich bei allen Betroffenen im Westen auf völliges Unverständnis, weil sich niemand erklären konnte, warum ganz plötzlich jede Verbindung mit mir abriß. Selbst zur Beisetzung meiner jüngeren Schwester Brigitte, die plötzlich an Leukämie verstorben war, durfte ich nicht fahren.

Zu diesen kaum verständlichen Erschwernissen kam dann bei meiner Arbeitsaufnahme noch hinzu, daß es außer für den Rektor und den Direktor des IIB für die Mitarbeiter keinen Bezug von westlichen Presseerzeugnissen gab und sogar der "Grüne Dienst" vom ADN (Allgemeiner Deutscher Nachrichtendienst), in dem die für die DDR wichtigsten Auszüge aus der Westpresse, zusammengefaßt waren, kam nicht in unsere Hand. Diese für mich nach 15 Jahren unerträgliche Abschottung vom Westen hatte zur Folge, daß nun zu Hause Rundfunk und Fernsehen aus dem Westen zu meinen wichtigsten Informationsquellen wurden, ohne die jede Beschäftigung mit Auslandsinformation auch unmöglich war. Bedrückend für mich war auch, daß ich zwar als Sektionsleiter - kurz darauf wurden aus den Sektionen Abteilungen - eingesetzt wurde, aber mein akademischer Dienstgrad wurde im Arbeitsvertrag als "Wissenschaftlicher Mitarbeiter" gekennzeichnet. Ich mußte im Laufe der Jahre dann wirklich die ganze Hühnerleiter akademischer Graduierung erklettern, um fast zum Schluß erst den Grad eines "Außerordentlichen Professors" zu erlangen.

Nach dem Rektorat und meiner dort vollzogenen Einstellung ging ich dann zu meiner eigentlichen neuen Dienststelle, dem "Institut für Internationale Beziehungen (IIB)", und zwar zu dem damaligen Direktor Professor Dr. Gerhard Hahn. Er zog zu dieser ersten Begegnung noch den für Kaderfragen im Direktorat zuständigen Prof, Dr. Klett hinzu. Auch hier merkte ich die gleiche Unsicherheit mir gegenüber wie im Rektorat. Die Atmosphäre war freundlich aber distanziert. Man erklärte mir, daß eine kadermäßige Stärkung der Sektion Auslandinformation dringend geboten sei, da der bisherige Leiter, Bernd Lange, den Aufgaben garnicht gerecht geworden sei. Er scheide auch auf eigenen Wunsch mit meiner Amtsübernahme aus, um wieder als Journalist tätig zu sein. "Der Glückliche" dachte ich. Auch die Mitarbeiter seien alle noch keine Spezialisten der Auslandsinformation und kämen aus ganz unterschiedlichen Fachbereichen. Lehre und Forschung müßten neu entwickelt werden, wozu ich als Akademiker und mit meinen Berufserfahrungen sicher gute Voraussetzungen mitbrächte.

Zum Schluß gab es für mich noch einen Extra - Bonbon : Um die Stellung der Auslandsinformation am Institut zu heben, werde man mich auch in den "Wissenschaftlichen Rat" des Instituts kooptieren. Wie sich später im Laufe der Jahre zeigte, war das für mich von unschätzbarem Wert. In diesem Gremium wurden alle Forschungsvorhaben und Forschungsergebnisse, aber auch alle Lehr- und Seminarpläne und alle Probleme bei der Ausbildung der Studenten sehr kritisch diskutiert. Wenn wir als Auslandsinformation - vor allem wegen unserer Unerfahrenheit - in der ersten Zeit noch nicht sehr ruhmvoll abschnitten, so war für mich schon das Durcharbeiten der Vorlagen aus allen Sektionen des Instituts und dann ihre Diskussion im "Wissenschaftlichen Rat" wie ein richtiges außenpolitisches Studium, durch das ich mich im Laufe der Zeit doch zu einem Fachmann auf diesem Gebiet qualifizierte. Aus heutiger Sicht muß ich sagen, daß das IIB in Forschung und Lehre eine hervorragende Arbeit geleistet hat. Wenn es der DDR gelungen ist, nach der diplomatischen Anerkennung durch fast 140 Staaten und die Aufnahme in die UNO und die anderen großen Internationalen Organisationen die diplomatischen Stellen und Funktionen alle qualitativ hochwertig zu besetzen, so ist das sicher nicht zuletzt ein Verdienst des IIB. Auch die Tatsache, daß nach der Wiedervereinigung die Außenpolitik der DDR von jeder Kritik verschont blieb, ist sicher auch mit ein Verdienst des IIB.

Aber zurück zu meiner ersten Begegnung mit Professor Hahn und Professor Klett. Man riet mir nämlich zum Schluß, mich vor allem mit dem für die Auslandsinformation im ZK zuständigen Abteilungsleiter, Genossen Manfred Feist, in Verbindung zu setzen, um die Vorstellungen und Forderungen an die von dort initiierte Abteilung am IIB unserer künftigen Arbeit zugrunde zu legen.

Bevor ich aber dieser Aufforderung nachkam, ging ich erst einmal in die Sektion Auslandsinformation, um mich dort vorzustellen. Natürlich wurde ich dort als neuer Leiter schon gespannt und neugierig erwartet. Bernd Lange begrüßte mich sehr herzlich. Er war offensichtlich sehr froh, diesen für ihn zu schwierigen Job endlich wieder los zu werden. Er stellte mir dann die Mitarbeiter vor, die wirklich ein bunt zusammengewürfeltes Häuflein waren. Außer Ilse Kelbert - Girard und Hans Kistner besaßen alle anderen keinerlei Erfahrungen in der Auslandsinformation. Da war z. B. Wolfgang Kubiczeck, der in Moskau am IMO Außenpolitik studiert und mit sehr guten Ergebnissen abgeschlossen hatte. Er hatte dort eine Mitstudentin, eine laotische Prinzessin, kennen und lieben gelernt und dann auch geheiratet, was seiner Karriere in der DDR großen Schaden brachte. Mit einer Ausländerin verheiratet, machte ihn für den diplomatischen Dienst untauglich und so wurde dieser außerordentlich qualifizierte und begabte Außenpolitiker ans IIB versetzt, wo man ihn dann auch nicht in eine der wichtigen Fachsektionen der Außenpolitik, sondern in die Auslandsinformation versetzte, sozusagen in politische "Quarantäne"!

Da war weiter Jochen Oesterheld, der aus der Orientwissenschaft kam, oder Jürgen Blunk aus der Journalistik oder der Genosse Wulf, ein gescheiterter Lehrer, von dem niemand wußte, wie er hierher gekommen war und den ich - als er sich als ganz übler Intrigant erwies - sehr schnell wieder an die frische Luft gesetzt habe. Es gab auch keinen ausgereiften Forschungs- oder Lehrplan. Mir wurde also schnell bewußt, daß ich hier "Neuland unter den Pflug" bekam. Angesichts dieser Lage und bei meiner auf diesem Gebiet vorhandenen Unerfahrenheit bekam ich es doch etwas mit der Angst zu tun. Wo sollte, wo mußte ich jetzt anfangen und vor allem wie?

Ich entschloss mich also, dem Rat von Professor Hahn zu folgen und als Erstes meine eigene Unkenntnis auf diesem Gebiet der Auslandsinformation durch eine möglichst umfassende Konsultation beim Genossen Manfred Feist im ZK etwas zu beheben. Ich ließ mir also einen Termin geben und bat, er möge sich doch genügend Zeit nehmen, um mich mit den Aufgaben und Zielen der Auslandsinformation bekannt zu machen. Da ich bis zu dieser Zeit Manfred Feist persönlich noch nicht kannte, konnte ich doch eine gewisse Erregung und Spannung nicht unterdrücken. Schließlich war er jetzt derjenige, dem ich parteimäßig aber auch dienstlich unterstellt war. Und als Schwager von Erich Honecker hatte er einen direkten Draht zur obersten Parteispitze, was ihn nicht nur für mich besonders bedeutsam machte.

Manfred Feist empfing mich ausgesprochen herzlich. Wir hatten gleich einen guten Kontakt, der sich in der Folgezeit auch auf die private Sphäre ausweitete. Da er oft die Wochenenden in dem im Teupitzer Schloß eingerichteten ZK - Heim verbrachte, kam er häufiger mit seiner Frau in seinem Motorboot zu uns in den Kohlgarten, wo wir dann auf unserem Bootssteg mit dem von ihm immer mitgebrachten guten Radeberger Pilsner sehr gemütliche Stunden verlebten, zumal wir seiner Bitte nachkamen, bei solchen Gelegenheiten nicht über dienstliche Dinge zu sprechen, weil er sich an solchen Wochenenden wirklich ausruhen und entspannen wollte. Da er recht nervös war, was sich auch an ständigem Gesichtszucken bemerkbar machte, was sich später sehr verschlimmerte, konnten wir diesen Wunsch nach einem völligen Abschalten gut verstehen.

Aber bei dieser ersten Begegnung bekam ich erst einmal viele für mich wichtige Informationen. Zunächst machte er mich mit dem doch sehr umfangreichen Instrumentarium der Auslandsinformation bekannt, mit dem engen Kontakt zu halten er mir sehr ans Herz legte. Ich staunte, wieviele Einrichtungen es auf diesem Gebiet gab, wieviele Menschen dort engagiert waren und wieviele finanzielle Mittel die DDR für dieses spezielle Gebiet bereitstellte.

Um im Ausland wirksam zu werden, gab es im Wesentlichen zwei Kanäle :einmal unsere diplomatischen Vertretungen, wo vor allem die Presse- und Kultur-Attachés ihre Möglichkeiten nutzten, um auslandsinformatorisch wirksam zu werden. Zu ihrer Anleitung auf diesem Gebiet gab es im Außenministerium dafür eine eigene Abteilung. Der zweite, weit wichtigere Kanal, waren die vielen speziellen auslandsinformatorischen Einrichtungen in der DDR selber. Da waren zunächst die publizistisch tätigen Einrichtungen wie "Radio Berlin International", dann der mir schon bekannte Dresdener Verlag "Zeit im Bild", der technisch sehr gut eingerichtet war und viele anspruchsvolle Traktate, reich bebilderte Broschüren, Bildbände, Kalender und ähnliches herausbrachte, und schließlich bei der DEFA - Dokumentarfilmproduktion eine eigene Gruppe für die Auslandsinformation, die sich "Camera DDR" nannte. Mindestens ebenso wichtig war die mit den Menschen im Ausland im Kontakt stehende "Liga für Völkerfreundschaft" mit ihren zahlreichen Freundschaftsgesellschaften, die in zahlreichen Ländern entsprechende Partner mit eigenen Büros hatten.

Bei meiner Schwedenreise hatte ich ja die dortigen Partner mit ihrem Büro in Stockholm selber schon kennen gelernt und die vielen dort leider noch nicht genutzten Möglichkeiten aufgespürt. Neben diesen Freundschaftsgesellschaften gab es auch noch in einigen Ländern eigene "Kultur- und Informationszentren", die mit DDR-Bürgern besetzt waren und eine Art Gegeneinrichtung zu den zahlreichen Bonner "Goethe-Instituten" darstellen sollten. Solche KIZs gab es in Warschau und Krakau, in Prag und Bratislava, in Sofia, in Helsinki, in Stockholm, in Paris, in Syrien und dem Irak. Für mich war interessant zu erfahren, daß die Sowjetunion und Rumänien eine solche DDR-Einrichtung abgelehnt hatten und zwar ganz offensichtlich aus Furcht vor einem engeren

Kontakt zu den dort lebenden deutschen Minderheiten. Manfred Feist erklärte mir weiter, man habe bewußt auf den von den Nazis so mißbrauchten Begriff "Auslandspropaganda" verzichtet und den Namen "Auslandsinformation" gewählt, um dem Ausland so zu suggerieren, es handele sich nicht um irgendwelche kommunistische Propaganda, sondern um eine seriöse Information über den sozialistischen deutschen Staat, der im Ausland entweder durch Bonn verleumdet oder oft auch gänzlich unbekannt sei. Bei den Aufgaben der Auslandsinformation gehe es daher in erster Linie um eine allseitige positive Darstellung der DDR, ihres Gesellschaftssystems, ihrer Politik in Wirtschaft und Landwirtschaft, ihres Sozialwesens, ihrer Bildungs- und Gesundheitspolitik usw. Weiter gehe es um die Information über die auf Frieden und Sicherheit, gegen die imperialistische Einmischungspolitik Bonns mit dem anmaßenden "Alleinvertretungsanspruch" gerichtete Außenpolitik der DDR. Natürlich stünden jetzt die großen Anstrengungen der DDR zu ihrer allgemeinen völkerrechtlichen Anerkennung im Mittelpunkt aller auslandsinformatorischen Aktivitäten. Dazu sei aber die allseitige positive Darstellung der DDR besonders wichtig, um im Ausland die Kenntnisse über diesen zweiten deutschen Staat zu verbreiten oder zu vertiefen.

Mir wurde bei diesem Gespräch klar, daß ich, ähnlich wie bei meiner Westarbeit im Nationalrat, nun wieder in eine Lage kam, wo ich nur die Sonnenseite der DDR zu propagieren hatte, etwas, was ich ja gerade bei der Ausstellung in Rostock - Wustrow selber kritisiert hatte. In den zehn Jahren in Babelsberg mußte ich daher meine zunehmende Kritik an sichtbar werdenden Fehlentwicklungen in der DDR ganz in die private Sphäre verdrängen, weil man, was ich damals ganz natürlich fand, "seine schmutzige Wäsche nicht vor Fremden wäscht". Allerdings weitete sich diese private Sphäre später doch etwas aus, als ich aus Kollegialität den auch in Berlin wohnenden Professor Joachim Krüger und danach auch die von mir in meine Abteilung eingestellte Psychologin Dr. Erika Schulze - Hermann immer in meinem Auto mitnahm. Auf der langen Fahrt nach Babelsberg tauschten wir immer häufiger unsere kritischer werdende Meinung über die Politik von Erich Honecker, dem Politbüro und dem ZK aus und hofften dabei, daß sich doch noch Kräfte in der Partei finden würden, die so dringend notwendigen Reformen durchzuführen.

Aber zurück zu Manfred Feist. Nachdem er mir die Struktur und Aufgaben der Auslandsinformation erläutert hatte, riet er mir, mit allen Organen der Auslandsinformation Kontakt aufzunehmen, um ihre Arbeitsweise und ihre Probleme kennen zu lernen.

Auf meine Frage, welche Aufgabe denn nun die Abteilung in Babelsberg habe, blieb er sehr allgemein und meinte nur, es gehe um die Erhöhung der Effektivität der Auslandsinformation und darum, den Studenten für ihren diplomatischen Beruf die notwendigen Grundkenntnisse über die Auslandsinformation beizubringen. Die schon hier unbeantwortet gebliebene Frage nach dem Forschungsgegenstand meiner Abteilung wurde dann all die Jahre im Wissenschaftlichen Rat ein Dauerbrenner. Selbst der auch später noch mehrmals in den Wissenschaftlichen Rat dazu eingeladene Manfred Feist fand für dieses Problem nie eine befriedigende Antwort.

In Babelsberg ging es jetzt darum, selber einen Weg zu finden, für Forschung und Lehre bestimmte Grundlagen zu schaffen. Dabei war klar, daß für beide Aufgaben eine Differenzierung nach Zielgebieten der Auslandsinformation vorgenommen werden mußte. In den sozialistischen Ländern gab es ganz andere Voraussetzungen und Ziele, als in den kapitalistischen Staaten oder den Entwicklungsländern. Also wurden die Mitarbeiter erst einmal auf diese drei unterschiedlichen Gebiete angesetzt, während ich mir das übergeordnete Gebiet der "Grundfragen und Grundlagen der Auslandsinformation der DDR" vorbehielt.

Ausgangspunkt unserer Überlegungen war damals die allgemeine Erkenntnis über die wachsende Rolle der Volksmassen bei der Gestaltung der internationalen Beziehungen und bei der

Frage der Sicherung des Friedens. Fragen der friedlichen Koexistenz wurden jetzt überall breit diskutiert. Das hatte eine starke Intensivierung des internationalen ideologischen Klassenkampfes im Gefolge, die auch für die Auslandsinformation der DDR von großer Bedeutung war. Denn natürlich richtete sich die Auslandsinformation der DDR nicht an die jeweiligen Regierungen, sondern im Wesentlichen an die Volksmassen. Meine ersten theoretischen Ausarbeitungen galten daher auch dieser wachsenden Rolle der Volksmassen und den vielen Nichtstaatlichen Organisationen (NGOs), die sie repräsentierten. Der zu ihrer ideologisch - politischen Beeinflussung eingesetzten Propaganda widmete ich mich dann mit großer Intensität. Auf diese wachsende Bedeutung des internationalen ideologischen Klassenkampfes im Gefolge der friedlichen Koexistenz wurde damals sowohl auf den Parteitagen der KPdSU wie auch der SED, aber auch auf internationalen Konferenzen sowohl in den sozialistischen wie kapitalistischen Ländern hingewiesen, wurde dieser immer bedeutsamer werdende internationale Schauplatz theoretisch erörtert.

Von sozialistischer Seite war es vor allem Professor G.A. Arbatow, der Direktor des Amerika - Instituts der Sowjetischen Akademie der Wissenschaften, der sich diesem Thema speziell widmete. Sein Hauptwerk "Ideologischer Klassenkampf und Imperialismus", das 1972 auch in deutscher Sprache beim Dietz-Verlag erschien, wurde für uns Mitarbeiter der Auslandsinformation in Babelsberg, aber auch für unsere Studenten zu einer Quelle neuester Erkenntnisse auf diesem Gebiet. Professor Arbatow stellte damals fest, daß die Propagandisten des Imperialismus in ihrem Bemühen, den Einfluß des Sozialismus auf die Volksmassen in ihren Ländern abzublocken, immer stärker auf Methoden der Manipulierung ausweichen. An die Stelle von Ideen traten immer stärker Mittel und Methoden der Psychologie im Sinne Freud's. So entstand damals in den westlichen Ländern eine ganze Wissenschaft von der bürgerlichen Propaganda, in der Psychologie, Soziologie, Meinungsforschung, politische Wissenschaften und

Anthropologie dominierten.

Ein typischer Vertreter dieser bürgerlichen Propaganda - Wissenschaft war Professor Ellul von der Universität Bordeaux. Ihn habe ich damals in meinen Vorlesungen und Artikeln folgendermaßen zitiert:

> *"Bei der Propaganda (der bürgerlichen d. Verf.) geht es schon nicht mehr darum, offen zum Ausdruck zu bringen, was denn das Individuum nach dem Wunsche des Propagandisten denken oder woran er glauben soll. Faktisch geht es darum, eine bestimmte Gruppe von Menschen zu veranlassen, in einer bestimmten Art zu reagieren. Wie wird das erreicht? Man sagt den Menschen nicht direkt,' handelt so und nicht anders', sondern man findet einen psychologischen Trick, der die entsprechende Reaktion auslöst. Dieser psychologische Trick wird 'Stimulus' genannt. Somit hat die Propaganda, wie wir sie sehen, mit der Verbreitung von Ideen nichts mehr gemein. Es geht nicht darum, Ideen zu verbreiten, sondern darum, 'Stimuli', das heißt psychologische oder psychoanalytische Tricks anzuwenden, die bestimmte Handlungen, bestimmte Gefühle, bestimmte mystische Bestrebungen auslösen:"*

Um unseren Studenten zu erläutern, wie das mit einem solchen "Stimulus" in der Praxis aussieht, habe ich das an einem damals typischen Beispiel aus Westdeutschland illustriert: Um den eignen Spaltungsmakel loszuwerden und die historische Tatsache aus der Welt zu schaffen, daß man zur Rettung der eigenen Klassenherrschaft Deutschland gespalten hat und nun diesen Makel der DDR anzulasten versuchte, hängten die westdeutschen Propagandisten allem, was mit der DDR zusammenhing, den "Stimulus" "Spalter" an: "Spalterstaat", "Spalterflagge" usw. Durch die "hämmernde Wiederholung" eines solchen "Stimulus" über die Massenmedien, durch alle Staatsmänner und Politiker kann man dann, wie uns unser Professor Dovifat beim Studium der Zeitungswissenschaft im Hinblick auf die Goebbels- Propaganda schon beigebracht hatte, auf die Dauer jede Lüge zu einer Wahrheit umfunktionieren.

Was also damals im Westen unter der Kategorie "Propaganda" fungierte, war kein geschlossenes System von Ansichten und Argumenten, sondern wurden immer stärkere Mittel und Methoden zur Aktivierung von Gefühlen und Instinkten. In dieser Massenpropaganda setzte man sich also nicht mit dem Sozialismus als Idee oder Realität auseinander, sondern suchte stattdessen ein Klischee von ihm zu schaffen, das bestimmte Emotionen wie Furcht, Abscheu, Grauen usw. auslösen sollte. Typisch dafür waren damals die aus den USA gesteuerten und finanzierten Sender "Liberty", "Radio Free Europa" und der "RIAS".

Mein ganz spezielles Lieblingsthema wurde damals das, was man "Psychologischen Krieg" und "Ideologische Diversion" nannte. Dabei setzte ich mich auch mit den DDR- Medien auseinander, weil bei ihnen diese beiden Begriffe oft wie Synonyme behandelt wurden. Bei meinem intensiven Studium dieses Themas stellte ich fest, daß dieser Begriff erstmalig 1942 in den USA auftauchte und zwar in einem Buch von L.Pharao "Der politische Krieg Deutschlands". Er wies nach, daß das Hitler - Regime mit einem solchen "Psychologischen Krieg" die deutsche Bevölkerung für den Zweiten Weltkrieg reif gemacht habe.

Die Goebbels - Propaganda und Himmlers Terror wären die Hauptkomponenten dieses "Psychologischen Krieges" gewesen. In dieser Koppelung von der oben schon analysierten bürgerlichen Propaganda und der Drohung oder Anwendung von Gewalt lag nach der sich damals durchsetzenden allgemeinen Auffassung das Spezifische dieses "Psychologischen Krieges". Für mich war auch die damals in der Fachliteratur zu findende Feststellung interessant, daß auch der Atombombenabwurf der Amerikaner auf Hiroshima und Nagasaki in diese Kategorie "Psychologischer Krieg" eingeordnet wurde. Militärisch völlig sinnlos, war dieser gezielte und bewußte Massenmord in der Hauptsache darauf gerichtet, einen psychologischen Schock auszulösen, um die Völker, vor allem die der Sowjetunion, vor dieser amerikanischen Stärke erschaudern zu lassen, damit sie sich - wie man hoffte- dann widerstandslos einem geplanten amerikanischen Nachkriegsdiktat beugen sollten. Und auch die von den amerikanischen "Frontberichterstattern" durch Wort, Bild, Film und Fernsehen betriebene Popularisierung der grauenhaften Verbrechen einer systematisch enthemmten Soldateska in Indochina war ein "Psychologischer Krieg" gegen alle noch um ihre Freiheit und Unabhängigkeit kämpfenden Völker in Asien, Afrika und Lateinamerika. Damit sollten Angst und Schrecken unter diesen Völkern verbreitet werden, damit sie sich widerstandslos dem amerikanischen "Weltgendarm" beugen sollten. An dieser Anwendung des "Psychologischen Krieges" hat sich auch bis heute nichts geändert. So war es typisch, daß der USA- Botschafter in Deutschland, Kornblum, bei seiner Dankesrede für die Verleihung des "Ordens wider den tierischen Ernst" 1999 in Aachen aus seiner Cowboytracht einen Colt hervorzog und ihn triumphierend vor Versammelten und Fernsehkameras hochhob und dazu ausrief: "Damit machen wir Politik!" Und nur wenige Tage später wandte sich US-Vizepräsident Al Gore auf der Sicherheitskonferenz in München gegen den Vorschlag des deutschen Außenministers Joschka Fischer, die NATO solle in ihrer Strategie auf den Ersteinsatz von Atomwaffen verzichten, mit den Worten: "Amerika ist nicht bereit, auf seine atomare Abschreckung zu verzichten! "Es geht den Amerikanern also immer noch darum, neben ihrer Propaganda Angst und Schrecken zu verbreiten.

Die "Ideologische Diversion" war bei der scharfen Auseinandersetzung des Westens mit den sozialistischen Staaten der bedeutendste Bestandteil des "Psychologischen Krieges". So wie der listenreiche Odysseus im Altertum das befestigte Troja erst erobern konnte, nachdem er ein scheinbar harmloses hölzernes Pferd in die Festung geschmuggelt hatte, in dem seine Krieger versteckt waren, so sollen bei der "Ideologischen Diversion" auch völlig normale und im Zuge einer friedlichen Zusammenarbeit auch notwendige Verbindungen zwischen Staaten unterschiedlicher Gesellschaftsordnung wie Wirtschaftsaustausch, Wissenschafts- und Kulturbeziehungen, Touristik und Sport zu Trägerwaffen "Ideologischer Diversion" umfunktioniert werden.

Eine ziemlich exakte Definition für "Ideologische Diversion" gaben die beiden amerikanischen Theoretiker der "Psychologischen Kriegführung", R.T. Holt und Oberst R. van der Velde in einer Kollektivarbeit. Am Beispiel amerikanischer Rundfunkpropaganda formulierten sie als Ziel dieser Tätigkeit, "die Änderung des Verhältnisses der Bevölkerung des gegebenen Landes gegenüber ihrer Regierung, was in der Konsequenz einen gesellschaftlichen Druck hervorrufen könnte, der die Änderung der Politik der gegebenen Regierung beeinflussen dürfte".

Und Thomas Sorensen, der langjährige Stellvertretende Direktor des amerikanischen Propaganda - Trusts USIA schrieb dazu in seinem Buch "Krieg der Worte - Geschichte der amerikanischen Propaganda ", daß es Aufgabe der amerikanischen Propaganda sei, "andere zu zwingen, entsprechend den amerikanischen Zielen zu denken und zu handeln". Und zur Arbeit seiner USIA schreibt er: "Fast in allen Ländern versucht die USIA einen Druck auszuüben auf jene, die gewillt sind und die Möglichkeit haben, ihre Regierungen an einer Zusammenarbeit mit den Vereinigten Staaten zu hindern".

Eine noch deutlichere und offenere Definition der "Ideologischen Diversion" gab damals der westdeutsche Politologe Alard von Schack in einem Beitrag in der in Stuttgart erscheinenden Zeitschrift "Außenpolitik" unter dem Titel "Der geistige Kampf in der Koexistenz". In dem Artikel hieß es:

Wie bei uns im kapitalistischen Westen das Entstehen von Revolutionslagen zu verhindern ist ...so sind auf der Gegenseite im unerbittlichen geistigen Wettbewerb der Koexistenz Revolutionslagen zu schaffen und zu verschärfen. Unser Gedankengut ist in das öffentliche Leben der kommunistischen Staaten mit allen Mitteln der modernen Propaganda auf psychologische geschickte Weise einzuschleusen. Unter Ausnutzung nationaler Verschiedenheiten, religiöser Überlieferungen, auch menschlicher Schwächen, wie der Neugierde, der weiblichen Eitelkeit, der Sehnsucht nach Vergnügen, ist die Indifferenz zu den Zielen der kommunistischen Staatsführung zu fördern... mit dem Ziel, die Bevölkerung bis zum passiven Widerstand (Arbeite langsam!) und zur Sabotage zu bringen. Zu den geistig Schaffenden eines kommunistischen Staates ist auf Kongressen, auf Reisen usw. Verbindung aufzunehmen... Die Menschen in den kommunistischen Staaten werden auf diese Weise zu bewußten oder unbewußten Trägern westlicher Ideen, so wird das Gefühl allgemeinen Unbehagens geschaffen, das Voraussetzung ist für die sich abwickelnde innere Veränderung und Umwälzung in diesem Staatswesen".

Wenn ich dies hier so ausführlich wiedergebe, so, weil ohne Kenntnis dieser "Ideologischen Diversion", die gegenüber der DDR dann unter der Politik der "Wandlung durch Annäherung" von Willy Brandt und Egon Bahr betrieben wurde, die allmähliche Erosion bei uns schwer verständlich ist. Denn neben den dominierenden inneren Ursachen für den Verfall und schließlichen Zusammenbruch des "real existierenden Sozialismus" bei uns, darf man die Wirksamkeit dieser "Ideologischen Diversion" nicht unterschätzen. Und ich rechne es mir als Verdienst an, auf diese Seite der Auseinandersetzung zwischen kapitalistischen und sozialistischen Staaten nicht nur in Babelsberg an unserem Institut, son-

dern verstärkt auch öffentlich und international aufmerksam gemacht zu haben. So fanden in Polen, Bulgarien und Rumänien
mehrfach spezielle Tagungen, Seminare und Kongresse statt, zu
denen ich immer als DDR - Spezialist auf diesem Gebiet eingeladen wurde und dort meine Forschungsergebnisse ausführlich darlegen konnte.

Wenn "Psychologischer Krieg" und "Ideologische Diversion" auch meine Lieblingsthemen waren, so mußte ich mich natürlich auch den "Grundfragen der Auslandsinformation der
DDR" widmen, vor allem eine größere Vorlesung dazu ausarbei-
ten. Bei meinen Forschungen auf diesem Gebiet stieß ich bei dem
Problem der Effektivität sehr schnell an eine scheinbar unüber-
brückbare Barriere. Die Effektivität ließ sich natürlich nicht in der
DDR, sondern nur bei den Empfängern im Ausland messen. Aber
weder bei der "Liga für Völkerfreundschaft", noch bei den anderen Organen der Auslandsinformation gab es irgendwelche konkreten Angaben auf diesem Gebiet. Bei der Freundschaftsgesellschaft DDR- Schweden sagte man mir, wenn sie mehr solcher
kritischer Berichte hätten, wie Professor Gräfrath und ich sie ihnen nach unserer Schwedenreise übergeben hätte, dann wären sie
bei der Beurteilung der eigenen Wirksamkeit schon weiter. Aber
alle meine Bemühungen, nun selber entweder durch mich oder
meine Mitarbeiter solche soziologischen Studien im Ausland an-
zustellen, scheiterten, wobei meist Devisenmangel als Grund angegeben wurde.

Um auf diesem Gebiet dennoch etwas weiter zu kommen,
bat ich den FDGB, mich an einem Sommerlager in Thüringen für
jugendliche französische Gewerkschafter, die meist aus der CGT
kamen, teilnehmen zu lassen, um dort mit einem von mir speziell
dafür ausgearbeiteten Fragebogen ihre Informationsbedürfnisse zu
erforschen. Die jungen Franzosen waren sehr freundlich und aus-
kunftsbereit und da ich nach drei Tagen meine aus der Schulzeit
und dem Krieg stammenden Französisch - Kenntnisse so aktivier-
te, daß ich mich mit ihnen ohne Dolmetscher unterhalten konnte,

kam ich zu interessanten Erkenntnissen. So galt ihr Hauptinteresse nicht, wie wir bisher meinten, der sozialen Sicherheit der Arbeiter in der DDR, sondern der Frage, wieviel Freiheit hat der Mensch im Sozialismus? So setzten sie durch, daß statt einer geplanten Fahrt in einen großen volkseigenen Betrieb am Sonntag eine Fahrt zu einer Kirche in einem Dorf durchgeführt werden mußte. Sie wollten sich selber überzeugen, ob Gläubige ungehindert und frei zum Gottesdienst gehen konnten. Auf solche und ähnliche Überraschungen stieß ich noch häufiger und meine zusammenfassende Analyse hätte eigentlich für alle Leitungsorgane eine Fundgrube zur Effektivierung ihrer Arbeit sein können. Aber wie es später vielen unserer Untersuchungen erging, verschwand meine Analyse im Panzerschrank von Manfred Feist und keine Institution der Auslandsinformation erhielt jemals davon Kenntnis. Im ZK wurde eben entschieden, daß sich Gewerkschafter aus kapitalistischen Ländern in erster Linie für die soziale Sicherheit zu interessieren haben und damit Basta! Diese Abneigung gegenüber wissenschaftlichen Untersuchungen und Erkenntnissen, ja ihre völlige Ignorierung wurde später in der Ära Honecker im ZK zur allgemeinen Praxis.

Durch den Berliner Korrespondenten der Sowjetischen Auslandspresse- Agentur NOVOSTI (kurz: APN) erfuhr ich, daß die Hauptredaktion in Moskau auch eine eigene Forschungsabteilung habe, die über ihre Auslandsbüros von APN gerade solche Effektivitätsanalysen mache, wie ich sie auch für uns dringend notwendig hielt. Da mein Bonner Prawda - Freund Pawel Naumow jetzt Generaldirektor von APN war, setzte ich mich gleich mit ihm in Verbindung und bat ihn, eine Zusammenkunft mit seiner Forschungsabteilung zu ermöglichen.

Er war sofort einverstanden und schlug sogar vor, bei einem solchen Treffen gleich einen Kooperationsvertrag zwischen meiner Abteilung und seiner Forschungsgruppe abzuschließen. Als Gegenleistung solle ich, wenn ich in Moskau wäre, doch vor allen seinen Mitarbeitern einen Vortrag über mein Spezialgebiet, die "Psychologische Kriegführung" und die "Ideologische Diversion" halten, weil unsere speziellen Erkenntnisse auf diesem Gebiet sie deshalb besonders interessierten, weil es ja zwischen den auf diesem Gebiet sehr aktiven BRD und der DDR keine Sprachbarrieren gäbe. Unsere Institutsleitung und auch Manfred Feist im ZK fanden eine solche Zusammenarbeit als sehr nützlich und gaben mir alle Vollmachten für ein solches Kooperationsabkommen.

In Moskau hatte Pawel Naumow ein sehr umfangreiches Besuchsprogramm für mich organisiert. Mit dem Leiter der "Hauptredaktion zur Erforschung der Effektivität der Auslandspropaganda", dem Genossen W. Schundejew, traf ich mehrmals zusammen. Wir vereinbarten nicht nur einen Informations- sondern auch einen Mitarbeiteraustausch zu Studienzwecken. Für mich war bei diesem Erfahrungsaustausch äußerst interessant, daß auch bei APN im kapitalistischen Ausland die Frage nach der persönlichen Freiheit im Sozialismus vor der sozialen Sicherheit rangierte. Wenn man damals diese Erkenntnis nicht nur als für das kapitalistische Ausland typisch anerkannt hätte, sondern auch für große Teile der eigenen Bevölkerung relevant, hätte man der wachsenden Opposition und aufkommenden Bürgerrechtsbewegung viel Wind aus den Segeln nehmen können.

Durch Pawel Naumow, der als Generaldirektor von APN offenbar über großen Einfluß verfügte, wurde ich bei vielen für mich wichtigen Institutionen empfangen und erhielt dort wichtige und interessanten Anregungen. So war ich beim "Rat zur Erforschung der ideologischen Strömungen im Ausland", bei der "Akademie für Gesellschaftswissenschaften beim ZK der KPdSU", beim "Institut für Weltwirtschaft und internationale Beziehungen" der "Fakultät für Journalistik der Universität Moskau", die ähnlich wie wir, auch die Kader für die Auslandspropaganda ausbildete und schließlich auch beim "Ministerium für Auswärtige Angelegenheiten der UdSSR", wo ich mit dem Leiter des Sektors "Gesellschaftliche Kräfte und Abrüstung", Professor Dimitri B. Jermolenko sprechen konnte. Das war für mich sehr nützlich, weil meine eignen Untersuchungen in der DDR über die Möglichkeiten der Nichtstaatlichen Organisationen (NGL) auslandsinformatorisch stärker wirksam zu werden, auch bei uns dazu geführt hatten, im Außenministerium bei der Abteilung "Internationale Organisationen" einen eigenen Sektor für diese Nichtstaatlichen Organisationen einzurichten. Und natürlich hielt ich auch vor allen redaktionellen Mitarbeitern von APN den von Pawel Naumow gewünschten Vortrag über unsere Erfahrungen im ideologischen Klassenkampf der, wie die Diskussion zeigte, auf großes Interesse stieß.

Im Ergebnis der Erkenntnisse dieser Reise und eigener Studien entstand dann unter meiner Leitung ein großes schriftliches Lehrmaterial unter dem Titel " Die Entwicklung des internationalen ideologischen Klassenkampfes unter den Bedingungen des Entspannunsprozesses". Dieses 130 Seiten umfassende Werk war nicht nur für das Studium der Auslandsinformation gedacht, sondern sollte für alle Studienrichtungen gültig sein.

Es ersetzte ein ebenfalls sehr umfangreiches früher ausgearbeitetes Lehrmaterial mit dem Titel "Die Psychologische Kriegsführung und Ideologische Diversion des BRD - Imperialismus", dessen Druck und Veröffentlichung nach der Bildung der Brandt/Scheel - Regierung unterblieben.

Diese neue Blickrichtung wurde durch die jüngste Entwicklung erforderlich. Denn natürlich mußte auch die Auslandsinformation sehr flexibel reagieren. Dadurch wurde vieles schnell Makulatur, anderes mußte in aller Eile stark überarbeitet werden. Das galt natürlich vor allem für die auslandsinformatorische Praxis. Denn inzwischen waren die deutsch- deutschen Gespräche in Gang gekommen, hatte sich Bundeskanzler Willy Brandt mit DDR- Ministerpräsident Willi Stoph getroffen, waren die Verhandlungen zwischen Egon Bahr und Michael Kohl in Gang gekommen, die am 21. Dezember 1972 mit der Unterzeichnung des Grundlagenvertrages endeten. In diesem Grundlagenvertrag war auch die Nichteinmischung in die inneren Angelegenheiten des jeweils anderen Staates vereinbart worden, ein Passus, mit dem die DDR hoffte, die in Bahrs Konzept "Wandel durch Annäherung" liegenden Versuche, die in der DDR herrschende Gesellschaftsordnung zu verändern, abzublocken. Um den eigenen guten Willen auf diesem Gebiet zu beweisen, wurden in der DDR die bis dahin bei fast allen Parteien und großen Organisationen bestehenden "Westabteilungen" aufgelöst und als Sektor wie für alle anderen Staaten in die Abteilungen für internationale Beziehungen eingegliedert. Spätestens zu diesen Zeitpunkt hätte ich auch ohne meinen Rausschmiß beim Nationalrat meine Funktion verloren. Ich war also der Entwicklung "weit vorausgeeilt!" Was aber die Hoffnung der Partei - und Staatsführung betraf, die Einwirkung Bonns auf die Entwicklung in der DDR und da insbesondere auf das politische Bewußtsein der Bevölkerung mit diesem Passus im Grundlagenvertrag abblocken zu können, so erwies sich das schnell als Illusion. In dem Maße, wie sich die technischen Möglichkeiten vor allem des Fernsehens schnell ausweiteten, verschwanden alle ideologischen Barrieren. Und alle Versuche wie in der Nazizeit, das Abhören oder Ansehen der "Feindsender" zu unterbinden, blieben wirkungslos.

Das Jahr 1971, ein Jahr nach dem ersten sichtbaren Zeichen deutsch.- deutscher Entspannung durch die Treffen Brandt - Stoph, war dann ein tiefer Einschnitt für alle SED - Mitglieder, aber auch für viele Bürger der DDR. Es war das Jahr der Ablösung von Walter Ulbricht, eine Ablösung, die sehr übel durch ein Komplott Erich Honeckers mit der Führung in Moskau zustande kam. Ich empfand damals diese Art der Ablösung von Walter Ulbricht empörend. Ich kannte Walter Ulbricht ja noch sehr gut aus meiner Zeit beim "Nationalkomitee Freies Deutschland" in Moskau und hatte ihn in der DDR trotz einiger persönlicher Schwächen schätzen gelernt, weil er auf der Gratwanderung zwischen Berlin und Moskau doch vieles für die DDR erreicht hatte, was bei der Schwierigkeit der so ungleichen Beziehungen DDR - Sowjetunion der Öffentlichkeit verborgen blieb und auch bis heute noch nicht voll gewürdigt wird.

Dieser Ablösung von Walter Ulbricht am 3. Mai 1971 folgte dann schon im Juni der VIII. Parteitag der SED, der der Beginn der Ära Honecker war. Wir haben damals alle große Erwartungen in diesen Parteitag gesetzt, weil wir hofften, er würde eine Wende hin zu mehr Demokratie und mehr Offenheit bringen. Nach den Ereignissen von 1968 waren jetzt Reformen gefragt. Nach meiner für mich recht positiven jüngsten persönlichen Erfahrung mit Erich Honecker nach meiner Entlassung aus dem Nationalrat, wo ich ihn im Nachhinein als sehr hilfsbereit erfahren hatte, hegte ich jetzt bei diesem Machtwechsel doch große Hoffnungen auf eine wirkliche Wende. Leider hatten wir damals nicht den engen Spielraum im Auge, den damals eine SED Führung gegenüber der allmächtigen KPdSU in Moskau hatte, die 1968 gezeigt hatte, was mit Abweichlern von ihrem Kurs geschieht.

Beim Studium der Reden und Materialien dieses VIII. Parteitages der SED hatte ich aber dann doch sehr zwiespältige Empfindungen. Einmal war ich empört, daß Honecker in seiner großen Grundsatzrede so tat, als beginne erst jetzt mit ihm die wirkliche Geschichte der DDR. Von all den Anstrengungen der Bevölkerung und den dabei führenden Personen, die seit 1945 alles getan hatten, um "aus Trümmern etwas Neues aufzubauen", war keine Rede mehr. Andererseits empfand ich es doch als eine Art Wende, daß von nun an "Einheit von Wirtschafts - und Sozialpolitik" im Mittelpunkt des Wirkens von Partei - und Staatsführung stehen sollte. Daß eine Leistungssteigerung in der Produktion sich schneller und unmittelbarer im Lebensstandard der Bevölkerung widerspiegeln sollte, hielt ich für einen wirkungsvollen Impuls zur Effektivierung unserer Wirtschaft. Daß später einmal die DDR - Wirtschaft unter den Lasten eines üppig ins Kraut schießenden Sozialsystems zusammenbrechen würde, das ahnte damals noch niemand.

Den ersten wirklichen Bruch meiner positiven Erwartungen in die Ära Honecker erlebte ich mit dem Tod Walter Ulbrichts am 1. August 1973. In Berlin fanden gerade sehr fröhlich, festlich und auch weltoffen die Weltfestspiele der Jugend und Studenten statt. Das nutzte Honecker, um die Totenehrung für Walter Ulbricht so weit wie möglich herunterzuspielen. Nach einer kurzen kühlen Würdigung im Hause des Zentralkomitees, wo Walter Ulbricht aufgebahrt worden war, und an der fast nur die Mitglieder des ZK teilnahmen, wurde Walter Ulbricht dann auf einer Lafette der NVA zum Zentralfriedhof der Sozialisten nach Friedrichsfelde gefahren. Meine Frau und ich hatten am Haus des Lehrers am Alexanderplatz Aufstellung genommen im Kreis vieler Berliner, obwohl zu keiner Spalierbildung aufgerufen worden war. Bei uns mußte der Konvoi vom Haus des ZK kommend um das Haus des Lehrers herum in die Karl - Marx- Allee einbiegen. Und dieser Konvoi fuhr an uns in einem solchen unwürdigen Tempo vorbei, daß meine Frau empört sagte: "Jetzt bringt man Walter Ulbricht wirklich um die Ecke!" Auch ich war zornig, daß Erich Honecker sich auf diese schäbige Art von seinem Lehrmeister und Ziehvater verabschiedete.

In Babelsberg hatte ich mich in der Zwischenzeit, vor allem durch häufige Konsultationen mit den Leitern der einzelnen Institutionen der Auslandsinformation, doch soweit mit der mir zugewiesenen Materie vertraut gemacht, daß ich mich daran machen konnte, zunächst Thesen zu "Grundproblemen der Auslandsinformation der DDR" als Grundlage für unsere Forschung und Lehre auszuarbeiten.

Nachdem diese Thesen bei allen zuständigen Gremien Zustimmung gefunden hatten, ging ich an die Ausarbeitung einer Grundsatzvorlesung über "Funktion und Aufgaben der Auslandsinformation der DDR als untrennbarer Bestandteil der Außenpolitik". Diese Vorlesung spezialisierte ich dann zu einer weiteren unter dem Thema "Die Auslandsinformation der DDR gegenüber den kapitalistischen Staaten in Europa". Eine weitere spezialisierte

Vorlesung von mir widmete sich dem Thema "Das geistig - kulturelle Leben in der DDR als ein Inhalt der Auslandsinformation der DDR".

Mit der Unterzeichnung der Schlußakte der Konferenz über Sicherheit und Zusammenarbeit in Europa (KSZE) am 1. August 1975 - auch durch Erich Honecker für die DDR - mußten wir diesem bedeutsamen Ereignis natürlich in Forschung und Lehre ebenfalls Rechnung tragen, wie wir überhaupt immer bestrebt sein mußten, mit der durch die diplomatische Anerkennung der DDR durch über 140 Staaten und ihre Aufnahme in die UNO und alle großen Internationalen Organisationen sich schnell verändernden Situation Rechnung zu tragen. So erarbeitete ich nach Helsinki für unsere Lehre und für die Praxisorgane der Auslandsinformation der DDR eine Studie zum Thema "Die Möglichkeiten der Auslandsinformation der DDR zur weiteren wirksamen Unterstützung des Kampfes um militärische Entspannung durch Propagierung der Einheit von Frieden und Sozialismus" und das schon erwähnte Lehrmaterial "Die Entwicklung des internationalen ideologischen Klassenkampfes unter den Bedingungen des Entspannungsprozesses." Durch solche Studien und Lehrmaterialien wie durch meine Beiträge in wissenschaftlichen Zeitschriften und meine Teilnahme an den verschiedensten nationalen und internationalen Kongressen oder Seminaren mit eigenem Auftreten konnte ich mir allmählich doch eine bestimmte wissenschaftliche Autorität erarbeiten. So war ich auch in dem von unserem Institut und dem "Institut für internationale Politik und Wirtschaft" (IPW) herausgegebenen Sammelband "Die DDR und die Verwirklichung de Schlußakte von Helsinki "mit dem Beitrag "Kulturelle Zusammenarbeit im Geiste des Humanismus, des Friedens und der Völkerverständigung" vertreten.

Nachdem ich schon nach meinen ersten gelungenen Vorlesungen die für eine Hochschullehrerlaufbahn wichtige "facultas docendi" zugesprochen bekommen hatte, wurde ich mit dem 1. Februar 1973 vom Minister für das Hoch- und Fachschulwesen zum Hochschuldozenten berufen. Damit hatte ich eine weitere Sprosse der akademischen Leiter erklommen, was auch zur Folge hatte, daß ich nun neben dem Wissenschaftlichen Rat unseres Instituts jetzt auch in den "Außenpolitischen Forschungsrat der DDR" berufen wurde, ein von vielen wissenschaftlichen Instituten gebildetes und dem Außenministerium zugeordnetes Gremium. Mit der zunehmenden Sättigung des Außenministeriums mit den von uns ausgebildeten Studenten fand nun außerdem eine ständige Verschiebung der Spezialausbildung der Studenten von der Außenpolitik zur Auslandsinformation statt. So wurden jetzt die Stellen der Sekretäre der Freundschaftsgesellschaften der Liga für Völkerfreundschaft prinzipiell nur noch mit unseren Absolventen besetzt.

Das hatte für meine Abteilung zur Folge, daß immer mehr Studenten zu uns zum Spezialstudium delegiert wurden, was für alle Mitarbeiter unserer doch recht kleinen Abteilung eine große Belastung war. Denn mit der Spezialausbildung waren die Erarbeitung von Seminar - und Diplomarbeiten und die Abnahme der verschiedenen Prüfungen verbunden. Zum Schluß meiner Tätigkeit in Babelsberg war es dann schon die Mehrheit der Studenten, die wir im Spezialstudium zu betreuen hatten. Wenn mit dieser verstärkten Tätigkeit bei der Lehre und Ausbildung auch viel Arbeit verbunden war, so hat mir diese Beziehung zu den sehr ausgewählten und daher auch besonders begabten Studenten nicht nur viel Freude gemacht, sondern mir auch viel Einblick in die sich langsam verändernde Mentalität der Jugend in der DDR vermittelt.

Das Jahr 1977 wurde für mich besonders bedeutsam. Professor Gerhard Hahn, unser bisheriger Direktor, ging in dem zwischen dem Außenministerium und unserem Institut üblichen Austauschverfahren für zwei Jahre als Botschafter nach Belgrad. Er wurde durch Professor Stefan Doernberg ersetzt, der als deutscher Emigrant und Offizier der Roten Armee zunächst als Nachfolger von Professor Bittel das "Institut für Zeitgeschichte" geleitet hatte und mir vor allem durch sein Buch "Kurze Geschichte der DDR" bekannt war. Seine Installierung als neuer Direktor unseres Instituts durch das ZK der SED geschah sehr zum Mißfallen der alten Garde des Instituts, die bisher meist alle Kaderfragen unter sich entschieden und sich auch in allen anderen Fragen vor allem im Wissenschaftlichen Rat eng miteinander absprachen und die deshalb von unserer Abteilung "Forst- Zinna- Maffia" genannt wurde, weil es sich im wesentlichen um Professoren handelte, die einmal das IIB in Forst Zinna mit aus der Taufe gehoben hatten. Nur kurze Zeit nach seinem Amtsantritt ließ mich Professor Doernberg rufen, der von Anfang an mit mir als altem Nationalkomitee - Mann einen sehr freundlichen Kontakt aufgenommen hatte, und zeigte mir einen Stoß Akten und sagte: "Das hier sind alle deine Unterlagen für eine Berufung zum Professor einschließlich einer positiven Befürwortung durch das ZK. Das fand ich hier im Schreibtisch von Professor Hahn, wo es offenbar schon ein Jahr schmort. Was ist denn hier los ? "Ich sagte ihm, daß meine Berufung offenbar der "Forst- Zinna - Maffia" nicht passe, und erläuterte ihm dann meine Erfahrungen mit dieser alten Garde. Er war mir für diese Offenbarung sehr dankbar, weil er selber natürlich auch schon den Widerstand dieser Truppe verspürt hatte, ein Widerstand, der sich dann später noch verstärkte. Professor Doernberg versicherte mir, er werde den Antrag jetzt sofort an das Ministerium für das Hoch - und Fachschulwesen einreichen, damit ich wenigstens im nächsten Jahr berufen werden könne, denn der diesjährige Akt sei ja schon vorbei. Dank dieser Initiative von Professor Doernberg wurde ich dann auch wirklich am 1. September 1978 zum Außerordentlichen Professor berufen. Diese Berufung neuer Professoren fand jährlich einmal in Berlin in einem sehr feierlichen Rahmen statt. Als ich in dem dabei üblichen schwarzen Anzug im Saal neben allen anderen zu Berufenden saß, war ich doch entsprechend aufgeregt. Als ich dann aufgerufen wurde und meine Urkunde in Empfang nahm, mußte ich mich doch sehr zusammennehmen, um meine Erregung nicht spüren zu lassen.

Als ich am nächsten Tag wieder nach Babelsberg kam, hatten meine Mitarbeiter schon das Türschild geändert. Jetzt stand da also: "Abteilung Auslandsinformation / Leiter Professor Dr. Dengler". Natürlich wurde dieses für mich so bedeutsame Ereignis nicht nur mit meinen Mitarbeitern, sondern wie üblich auch mit allen Mitgliedern des Wissenschaftlichen Rates entsprechend gefeiert. Die Familie hatte sich schon am Abend meiner Berufung zu einer Feier zusammengefunden und meine Frau meinte: "Wie schade, daß das Deine Eltern nicht mehr erleben konnten. Wie hätten die sich über diesen würdigen Höhepunkt Deiner wissenschaftlichen Laufbahn gefreut!"

Für mich war diese Berufung zum Professor nicht nur der Höhe- sondern leider auch fast der Schlußpunkt meiner Tätigkeit in Babelsberg. Denn schon im nächsten Jahr 1979 wurde ich mit dem Erreichen meines 65. Lebensjahres emeritiert. Diese Emeritierung fand in einem sehr feierlichen Rahmen statt und der Rektor selber hielt die dabei übliche Laudatio. Nach seiner Rede kritisierte ihn der Stellvertretende Direktor für Arbeit und Soziales und meinte, er habe mir doch besonders danken müssen, daß ich bis zum 65. Lebensjahr weitergearbeitet hätte, denn als ein anerkannter Kämpfer gegen den Faschismus hätte ich doch schon mit 60 Jahren aufhören können. Diese Feststellung überraschte mich selber, denn davon hatte ich gar keine Ahnung und in Babelsberg hatte mich auch niemand jemals gefragt, ob ich mit 60 Jahren noch weiterarbeiten will oder nicht.

Nach meiner am 1.9.1979 erfolgten Emeritierung traf das Institut mit mir noch eine schriftliche Vereinbarung - wie das allgemein üblich war - , die mich verpflichtete, bis zum 31.12.1979 die Einarbeitung meines Nachfolgers und die konzeptionelle und wissenschaftliche Leitung der Abteilung Auslandsinformation zu unterstützen. Darüber hinaus wurde vereinbart, daß ich in Übereinstimmung mit den gesetzlichen Bestimmungen - in denen festgelegt war, wie die Erfahrungen der emeritierten Wissenschaftler genutzt werden sollen - weiterhin am IIB tätig sein sollte. In dieser Vereinbarung war weiter festgelegt, daß ich mich zur Übernahme von Forschungs- und Publikations - aufgaben des IIB verpflichte, weiterhin dem Wissenschaftlichen Rat des Instituts und dem Außenpolitischen Forschungsrat der DDR angehöre und dafür weiter berechtigt bin, alle Informationseinrichtungen und Informationsmittel des IIB in Anspruch zu nehmen. Auf diese Vereinbarung gestützt, nahm mich das IIB in der Folgezeit vor allem als Prüfungs- Vorsitzender häufig in Anspruch. Das war allerdings für mich keine leichte Aufgabe, weil ich ja nun im Gegensatz zu früher die Studenten, die ich prüfen mußte, nicht mehr persönlich kannte und daher nicht wissen konnte, ob das in der Prüfung erkennbare Wissen dem tatsächlichen Leistungsstand entsprach oder durch Examensangst gemindert war. Aber diese Emeritierungsvereinbarung war für mich doch sehr segensreich, weil dadurch der Übergang vom vollen Arbeitsleben zum Rentnerdasein doch sehr wesentlich gemildert und so von einem einmaligen Akt zu einem allmählichen Prozeß gewandelt wurde.

Kapitel IX

Dem Ende der DDR entgegen

Jetzt war ich also Rentner! Als emeritierter Professor kam ich nun in den Genuß der "Intelligenz - Rente ", zu der noch meine Zusatzrente als "Kämpfer gegen den Faschismus" kam, so daß ich materiell abgesichert war. Und für unser so schön im Grünen gelegenes Reihenhaus zahlten wir der Kommunalen Wohnungsverwaltung nur lächerliche 113,00 Mark Miete, was allerdings auch zur Folge hatte, daß für notwendige Reparaturen kaum Gelder zur Verfügung standen. Dieses Resultat des für die DDR - Verhältnisse viel zu luxuriösen Sozialsystems ließ denn auch überall im Lande, vor allem in den Städten, immer mehr Häuser verfallen. Hinzu kam noch, daß viele Mieter auch diese geringe Miete nicht bezahlten und niemand sie dafür zur Rechenschaft zog. In manchen Häusern gingen die allgemein üblichen "Hausvertrauensleute" dazu über, mit Anschlägen im Haus solche säumigen Mieter an den Pranger zu stellen, was aber im allgemeinen auf die Zahlungsmoral keine Auswirkungen hatte. Man wußte nur zu gut, daß man in der DDR niemanden auf die Straße setzte. Die Idylle unseres schönen ruhigen Hauses wurde leider mit der Eröffnung des Flughafens Tegel sehr gestört, denn nun lagen wir gerade unter der Einflugschneise und sechs Kilometer von uns entfernt begann schon die Landebahn. Aber im Laufe der Jahre haben wir uns auch daran gewöhnt.

Zunächst war mein neues Rentnerdasein sehr ungewohnt. Seit 1945 war ich morgens immer pünktlich am Arbeitsplatz. Jetzt wartete in der Frühe kein Auto auf mich und wenn ich - entsprechen meinem Emeritierungsvertrag - noch manchmal nach Babelsberg fuhr, dann mit dem eigenen Auto und zu einer mir genehmen Zeit. Und natürlich meldete ich mich nun auch bei meiner für mich zuständigen Wohnpartei- Organisation an, die damals sehr straff von der Genossin Käthe Böhme geleitet wurde. Über diesen Weg erfuhr auch die Pankower SED - Kreisleitung, daß ihr nun ein qualifizierter Genosse zur Verfügung stand. Daher erreichte mich schon kurze Zeit nach meiner Emeritierung von der SED - Kreisleitung die Bitte, mich doch möglichst bald beim Ersten Sekretär zu melden, der etwas Wichtiges mit mir zu beraten habe. Als ich mich bei ihm meldete, kam er gleich auf sein Anliegen zu sprechen. In Pankow sei jetzt die Funktion des Kreisvorsitzenden der "Gesellschaft für Deutsch - Sowjetische Freundschaft" (DSF) vakant, immerhin nach den Gewerkschaften die mitgliederstärkste Massenorganisation. Und ich hätte, wie er wisse, durch meine Tätigkeit im "Nationalkomitee Freies Deutschland" und meine Forschungskooperation mit der sowjetischen Auslandspresse - Agentur Novosti doch sehr persönliche Beziehungen zur Sowjetunion, so daß er mir vorschlage, jetzt Vorsitzender der DSF in Pankow zu werden. Immerhin sei ich doch auch ein Gründungsmitglied der DSF. Ich staunte, wie gut man sich in Pankow über mich informiert hatte. Ohne zu ahnen, was eine solche Funktion an Belastungen mit sich bringen würde, sagte ich nach kurzer Überlegung zu. In Kürze, so der Kreissekretär weiter, würde eine Kreisvorstandssitzung stattfinden, auf der ich dann auf Vorschlag der SED zum Kreisvorsitzenden gewählt werden würde. Der Kreisvorstand der DSF verfüge über ein eigenes Büro in der Florastraße, das von einem hauptamtlichen Sekretär, einem Mitarbeiter und einem ehrenamtlichen Dolmetscher geleitet werde.

An einem der nächsten Tage besuchte ich dann das Büro in der Florastraße. Wie ich wußte, gab es im Gegensatz zur Sowjetunion, wo eine Kollektivmitgliedschaft bestand, in der DDR nur eine Einzelmitgliedschaft. Oft wurde gerade diese DSF - Mitgliedschaft als politisches Alibi benutzt. Man zeigte damit seine positive politische Einstellung, ohne Mitglied der SED werden zu müssen. In allen Betrieben, Einrichtungen, Institutionen und Schulen gab es DSF - Gruppen mit einem entsprechenden Vorstand. In den Großbetrieben wie Bergmann - Borsing oder Niles gab es sogar einen vom Betrieb bezahlten hauptamtlichen Sekretär. Pankow zählte damals, so erfuhr ich im Büro der DSF, etwa 20.000 DSF Mitglieder. Die Tätigkeiten waren sehr unterschiedlich. Sie reichten von Partnerschaften, Freundschaftstreffen mit den zahlreich in die DDR einreisenden sowjetischen Delegationen, Reisen in die Sowjetunion, Vorträgen über die verschiedenen Lebensbereiche in den einzelnen sowjetischen Republiken durch deutsche oder sowjetische Sachkenner, über den gemeinsamen Besuch sowjetischer Filme oder den Bezug sowjetischer Zeitschriften oder Literatur. Gerade auf dem Weg über sowjetische Filme und sowjetische Zeitschriften wie dem "Sputnik" kamen dann mit dem Machtantritt von Michael Gorbatschow Ende der 80er Jahre zunehmend die Ideen von Perestroika und Glasnost, von Umgestaltung und neuem Denken, in die DDR. Die DSF wurde dadurch zum wichtigsten Einfallstor für diese neuen Ideen. Erich Honecker, der diesem neuen Kurs von Gorbatschow ablehnend gegenüberstand, versuchte nun über Erich Mückenberger als Politbüro - Mitglied und Präsident der DSF diese Einwirkung auf die Bürger der DDR möglichst abzublocken, was aber nicht gelang.

So gab es gerade aus den Reihen der DSF die wütendsten Proteste gegen das Verbot des "Sputnik" und die immer stärkere Reglementierung und Zensur sowjetischer Filme. Denn gerade die sowjetischen Filme waren es damals, die mit als Erste mit der verbrecherischen Stalin - Ära abrechneten und neuem Denken zum Durchbruch verhalfen.

Aber natürlich ahnte ich bei meiner Amtsübernahme bei der DSF in Pankow noch nichts von diesem späteren Problemen und dem heißen Eisen, zu dem die DSF dann wurde. Damals gab es noch keine Verstimmungen zwischen der Sowjetunion und der DDR, wenn man einmal von der sowjetischen Skepsis gegenüber der in Gang gekommenen deutsch - deutschen Annäherung absieht, die dann mit dem offiziellen Besuch Honeckers bei Kanzler Kohl in Bonn ihren sichtbaren Höhepunkt erreichte.

Auf der Vorstandssitzung, auf der ich einstimmig zum

Vorsitzenden gewählt wurde, lernte ich dann auch die bunte Schar der Vorstandsmitglieder kennen. Es waren - ähnlich wie in der Nationalen Front - alle Parteien vertreten. So gehörte mein Stellvertreter, Herbert Pillath, der Vorsitzende einer sehr florierenden Produktionsgenossenschaft (PGH) für Rohrtechnik, der NDPD an. Neben mehreren Russisch - Lehrern und Lehrerinnen, dominierten die verschiedenen Gruppenvorsitzenden aus Betrieben und Einrichtungen, darunter natürlich auch die beiden hauptamtlichen DSF - Sekretäre von Bergmann - Borsig und Niles.

Neben meiner ständigen Teilnahme an den monatlichen Vorstandssitzungen und dem Studium der vielen Materialien, die vor allem der Zentralvorstand der DSF produzierte, mußte ich bei den Jahreshauptversammlungen immer den Rechenschaftsbericht erstatten, der neben der Aufzählung der Pankower Aktivitäten natürlich auch immer eine ausführliche Darlegung der politischen Situation, vor allem in der Sowjetunion, enthielt. Entsprechend der sich in der Sowjetunion unter Gorbatschow verändernden Lage und der dadurch entstehenden Spannungen und Differenzen zwischen der SED - Führung und der KPdSU wurde meine Schilderung der politischen Lage von den etwa 600 Teilnehmern dieser Veranstaltung mit wachsender Spannung erwartet. Bei der SED - Kreisleitung hatte man zu mir offenbar so viel Vertrauen in meinen politischen Instinkt, daß man sich - im Gegensatz zu anderen Organisationen - nie vorher mein Referat zur Begutachtung kommen ließ. Aber da an diesen Hauptversammlungen auch immer der Sekretär für Agitation der Kreisleitung teilnahm, machte ich stets einen Balanceakt zwischen meiner anfänglich sehr positiven Einstellung zum neuen Kurs von Gorbatschow und der offiziellen Linie der Partei. Die bekam ich brühwarm monatlich bei den Beratungen der Kreisleitung mit den Vorsitzenden der Organisationen vermittelt. Dort wurde von einem zwar vor allem ein Bericht über die Lage und die Aktivitäten der eigenen Organisation erwartet, aber über die Linie der Partei durfte nicht diskutiert werden, die war tabu! Meine Zugehörigkeit zu diesem Kreis hatte auch noch zur Folge, daß ich bei allen Aufmärschen und Kundgebungen, wie am 1. Mai, dem Jahrestag der Republik, am Tag der Befreiung oder der Ehrung von Karl Liebknecht und Rosa Luxemburg immer mit der Kreisleitung an der Spitze der Pankower Demonstration mitmarschieren mußte. Da durfte ich nie fehlen!

Aber mit meinem DSF - Vorsitz gab sich die SED - Kreisleitung noch nicht zufrieden. Als "Kämpfer gegen den Faschismus" wurde ich nun auch in den Kreis der Veteranen eingegliedert, die die Aufgabe hatte, als Paten in den verschiedenen Jugendbrigaden in Pankower Betrieben und Einrichtungen aktiv zu werden, um mit ihren politischen Erfahrungen die Jugendlichen bei der Herausbildung ihres politischen Bewußtseins zu unterstützen. Dadurch wurde ich - wohl auch in meiner Funktion als DSF - Vorsitzender - nun Pate der Jugendbrigade " German Titow" in dem Großbetrieb Bergmann - Borsig. Diese schon nicht mehr sehr jungen Maschinenschlosser waren eine Reparaturbrigade, immer unterwegs im Betrieb, wenn eine der völlig überalterten Maschinen ihr Leben auszuhauchen drohte. Diese Tätigkeit als Pate einer solchen Brigade war für mich ebenso lehrreich wie bedrückend. Nun kam ich erstmals in meinem Leben sehr direkt mit dem Zustand vieler DDR - Betriebe in Berührung. Da ich sehr schnell einen sehr guten Kontakt zu der Brigade hatte - ich wurde von ihnen auch zu ihren Freizeit - Unternehmungen eingeladen und lud sie wiederum auch öfter zu mir nach Hause ein -, nahmen sie kein Blatt vor den Mund, wenn es um ihre Probleme im Betrieb ging. Mit Recht meinten sie, daß es in keinem kapitalistischen Betrieb so etwas wie ihre Brigade gäbe. Die Maschinen, die sie ständig zu reparieren hätten, wären längst amortisiert und gehörten ausrangiert und durch neue produktivere ersetzt.

Aber da der Betrieb fast seine ganzen Gewinne abführen müsse, sei für diese dringend notwendige Neuausstattung mit modernen Maschinen kein Geld da. Dafür würde jetzt ein neuer Versorgungstrakt mit moderner Küche, einem großen Speisesaal und einem besonderen Verkaufsstand für Tabakwaren und Spirituosen gebaut. Für den sozialen Bereich, wie die verschiedenen Kinderferienlager, die große Poliklinik, eigene Betriebsferienheime an der Ostsee und in Thüringen und auch für das betriebseigene Kulturhaus mit den verschiedenen Zirkeln sei genügend Geld da, nur nicht für die Produktion. Sie seien natürlich nicht gegen die ja auch ihnen zugute kommenden sozialen Einrichtungen. Aber daß der unproduktive Bereich reichlich Mittel zur Verfügung habe, aber der produktive viel zu wenig, diese Proportion stimme eben nicht.

Diese kritische Haltung in der Brigade erreichte Mitte der 80er Jahre einen dramatischen Höhepunkt. Es war eine Betriebsversammlung der SED Parteiorganisation von Bergmann - Borsig anberaumt und ich wurde als Partei - Pate auch dazu eingeladen. Von meiner Brigade waren die fünf SED - Mitglieder auch anwesend, unter ihnen auch einer der Älteren, Axel Grau, der von der Parteileitung den Auftrag hatte, in der Diskussion zu sprechen. Zunächst gab aber erst der Generaldirektor seinen Rechenschaftsbericht, der nur so von Erfolgsmeldungen strotzte. An den Gesichtern der Arbeiter konnte man schon erkennen, wie wenig ihnen dieser Lobgesang gefiel. Nach mehreren Diskussionsrednern, die ihre vom Parteisekretär diktierten Reden abgelesen hatten, kam auch die Reihe an Axel Grau.

Da ich fast neben ihm saß, merkte ich bei ihm eine für ihn ganz untypische Erregung. Er ging ans Rednerpult und begann zunächst auch, die ihm vom Parteisekretär aufoktroyierte Rede zu verlesen. Plötzlich nahm er sein Manuskript, knüllte es zusammen und schrie in den Saal : "Ich weigere mich, diesen Quatsch weiter zu verlesen! Ich bin viel zu empört über die Rede des Generaldirektors! Das wimmelt doch darin von Lügen! Er sagt zum Beispiel, man habe entsprechend der Weisung der Partei auch eine durchgehende Laufzeit der Maschinen erreicht. Ich gehe doch oft genug auch nachts durch den Betrieb. Jawohl, die Maschinen laufen, aber es fällt kein Span bei ihnen heraus. Die Maschinen laufen leer, fressen Strom, aber produziert wird nichts! Ich weigere

mich, diesen Betrug und diese Lügerei weiter mitzumachen! Einer
Partei, die so etwas duldet, will ich nicht länger angehören. Ich
trete hiermit aus der Partei aus!" Mit hochrotem Kopf stürmte er
vom Rednerpodium zum Präsidium, knallte ihm sein Parteidokument auf den Tisch und wollte den Saal verlassen. Darauf spran-
gen der Parteisekretär und auch der an der Versammlung teilneh-
mende Wirtschaftssekretär der Kreisleitung auf, hinderten ihn, den
Saal zu verlassen und redeten heftig auf ihn ein. Dann kam der
Parteisekretär zu mir und sagte: "Du bist doch der Pate der Brigade. Du kennst doch den Axel Grau mit am besten. Bitte, geh zu
ihm und rede mit ihm und bringe ihn zur Vernunft". Ich ging also
zu ihm, der immer noch von seinem Wutausbruch zitterte. Und
das war nach diesem von ihm provozierten Eklat auch nur zu verständlich.

So etwas hatte es in der Geschichte der Partei zumindest in
Pankow noch nie gegeben und ich konnte mir gut vorstellen, welche Aufregung das bei der Kreis- und auch der Bezirksleitung der
Partei auslösen würde. Ich versuchte ihn also zu beruhigen und
sagte ihm: "Du hast in Deiner Kritik sicher recht. Aber den Parteiaustritt würde ich mir doch noch einmal in Ruhe überlegen. Geh
jetzt hin und nimm Dein Parteidokument wieder an Dich und laß
Dir Deinen Entschluß zu Hause in aller Ruhe noch einmal durch
den Kopf gehen". Axel Grau folgte meinem Rat, holte sein Parteidokument wieder vom Präsidium und verließ daraufhin fluchtartig
den Saal. Die Partei versuchte das nachhinein als eine krankhafte
Übersensibilität zu kaschieren, schickte Axel Grau sofort für vier
Wochen zu einer Kur und hinderte ihn damit, seinen Parteiaustritt
zu verwirklichen.

Für mich hatte dieser dramatische Vorfall dann aber doch
eine tiefe nachhaltige Wirkung. Zum ersten Mal war mir am konkreten Beispiel vor Augen geführt worden, wie schamlos auch in
der Wirtschaft gelogen wurde, auf welch tönernen Füßen also die
ständigen wirtschaftlichen Erfolgsmeldungen standen. Jetzt wußte
ich, daß die monatlichen Meldungen im Fernsehen über den Erfül-

lungsstand des Wirtschaftsplanes in den einzelnen Bezirken alle gefälscht waren, weil kein SED - Bezirkssekretär dort am Pranger stehen wollte.

Durch dieses Aufschrecken nahm ich jetzt auch Dinge wahr, die alle in der gleichen Linie der Lügerei und des Betruges lagen. So wurden jetzt, ähnlich wie ich das in Rostock - Wustrow bei Harry Tisch kritisiert hatte, von fast allen Bezirkssekretären der Partei bei Besuchen von Erich Honecker für ihn "Potemkinsche Dörfer" gebaut. In den Städten, in die er kam, wurden verfallene Häuser hinter Planen oder Plakaten versteckt, wurde schnell mit Farbe über Rost oder Schimmel gepinselt. Besonders findig auf diesem Gebiet war die Berliner Bezirksleitung. An der sogenannten "Protokollstrecke" - das waren die Straßenzüge vom Zentralkomitee am Marx - Engels - Platz über Prenzlauer Berg und Weißensee bis zur Autobahn, die ins Wandlitzer Ghetto des Politbüros führte - wurden alle Häuser bis zu Honecker Augenhöhe im Auto, das war meist bis zum Hochparterre, frisch gestrichen. Darüber blieb alles grau und verfallen. Daß sich Honecker durch solche billigen Tricks täuschen ließ, war wirklich schlimm. Ebenso verhängnisvoll war die Weisung Günter Mittags als für die Wirtschaft zuständiges Politbüro - Mitglied, daß alle an Erich Honecker gerichteten Meldungen aus der Wirtschaft erst über seinen Schreibtisch gehen mußten, wo sie entsprechend frisiert oder zensiert wurden. So bekam Honecker nie ein reales Bild vom wirklichen Zustand der DDR - Wirtschaft. Und selbst als Gerhard Schürer als Chef der Zentralen Plankommission und Kandidat des Politbüros sich dazu durchgerungen hatte, Ende der 80er Jahre in einem 15 seitigen Bericht Honecker und das Politbüro über den katastrophalen Zustand der Wirtschaft und der Finanzen der DDR zu informieren, wurde das vom Tisch gefegt.

1984 erhielt ich eines Tages den Anruf vom Cheflektor des DDR - Militärverlages, Oberst Jäger, ich möchte doch einmal bei ihm vorbeikommen, er wolle ein von ihm ins Auge gefaßtes Projekt mit mir besprechen. Als ich bei ihm war, machte er mir den mich völlig überraschenden Vorschlag, mich an den Schreibtisch zu setzen und meine Memoiren zu schreiben.

Ich wisse doch, meinte er, daß das "Nationalkomitee Freies Deutschland" (NKFD) für die Politische Hauptverwaltung der NVA ein wichtiges Traditionsorgan sei und daher beim Politunterricht eine große Rolle spiele. Natürlich käme bei den Soldaten dann immer die Frage hoch, was denn nach dem Kriege aus den Mitgliedern und Mitarbeitern des NKFD geworden sei, ob sie "bei der Fahne geblieben " oder in den Westen gegangen seien. Ich sei daher ein sehr gutes Beispiel, wie aktiv viele aus der patriotischen Bewegung "Freies Deutschland" nach dem Kriege die DDR mitaufgebaut und hier dann auch eine führende Rolle gespielt hätten.

Ich erbat mir Bedenkzeit, um über dieses mich sicher sehr fordernde große Projekt in Ruhe nachzudenken und auch mit meiner Frau zu besprechen, die sicher dadurch auch mitbetroffen sein würde, was dann auch wirklich der Fall war. Aber schließlich willigte ich dann doch ein. Mir wurde mit Ursula Ulbricht (nicht verwandt mit Walter Ulbricht) eine sehr erfahrene und angenehme Lektorin zugeteilt, die sehr bald den mir schon aus meiner Zeit beim "Neuen Deutschland" bekannten Historiker Werner Müller in unsere Arbeit einbezog. Das erwies sich in der Folge als großer Segen, da sein umfangreiches enzyklopädisches Wissen mir bei den dann doch notwendigen umfangreichen Recherchen viele Sucherei ersparte.

Die Arbeit an diesen Memoiren nahm mich nun in den folgenden Jahren voll in Anspruch. Da ich aber durch meine weiterlaufende gesellschaftliche Tätigkeit - vor allem durch meinen Vorsitz in der Pankower DSF- nicht kontinuierlich daran arbeiten konnte, brauchte ich bis zur Drucklegung fast fünf Jahre. Da ich ja nun zu den von mir miterlebten und zum Teil auch mitgestalteten Ereignissen Stellung nehmen mußte, kam ich immer wieder in für mich schwierige Situationen. Der Militärverlag unterstand der Politischen Hauptverwaltung der NVA, die zwar in manchen Fragen großzügiger war als die Zensur im Ministerium für Kultur, die sich aber doch sehr eng an die Doktrinen der Parteiführung hielt. Dadurch war die kritische Betrachtung vieler Ereignisse ausgeschlossen. Allerdings war auch bei mir selber Mitte der 80er Jahre meine Distanz zur Linie der Parteiführung noch nicht sehr geprägt. Vieles, was ich heute verurteile, wurde von mir damals noch bebilligt. Aber vieles, was erst aus heute zugänglichen Quellen genauer zu bewerten ist, konnte ich damals auch noch nicht richtig beurteilen. Das gilt vor allem für die Ereignisse um den Arbeiteraufstand vom 17. Juni 1953 und die darauf nachfolgenden Auseinandersetzungen im Politbüro mit der Verurteilung von Herrnstadt und Zaisser und ihrem Ausschluß aus der Partei. Meine Darstellung dieser Ereignisse in meinem Memoiren wurde schon damals von der Herrnstadt - Tochter, Nadja Stulz - Herrnstadt, nach ihrer Einsichtnahme in das Manuskript beim Militärverlag durch einen scharfen Protest bei der Politischen Hauptverwaltung der NVA beanstandet. Daraufhin wurde die Fertigstellung des Buches erst einmal gestoppt. Es folgte eine längere Zeit des Bangens, ob meine Memoiren vielleicht ganz auf Eis gelegt würden. Es tagte extra die Geschichtskommision der SED, um über die Herrnstadt - Passage in meinem Werk zu beraten. Schließlich wurde dort entschieden, meine Darstellung sei nach wie vor die gültige Auffassung der Partei und könne daher so veröffentlicht werden, wie sie im Manuskript stehe.

Heute, nach dem Studium der Bücher "Das Herrnstadt - Dokument", herausgegeben von Nadja Stulz Herrnstadt und "Der Fall Rudolf Herrnstadt / Tauwetterpolitik vor dem 17. Juni" von Helmut Müller - Enbergs, muß ich leider feststellen, daß ich der nach dem Parteiausschluß von Herrnstadt durch die Parteiführung veröffentlichten falschen Darstellung aufgesessen bin.

Die doch engen Grenzen, die mir durch das Patronat der Politischen Hauptverwaltung der NVA bei der Erarbeitung meiner Memoiren gesetzt waren, veranlaßten mich aber doch schon dazu, meinen Lebensbericht mit meiner Rückkehr aus Bonn im Jahre 1959 zu beenden. Es erschien mir schon damals unzumutbar, die dann folgenden Jahre beim Nationalrat und bei der Akademie für Staat und Recht in Babelsberg völlig unkritisch darzustellen. Und auch nach der Wiedervereinigung habe ich noch fast zehn Jahre gebraucht, um genügend Distanz für eine kritische Schilderung dieser Jahre zu gewinnen. Im Jahre 1989, also kurz vor der Wende, kamen dann doch endlich meine Memoiren unter dem Titel "Zwei Leben in einem" in einer Auflage von 15.000 Stück in den Buchhandel. Und trotz der sich in diesem Jahr vollziehenden Erosion der DDR konnte die Auflage noch gut abgesetzt werden.

Die Erarbeitung meiner Memoiren nahm mich in diesen Jahren allerdings so in Anspruch, daß ich vieles, was sich in der DDR, vor allem aber in der Sowjetunion unter Gorbatschow vollzog, nur in großen Umrissen mitbekam. Daß ich mich überhaupt mit diesen aufregenden Ereignissen befassen mußte, lag an meiner Funktion als Vorsitzender der DSF in Pankow. Ich registrierte damals mit Genugtuung, daß Gorbatschow als Gast auf dem XI Parteitag der SED im Jahre 1986 in seiner Rede nicht auf Kritik verzichtete und ehrend alle alten führenden Genossen aufzählte, ohne Honecker auch nur zu erwähnen. Ich war damals ein glühender Verehrer von Gorbatschow, ohne zu ahnen, daß er einmal der Totengräber der Sowjetunion, der DDR und fast des ganzen sozialistischen Lagers werden würde. Daß sich nun die Kritik der Bevölkerung am Kurs der Partei immer offener und lautstärker artikulierte, war eine Erscheinung, die ich damals begrüßte, ohne zu ahnen, daß sich daraus eine oppositionelle Bürgerbewegung entwickeln würde, die auf friedliche Weise eine Änderung der Politik der Partei, vor allem aber eine wirkliche Demokratie mit Rede-Meinungs- und Versammlungsfreiheit erzwingen wollte.

In dieser Zeit geschah jetzt, was mich bewegte und erregte. Um aber alles mitzubekommen, was damals passierte, mußte man ständig das Westfernsehen einschalten, das immer umfangreicher und engagierter über das berichtete, was sich nun in Kirchen und auf Straßen und Plätzen der DDR ereignete. Fernsehen, Rundfunk und Presse der DDR wurden hingegen von der Abteilung Agitation des ZK auf direkte Weisung Honeckers so zentral dirigiert, daß es selbst für so gutwillige Genossen wie meine Frau und mich immer unerträglicher wurde. Für mich häuften sich jetzt die mich zutiefst erregenden Nachrichten. Die bis jetzt eher versteckt agierende Opposition trat immer offener und fordernder in Erscheinung. In den Kirchen versammelten sich jetzt nicht mehr die Gläubigen, sondern unter dem Patronat zahlreicher Geistlicher immer stärker die politische Opposition. Leipzig, mit dem ich mich noch aus meiner Chefredakteurzeit bei der "Leipziger Volkszeitung" sehr verbunden fühlte, wurde immer mehr zum Zentrum dieser immer festere Formen annehmenden Bürgerbewegung.

Während ich diese Entwicklung zunächst nur mit großem Erstaunen wahrnahm, war ich entsetzt über die schon fast zu einer Massenflucht anwachsende Absetzbewegung vor allem vieler junger Menschen nach Ungarn und die CSSR. Die Fernsehaufzeichnungen vom Erstürmen der BRD - Botschaft in Prag erregten mich und meine Frau maßlos. Der I- Punkt auf unser Entsetzen kam aber von Erich Honecker, der zu dieser massenweisen Republikflucht kaltschnäuzig erklärte: "Denen weine ich keine Tränen nach !"

Um den erfolgreichen Abschluß meiner Memoiren zu feiern, hatte ich meiner Frau versprochen, im Herbst 1989 für eine Woche in ihr geliebtes Dresden zu fahren, wo sie die schreckliche und so sinnlose Bombardierung im Februar 1945 miterlebt und überlebt und wo sie in Radebeul als Stadträtin die ersten Wiederaufbau - Arbeiten mit initiiert hatte. Während meiner Memoiren - Schreiberei hatte sie auf viel Eigenes verzichten müssen und sich deshalb diesen Kurz - Urlaub wohl verdient. So kamen wir in den Bezirk Dresden, wo der uns freundschaftlich verbundene Hans Modrow als Erster Bezirkssekretär der Partei das Sagen hatte. Wir meldeten uns telefonisch bei ihm in der Hoffnung, ihn sprechen zu können, der bei vielen Genossen, die zu Honecker und seinem diktatorischen Kurs auf Distanz standen, als ihr großer Hoffnungsträger galt. Hans Modrow war als kluger, bescheidener und grundehrlicher Parteifunktionär bekannt, der wegen seiner zu vielen Entscheidungen Honeckers in Widerspruch stehenden Politik deshalb in Berlin als unangenehmer Außenseiter betrachtet und als solcher auch behandelt wurde. Am Telefon bedauerte Hans Modrow, uns nicht empfangen zu können, weil die Lage zu angespannt sei. Dresden habe gerade bei der blödsinnigen Durchreise von DDR - Flüchtlingen aus Prag in die BRD heftige Krawalle von Jugendlichen auf dem Hauptbahnhof hinter sich, wo sie versucht hatten, den Zug zu stürmen, um mitfahren zu können. Außerdem finde jetzt ein von ihm und dem Dresdener Oberbürgermeister Berghofer initiiertes Treffen der "Gruppe der Zwanzig" mit Vertretern der Bürgerbewegung statt, um eine Entspannung der Situation herbeizuführen. "Man muß", sagte Modrow, "diese Menschen nicht in die Ecke einer Konterrevolution drängen, sondern ihre Anliegen ernst nehmen. Sie sind auch keine kleine Minderheit und ihre Forderungen durchaus diskutabel. Um Euch zu entschädigen, habe ich aber mein Sekretariat angewiesen, Euch für heute Abend unsere Gastkarten für die Semper - Oper zu übergeben. Ihr könnt sie Euch am Nachmittag abholen". So kamen wir zwar um das uns so sehr interessierende Gespräch mit Hans Modrow, konnten nun aber zum ersten Mal die wiederhergestellte Semper - Oper genießen. Meine Frau, die die Oper noch aus ihrer früheren Dresdener Zeit kannte, war über die hervorragende Restaurierung so überwältigt, daß ihr vor Rührung die Tränen kamen. Es gab an diesem Abend den "Fliegenden Holländer" in einer hervorragenden Aufführung.

Als wir am nächsten Tag unserer an der Prager Straße gelegenes Interhotel "Newa" verließen, in das wir dank unserer Freundschaft mit Charly Frey, dem stellvertretenden Generaldirektor von "Inter - Hotel" Unterkunft gefunden hatten, um einen Spaziergang durch die Stadt zu machen, sahen wir am Hauptbahnhof noch die zerschlagenen Scheiben von den Krawallen, über die Hans Modrow uns berichtet hatte. Und an jedem Abend konnten wir aus unserem Hotelfenster beobachten, wie sich große Menschengruppen, vor allem Jugendliche, auf der Prager Straße versammelten und heftig und lautstark diskutierten. In den Nebenstraßen sah man zwar Polizeiautos stehen, aber auf der Prager Straße selbst war kein Polizist zu sehen.

Es waren sonnige und schöne Herbsttage und wir genossen Dresden und seine herrliche Umgebung, vor allem Schloß Pillnitz, die Moritzburg und natürlich die Bastei und die ganze Sächsische Schweiz. Aber so schön und erlebnisreich diese Tage auch waren, wir konnten doch unsere innere Erregung über das Geschehen in und um die DDR nicht unterdrücken. "Was soll das nur noch werden?" fragte mich meine Frau immer wieder. Aber ich wußte darauf auch keine Antwort. Im Fernsehen sahen wir die großen Massendemonstrationen, die jeden Montag durch Leipzig zogen, zunächst mit dem Ruf "Wir sind das Volk!" bis daraus - sicher auch mit Hilfe Bonns - der Ruf wurde "Wir sind ein Volk!"

Als wir wieder in Berlin waren, wurden hier schon alle Vorbereitungen für den 40. Jahrestag der DDR getroffen. Eine große Festkundgebung im "Palast der Republik" und ein Fackelzug der Jugend waren vorgesehen und zu allen Feierlichkeiten wurde auch Michael Gorbatschow erwartet. Eines Tages erhielt ich einen Anruf von meinem Institut in Babelsberg. Am Apparat war Professor Gerhard Hahn, der nun von seinem Botschafterposten wieder als Direktor in Babelsberg tätig war. Er war ungewöhnlich freundlich, erkundigte sich nach meinem Befinden, gratulierte mir zu meinen Memoiren und kam dann mit seinem eigentlichen Anliegen heraus. Ich sei doch einer der ältesten Professoren des Instituts, der selber aktiv am Aufbau der DDR mitgewirkt habe, und deshalb bäten mich das Direktorat und die Parteileitung, doch die Rede bei der Festveranstaltung des Instituts zum 40. Jahrestag der DDR zu halten. Man würde mich natürlich mit dem Auto abholen und nachher auch wieder nach Hause bringen. Dann ließ er doch die Katze aus dem Sack, indem er mir zum Schluß sagte, es sei ja jetzt doch eine schwierige Situation und selbst bei unseren ausgewählten Studenten sei doch auch eine gewisse Unruhe zu spüren. Ich fühlte mich zuerst doch geehrt und sagte spontan zu. Erst später wurde mir der Hasenfuß bei diesem Anliegen bewußt. Die noch aktiven Professoren wollten offenbar vermeiden, sich selber durch notwendige kritische Bemerkungen in die Nesseln zu setzen, ohne die aber ein sich sicher äußernder Unwille der Studenten provoziert worden wäre. Aber da gab es ja den schon emeritierten Professor Dengler, von dem man nach den Erfahrungen beim Nationalrat mit Sicherheit annehmen konnte, daß er sich kritische Bemerkungen nicht ersparen würde, dem ja aber dadurch als Emeritus nichts Übles passieren konnte.

Wieder war ich - wie in Stalingrad - mit der Feigheit und mangelnden Zivilcourage meiner Vorgesetzten konfrontiert und mußte nun wieder selber mit meinem Engagement in diese Bresche springen. Also setzte ich mich hin und erarbeitete meine Festrede, in der ich die Gründung der DDR als historische Notwendigkeit bezeichnete, aber auch dringend notwendige Reformen als unausweichlich bezeichnete. Bis auf das etwas sauersüße Gesicht unseres Parteisekretärs, erhielt ich vor allem von den Studenten trommelnden Applaus und auch die meisten Professoren waren froh, daß dieser Kelch an ihnen vorübergegangen war, und gratulierten mir zu meiner Rede. Ich war auch selber mit meinem Auftreten zufrieden, hatte ich doch meinen eigenen Anteil am Werden und Wachsen der DDR nicht als Licht unter den Scheffel gestellt, aber andererseits auch meiner aufgestauten Kritik freien Lauf gelassen.

Als dann der 40. Jahrestag kam, lief anscheinend noch alles "nach Plan". Nur Gorbatschow nutzte einen Spaziergang Unter den Linden, um den ihn dort umringenden Menschen seinen später berühmt gewordenen Satz zuzurufen: "Wer zu spät kommt, den bestraft das Leben!" Als wir abends den Fackelzug der FDJ im Fernsehen sahen und gleichzeitig davon erfuhren, wie die Staatssicherheit sehr brutal protestierende Demonstranten um den "Palast der Republik" auseinander getrieben hatte, erschien uns diese von Honecker befohlene Feierlichkeit doch makaber. Dieses bewußte Nicht - Wahrnehmen - Wollen all dessen, was in diesen Tagen und Wochen sich an Erosion der DDR immer offener zeigte, entsetzte mich und meine Frau. Andererseits waren wir aber auch wieder zu gute DDR - Bürger, um an dieser beängstigenden Entwicklung Gefallen zu finden. Natürlich ahnten wir an jenem Abend noch nicht, was offenbar hinter den Kulissen während der Feierlichkeiten zum 40. Jahrestag der DDR von Gorbatschow auf den Weg gebracht worden war, und Honeckers Rede vor den Versammelten im "Palast der Republik" sein letzter öffentlicher Auftritt und praktisch sein politischer Abgesang gewesen war. Aber dann am 18. Oktober 1989 - wir waren gerade beim Geburtstagskaffee bei unserer Nachbarin - kam ihr Sohn mit der sensationellen Nachricht, daß Honecker abgelöst worden sei und mit ihm das übelste Mitglied des Politbüros, der Wirtschaftsdiktator Günter Mittag und auch Honeckers Lügenfabrikant Joachim Herrmann zurückgetreten wurden. Diese Nachricht stimmte uns sehr froh, sahen wir doch nun den Weg frei für die so dringend notwendigen Reformen und eine radikale Änderung der Politik der Partei, um dadurch den von der Bürgerbewegung geforderten Demokratisierungsprozeß in Gang zu setzen und das weitere Ausbluten der DDR abzustoppen.

Von nun an überstürzten sich die Ereignisse und meine Frau und ich hatten Mühe, immer auf dem Laufenden zu sein und alles zu verstehen, was nun geschah. Bei uns in Pankow, im Schloß Niederschönhausen, etablierte sich der nun gebildete zentrale "Runde Tisch", der von zwei Geistlichen hervorragend geleitet wurde. Die Volkskammer entwickelte sich aus einer SED - Abstimmungs - und Akklamationseinrichtung zu einem wirklichen Parlament, wo jetzt oft sehr kontrovers, aber doch auch sehr konstruktiv debattiert wurde, wie ich das so im Bundestag nie erlebt hatte.

Durch diese nun völlig gewandelte Volkskammer wurden führende Staatsratsmitglieder abgesetzt, unter ihnen Ministerpräsident Willi Stoph und Volkskammerpräsident Horst Sindermann. Und nach dem kollektiven Rücktritt der Regierung Stoph erhielt jetzt unser Hoffnungsträger Hans Modrow von der Volkskammer des Mandat zur Bildung einer neuen Regierung. Das erfüllte uns natürlich mit großem Optimismus. Wir wähnten, jetzt erst beginne die DDR zu dem zu werden, wovon wir immer geträumt hatten. Sehr bald nach dem Amtsantritt von Hans Modrow beschloß seine neue Regierung und danach die Volkskammer ein Gesetz, das den Verkauf volkseigener Häuser ermöglichte, um auf diese Weise Geld in die leeren Kassen der DDR fließen zu lassen. Dieser Verkauf von "Tafelsilber" fand dann später bis in die jüngste Zeit bei Bund, Ländern und Gemeinden im wiedervereinigten Deutschland eifrige Nachahmer, ohne daß aber diese Art der Geldbeschaffung wie bei der Modrow - Regierung als ein quasi Verbrechen gebrandmarkt wird und die Hauskäufer mit dem Vorwurf eines "unredlichen Erwerbs" und einer Nichteintragung in das Grundbuch bestraft werden.

Nach dem Wirksamwerden dieses "Modrow - Gesetzes" brach in unserer Reihenhaussiedlung ein wahrer Kaufrausch aus. Aber schnell merkten wir, daß wir eine Interessengemeinschaft bilden mußten, damit nicht jeder für sich alle notwendigen Schritte zum Kauf seines Hauses erkunden mußte. Mit Hilfe eines gemeinsam engagierten Rechtsanwalts wurden erst einmal die Kaufanträge an den Magistrat auf den Weg gebracht. Da zu Tausenden jetzt solche Kaufanträge eingereicht wurden, war die dafür zuständige Stelle im Magistrat völlig überlastet und stundenlanges Anstehen wurde nun bei den verschiedenen Schritten zu einer fast unerträglichen Belastung. Dann mußte unser Haus noch von einem amtlich zugelassenen "Sachverständigen für Wertermittlung im Grundstücksverkehr" geschätzt und bewertet werden, auch eine sehr schwierige Prozedur, weil jetzt natürlich alle Fachleute auf diesem Gebiet ebenfalls überlaufen waren. Da wir vorher nie über einen Kauf unseres Hauses nachgedacht, dafür gespart hatten, fehlte uns dann doch noch eine Summe zum Kauf. Aber durch die Hilfe guter Freunde kamen wir dann doch um eine Kreditaufnahme herum und konnten so die Kaufsumme und die auch sehr hohe Grunderwerbssteuer bar bezahlen. Die Kaufverhandlungen mit dem Magistrat zogen sich wegen der Fülle der Kaufanträge immer mehr in die Länge und wurden zum Schluß schon ein Wettrennen mit der in Aussicht stehenden Währungsunion. Kurz vor Torsschluß am 1. Juni 1990 konnte dann endlich unter der Federführung eines Rechtsanwalts und Notars der Kaufvertrag zwischen uns und dem Magistrat abgeschlossen werden. Allerdings konnten wir nur das Haus kaufen und nicht auch den Grund und Boden, auf dem es stand. Der Magistrat erklärte das im Augenblick für nicht möglich, weil dazu eine sehr zeitaufwendige neue Vermessung unserer ganzen Reihenhaussiedlung erforderlich sei. Für meine Frau und mich war der Gedanke, jetzt nicht mehr Mieter sondern Eigentümer unseres Hauses zu sein, zunächst noch sehr fremd. Aber wir ahnten in diesem Augenblick auch noch nicht, daß dieser Hauskauf erst der Beginn vieler Turbulenzen war, die jetzt auf uns zukamen.

Denn nun, Anfang 1990, erzwang der "Runde Tisch" von der Volkskammer ihre Selbstauflösung und das Ausschreiben erster wirklich freier Wahlen. Sie fanden am 18. März 1990 statt und brachten der konservativen "Allianz für Deutschland" die Mehrheit. Diese CDU - gesteuerte "Allianz" erzwang die Ablösung der Modrow- Regierung durch den ostdeutschen CDU - Vorsitzenden Lothar de Maiziére. Unter seiner Führung wurde nun der Kurs auf eine Wiedervereinigung eingeschlagen und über die Modalitäten dazu in der neugewählten Volkskammer heftig debattiert. Bei den nun beginnenden Beitrittsverhandlungen saßen sich sehr ungleiche Partner gegenüber. Die DDR- Seite wurde von in der Politik völlig ungeübten Regierungs - und Parlamentsvertretern repräsentiert, während auf der BRD - Seite so gewiefte Politiker saßen wie Wolfgang Schäuble, denen es natürlich nicht schwer fiel, ihre nai-

ven Partner "über den Tisch zu ziehen" und statt einer auch für die
BRD neuen Struktur und Verfassung der DDR das unveränderte
politische, wirtschaftliche, rechtliche und soziale System der BRD
überzustülpen.

Aber die DDR - Bevölkerung nahm das zunächst nicht
wahr. Mit dem Fall der Mauer, der Währungsunion, die allen die
heiß ersehnte D-Mark als ein überall gültiges hartes Zahlungsmit-
tel in die Hand gab und der ersehnten Reisefreiheit erfüllten sich
zunächst für eine große Mehrheit der DDR - Bevölkerung ihre an
die Einheit geknüpften Hoffnungen. Und selbst das stundenlange
Anstehen bei den Sparkassen und Banken beim Geldumtausch
wurde mit Humor ertragen.

Für mich und meine Frau stürzte aber jetzt die Welt ein.
Wir hatten so sehr auf eine erneuerte demokratische DDR gehofft,
einen - wie Dubcek es einmal gefordert hatte- "Sozialismus mit
menschlichem Antlitz". Und die große Kundgebung auf dem Berliner Alexanderplatz am 4. November 1989, initiiert von namhaf-
ten Berliner Künstlern, hatte uns in dieser Hoffnung bestärkt, weil
dort niemand den Beitritt zur Bundesrepublik, sondern alle eine
reformierte DDR gefordert hatten. Und auch bei den von uns sehr
aufmerksam verfolgten Diskussionen am "Runden Tisch" war
immer nur als Ziel eine demokratisch erneuerte DDR anvisiert
worden. Meine Frau und ich und auch viele unserer Freunde, die
wir geglaubt hatten, dem uns verhaßten Kapitalismus endgültig
entronnen zu sein, einem System, wo alles nur nach dem Geldwert
eingestuft wird und der Ellbogen zum wichtigsten Körperteil des
Menschen gehört, wir sahen uns nun um unsere Hoffnungen
betrogen. Meine Frau und ich hatten ja in den fünf Jahren in Bonn
schon dieses System erneut kennengelernt. Aber damals unterstanden wir noch nicht der Jurisdiktion des Grundgesetzes und in
den 50er Jahren war doch alles noch viel moderater als jetzt. Aber
leider war die DDR mit ihrer SED - Diktatur an diesem schmähli-
chen Untergang selber mit schuld und alle Versuche, die DDR in
letzter Minute doch noch durch Reformen überlebensfähig zu ma-

chen, waren zu spät gekommen. Mit dem Lyriker Volker Braun muß man feststellen:" Die Wahrheit der Sozialismus wurde mit seiner Verwirklichung verbaut".

Kapitel X

Ich werde zum Bundesbürger gemacht

Die Begeisterung der großen Mehrheit der DDR- Bürger über die Wiedervereinigung konnte ich nicht teilen. Nach 1945, bis weit in die 50er Jahre, bis zum Beitritt der Bundesrepublik zur NATO, hatte ich gemeinsam mit vielen friedliebenden Deutschen für die Einheit und gerechten Frieden gekämpft. Wir wollten ein einheitliches, demokratisches, antifaschistisches und vor allem militärisch neutrales Deutschland, ähnlich dem Beispiel Österreichs. Dieses Verlangen endete für viele Westdeutsche damals vor dem Bundesgericht in Karlsruhe, wo man sie wegen Landes- und Hochverrats verurteilte. Als Bonner Korrespondent des "Neuen Deutschland" habe ich vielen dieser Prozesse beigewohnt und über sie berichtet. Die jetzige Wiedervereinigung entsprach unserem damaligen Ziel in keinster Weise. Was jetzt entstand, war nicht unser ersehntes einheitliches Deutschland, sondern eine um die DDR vergrößerte und in die NATO integrierte Bundesrepublik. Diese Einbindung in die NATO machte, wie wir befürchtet hatten, aus einem friedliebenden Staat 1999 wieder eine kriegführende Macht. Nach dieser Einverleibung der DDR in die BRD erwies sich unsere Forderung "Von deutschem Boden darf nie wieder Krieg ausgehen" als eine Illusion.

Ich erlebte diese Wiedervereinigung wie einen Taifun, der alles zerstörte, was einmal die DDR ausmachte. Alles, was einmal für mich Wert besessen hatte, wurde hinweggefegt. Nach der DDR verschwand auch die SED, die für mich trotz vieler Schwierigkeiten doch meine politische Heimat gewesen war. Ihr folgten fast alle Organisationen, denen ich angehört hatte, vom Freien Deutschen Gewerkschaftsbund über die Gesellschaft für Deutsch - Sowjetische Freundschaft bis hin zum Journalistenverband der DDR. Diesem Taifun fielen Straßennamen und Denkmäler zum

Opfer: Er fegte die Büros, die Institute, die Universitäten, die Krankenhäuser, die Betriebe von DDR - treuen Bürgern leer und schleuste einen Strom von uns fremden "Wessis", von uns "Besser - Wessis" genannt, in die "neuen Bundesländer" - natürlich mit hoher "Buschzulage"! Ich saß eines Tages an meinem Schreibtisch und vor mir lag ein Stoß von Dokumenten, die jetzt alle wertlos waren, von meinem Personalausweis und Reisepaß über meine Mitgliedsbücher in den verschiedenen Organisationen bis hin zu den vielen Orden und Ehrenzeichen, die ich im Laufe der Jahre erhalten hatte. Mit den Orden habe ich offenbar sowieso kein Glück. Meine Kriegsorden, das Eiserne Kreuz I. und II. Klasse und das große mit einem riesigen Hakenkreuz verunstaltete "Deutsche Kreuz in Gold" habe ich vor meiner Kapitulation in Stalingrad dort in dem tiefen Schnee versenkt, wo sie sicher später einmal die Beute eifriger Souvenirsammler geworden sind.

Aber dieser politische Taifun zerstörte ja nicht nur die politische, sondern auch die ganze wirtschaftliche, landwirtschaftliche, soziale und kulturelle Struktur der DDR. Und viele DDR-Bürger, die zunächst jubelnd den neuen blauen Hunderter in der Hand gehalten hatten, waren schon nach kurzer Zeit entsetzt, wie daraus "Blaue Briefe" ihrer Entlassung in die ihnen bis dahin unbekannte Arbeitslosigkeit wurden.

Dafür schossen jetzt wie Pilze nach einem warmen Regen überall in der ehemaligen DDR Banken, Supermärkte, Reisebüros, Gebraucht- und Neuwagenläden und Apotheken aus dem Boden. So wurden leider fast nur für die großen westdeutschen Banken und Konzerne die "neuen Bundesländer" zu den von Bundeskanzler Kohl versprochenen "blühenden Landschaften".

Aber nicht alle ehemaligen DDR- Bürger empfanden diese Art von Wiedervereinigung - wie ich - als einen alles zerstörenden Taifun. Die sich erst allmählich zeigenden wirtschaftlichen und sozialen Schwierigkeiten wurden zunächst erst einmal durch einen Kaufrausch überdeckt, der sich neben moderner Kleidung vor allem auf ein "Westauto" erstreckte. Danach brach - was gut zu

verstehen war nach der abgeschotteten DDR - eine wahre Reise-
wut aus. Die Fülle der neuen Reisebüros konnten sich jedenfalls
vor der Flut der Reisewilligen kaum retten. Natürlich empfanden
auch meine Frau und ich diese neuen weltweiten Reisemöglich-
keiten als sehr angenehm und nutzten sie auch, vor allem in die
von uns so geliebten österreichischen Alpen. Das wurde möglich,
nachdem - entgegen meinen anfänglichen großen Befürchtungen -
zunächst die bisherigen DDR - Renten in voller Höhe weiterge-
zahlt wurden. Erst Jahre später erfolgte dann eine für uns Alt -
Rentner sehr zeit - und kraftaufwendige Neubewertung unserer
Renten, für die wir mühsam überallher die im Krieg verlorenge-
gangenen Unterlagen einholen mußten.

Garnicht in das Bild vom Taifun paßt eine für meine Frau
und mich sehr angenehme Seite der Wiedervereinigung: die Wie-
deraufnahme der durch meine Tätigkeit in Babelsberg so abrupt
abgebrochenen Kontakte zu unseren Verwandten, Freunden und
Bekannten in Westdeutschland und Westberlin. Nach dem Erklären dieses dienstlich erzwungenen jahrelangen Schweigens entstand bei den meisten schnell wieder die alte Freundschaft. Typi-
sches Beispiel dafür ist mein alter Schul - und Studienfreund Hans
Borgelt, mit dem mich nicht nur eine langjährige Schulzeit im
Eberswalder Wilhelms - Gymnasium verband, sondern auch ein
gemeinsames Studium der Zeitungswissenschaft bei dem berühmten Professor Dovifat in Berlin, wo wir sogar gemeinsam eine
"Studentenbude" bewohnt hatten. Mit ihm hatte ich nach 1945
noch Kontakt, bis sein Wohnsitz in Westberlin durch die "Mauer"
und meine Tätigkeit in Babelsberg die Verbindung jahrelang abreißen ließ. Eines späten Abends, wir waren gerade dabei ins Bett
zu gehen, klingelte das Telefon und es meldete sich mein Freund
Hans Borgelt. Er sei gerade in Karlshorst bei seinem Vetter, dem
in der DDR sehr bekannten Schauspieler Peter Borgelt, habe ihm
von unserer Freundschaft erzählt und da habe sein Vetter gesagt:
"Warum machst Du denn keinen Versuch, jetzt wieder Kontakt
aufzunehmen? Hier ist das Telefonbuch, sieh nach ob er drin steht

und wenn ja, ruf ihn an!" Es wurde ein langes aber schon wieder sehr freundschaftliches Gespräch, das mit einer Einladung zu ihm nach Wannsee, wo er eine schöne Villa besitzt, endete. Vor diesem Besuch waren meine Frau und ich doch aufgeregt. Wie würde dieses Wiedersehen verlaufen und würden wir uns nach den vielen Jahren überhaupt wiedererkennen, wenn er mit seiner Frau Kati uns am S - Bahnhof Wannsee abholen würden? Aber wir erkannten uns gleich wieder und an dem großen Mercedes, den er fuhr, konnte man auch ohne viele Worte sehen, daß es ihm offenbar materiell sehr gut ging.

An diesem Nachmittag und Abend erzählten wir uns unsere so unterschiedlichen Wege und Erlebnisse. Hans war nach einer anfänglichen Tätigkeit als Kulturredakteur bei der "Berliner Zeitung" nach Westberlin gegangen, wo er auch wohnte, weil er den immer doktrinärer werdenden Kurs der SED auf kulturellem Gebiet nicht länger ertragen konnte. Er hatte es zunächst schwer, sich in Westberlin zu etablieren. Beim RIAS wurde er zum Beispiel abgewiesen, nicht etwa, weil er im Krieg bei einer Propaganda - Einheit tätig gewesen war, sondern weil er nach 1945 fünf Jahre bei einer kommunistischen Zeitung gearbeitet hatte. Wie er dazu sagte: "Die Arme von Mc Carthy reichten auch bis Westberlin!" Anfänglich mußte er sich als freischaffender Journalist recht und schlecht durchschlagen, um sehr mühsam Frau und drei Kinder durchzubringen. Aber seine Liebe und Beschäftigung mit der Geschichte des deutschen Films und seiner Stars machten ihn zunächst bei den Mächtigen der Nachkriegs- Filmindustrie bekannt und er bekam eine für seine weitere Karriere wichtige Funktion angetragen :Pressechef der Berliner Filmfestspiele zu werden. Bei dieser Tätigkeit bekam er nicht nur Kontakt zu vielen internationalen Größen des Filmgeschäfts, auch zu vielen vor Hitler emigrierten Juden, sondern intensivierte auch seine Kenntnisse vor allem über die Ufa so, daß er anfing, über die Stars dieser Zeit Biographien zu verfassen. So entwickelte er sich langsam vom Journalisten zum Buchautor, der sein Tätigkeitsfeld immer mehr ausweitete, um dann vor allem für das Fernsehen, aber auch für das Theater dramaturgisch gestaltete Stücke und ganze Fernsehserien zu produzieren. Der Senat von Westberlin delegierte ihn dann auch als seinen Vertreter in die Film - Bewertungs - Kommission in Wiesbaden. Als sehr fleißiger und kreativer Mensch hatte Hans jetzt offenbar den Höhepunkt seines schöpferischen Lebens erreicht, den er noch möglichst lange zu behaupten trachtete.

Von mir kannte er bis 1949 meine Geschichte. Er hatte mit großer Besorgnis das Ende der 6. Armee in Stalingrad in Paris, wo er damals als Mitglied der Propaganda - Abteilung französische Zeitungen zensiert hatte, miterlebt und sich natürlich damals gefragt, was wohl aus mir, seinem Schul - und Studienfreund geworden sei. Später erfuhr er, daß ich als Mitarbeiter des "Nationalkomitees Freies Deutschland" von Moskau aus zum Sturz Hitlers aufgerufen hatte und seit meiner Rückkehr 1945 nach Deutschland, das heißt in die "Sowjetische Besatzungszone", wieder als Journalist tätig war, zunächst als Redakteur der KPD - Zeitung "Sächsische Volkszeitung" in Dresden, dann als Chefredakteur der "Leipziger Volkszeitung" und ab 1948 als Chefredakteur der DEFA Wochenschau "Der Augenzeuge". Damals wohnten wir in einem der DEFA zugesprochenen Haus in Babelsberg, dicht am Griebnitzsee, also nahe an dem Wohnsitz von Hans Borgelt in Wannsee. Damals trafen wir uns, so glaube ich, das letzte Mal persönlich. Meine bewegte Geschichte seit dieser Zeit ließ ich nun Revue passieren. Offensichtlich waren wir jetzt richtige "Wessis" und "Ossis", die sehr unterschiedliche Wege gegangen waren, auch sehr kontroverse politische Anschauungen hatten, aber nun doch sehr freundschaftlich und tolerant miteinander über unsere Geschichte reden konnten. Beide Familien waren mit diesem Wiedersehen so zufrieden und glücklich, daß wir uns versprachen, die Verbindung zwischen uns nun nicht wieder abreißen zu lassen.

Ende 1992 trat die Nachfolgeorganisation der "Gesellschaft für Deutsch Sowjetische Freundschaft, der "Verein der
Freunde der Völker Rußlands", dem ich natürlich gleich beigetreten war, an mich heran und erklärte mir, es gäbe eine Einladung
der Kriegsveteranen aus Wolgograd zur Teilnahme an den Feierlichkeiten zum 50. Jahrestag des Sieges von Stalingrad, wenn
möglich mit Teilnehmern an dieser kriegsentscheidenden
Schlacht. Ich sei ja so ein Überlebender und sie schlügen daher
vor, daß ich als Sprecher der deutschen Delegation zu diesen Feierlichkeiten mitfahren sollte. Da die Reise von den Teilnehmern
selbst finanziert werden müsse, habe man öffentlich für eine Teilnahme geworben und hoffe, eine Sondermaschine voll besetzen zu
können. Das kam für mich völlig überraschend. Noch nie war mir
der Gedanke gekommen, noch einmal nach Stalingrad zu reisen,
diesem schrecklichsten Erlebnisort meines Lebens. Ich zögerte
lange mit meiner Zusage. Ich war mir nicht klar, wie ich selber
emotional ein solches Wiedersehen verkraften würde und konnte
mir auch nicht vorstellen, wie die Wolgograder Veteranen mir als
ehemaligem Gegner und schuldbeladenem Hitler - Offizier begegnen würden. Aber nach langen Beratungen mit meiner Frau
sagte ich dann doch zu.

Die wichtigsten Feierlichkeiten, zu denen Delegationen
aus der ganzen Welt eingeladen worden waren, fanden natürlich
alle um den 2. Februar 1993 statt. Wir flogen deshalb schon Ende
Januar aus Berlin ab, leider nicht mit einer eigenen Sondermaschine, weil nur 65 Teilnehmer zusammengekommen waren. Die
Mehrzahl der Teilnehmer hatte sich aus Westdeutschland ange-
meldet, wohl auch deshalb, weil ihnen die Selbstfinanzierung
leichter fiel, als vielen Ostdeutschen. Als wir auf dem Flugplatz
Schönefeld im Transitraum auf unseren Aufruf warteten, ging ich
bei allen Teilnehmern herum, um zu erkunden, ob noch ein ehemaliger Angehöriger der Paulus - Armee, wie ich, unter den Mitreisenden war. Zunächst blieb meine Erkundung ohne Erfolg. Es
gab alle möglichen Reisegründe, es waren Historiker, Slawisten,

Menschen, die Angehörige in Stalingrad verloren hatten, Mitarbeiter des "Volksbundes für Kriegsgräberfürsorge" und andere. Fast zum Schluß stieß ich auf einen älteren Mitreisenden, der mir erklärte, er sei auch in Stalingrad gewesen und habe als Arzt ganz in der Nähe vom Armee - Hauptquartier von Paulus in einem Keller seine Verwundeten betreut und sei nach der Gefangennahme von Paulus auch in Gefangenschaft geraten. Er hätte zur 44. Hoch - und Deutschmeister Division aus Wien gehört, obwohl er selber kein Österreicher sei. Ich sagte ihm, seine Division oder besser seinen Divisionsgeneral hätte ich in schlimmster Erinnerung. Der hätte mich erschießen lassen wollen, als er erfahren hatte, daß ich mit meinen Leuten kapitulieren wolle. "Das ist kein Wunder", meinte er nun," denn unser General Dubois war ein glühender Hitler - Verehrer. Im Kasino zu Hause hat er sich immer damit gebrüstet, daß er es gewesen sei, der als Hauptmann im I. Weltkrieg Hitler das EKI an die Brust geheftet habe". Nun fragte ich, wie es mit ihm weitergegangen sei. Nun, er sei dann in das improvisierte erste Kriegsgefangenenlager Krasnoarmeisk gekommen. Ich sagte:" Ich auch!" Und als dort Flecktyphus ausgebrochen sei, sei er mit dem ersten und wahrscheinlich auch letzten Transport über den Bahnhof Begetowka ins Hinterland transportiert worden.

Ich, nun schon etwas erregt, sagte: "Mit dem Transport bin ich auch fortgekommen". Er : "Da bin ich noch mit zwei anderen Ärzten zusammengewesen, Dr. Pietruschka und Dr. Pallas, die haben einen todkranken Kameraden mitgeschleppt". Ich: "Dr. Pietruschka und Dr. Pallas, das waren meine Abteilungsärzte und die haben mich mitgeschleppt". Jetzt sprang er auf und fragte mich erregt: "Wie heißt Du denn?" Ich: "Ich heiße Dengler, damals Hauptmann Dengler". Er: "Nein! Das kann doch nicht wahr sein! Als Dr. Pietruschka mich bat, ihn beim Abschleppen von Dir doch abzulösen, habe ich Dich untergehakt und dann bis Begetowka durch den nassen Schnee geschleppt. Ich habe später oft an Dich gedacht und mir als Arzt gesagt, der wird das nicht überlebt haben. Und nun stehst Du hier gesund und munter vor mir. Das ist

wirklich ein Wunder!" Wir umarmten uns und konnten unsere
Rührung nicht unterdrücken. Welch ein Zufall! Von den 95.000 in
Gefangenschaft geratenen deutschen Soldaten in Stalingrad sind
höchstens 6.000 wieder in die Heimat zurückgekehrt. Und unter
den treffen sich nach 50 Jahren zwei wieder, von denen der eine
mitgeholfen hat, den anderen am Leben zu erhalten. Natürlich
blieben Dr. Pensel, so sein Name, - nach dem Krieg Arzt in Co-
burg - und ich während der Reise eng verbunden und auch nachher haben wir weiter Kontakt zueinander gehalten und uns auch
familiär getroffen. Nach diesem erregenden Erlebnis flogen wir
nach Moskau. Ich hatte meinem alten Freund aus Bonner Zeiten,
Pawel Naumow, zuletzt Generaldirektor der Auslandspresse -
Agentur Novosti, dem es jetzt materiell sehr schlecht ging und den
ich schon mit gelegentlichen Care - Paketen unterstützt hatte, telefonisch mitgeteilt, wann wir in Moskau ankämen und welches
russische Reisebüro für uns sorgen würde. Er solle mit ihm zum
Flughafen mitfahren, um uns doch dort kurz wiederzusehen. Nach
der Landung, als wir ziemlich lange auf unser Gepäck warten
mußten, ging ich schon zu den an der Absperrung Wartenden, in
der Hoffnung, unter ihnen schon Pawel Naumow zu entdecken.
Ich sah ihn aber nicht und auch mein Rufen seines Namens blieb
ohne Erfolg. Da trat ein Mitarbeiter des Reisebüros an mich heran
und sagte, Sie brauchen hier nicht zu suchen. Herr Naumow war-
tet draußen in unserem Bus auf Sie. Also erfolgte unsere Umarmung erst im Bus. Er berichtete mir von den schlimmen Zustän-
den und dem harten Kampf ums Überleben. Er war sichtlich gerührt, als ich ihm eine größere Geldsumme in die Hand drückte
und er rechnete mir gleich vor, welche ungeheure Rubelsumme
das bei dem jetzigen Kurs bedeutete. An einer U - Bahnstation
stieg er aus, weil wir nun zu einem schon für uns bestellten A-
bendessen fuhren und er dabei nicht, wie er sagte, als "Schmarot-
zer" mitgehen wolle. Für uns Devisen - Ausländer war in einem
kleinen Restaurant an der Zufahrtsstraße nach Moskau ein üppiges
Mal mit Kaviar, Sekt und Wodka vorbereitet, was mir angesichts

der eben von Pawel Naumow geschilderten Lage doch sehr peinlich war. Denn es war doch fast ein Irrsinn: Wir Deutsche, also die Aggressoren und Verwüster der einst blühenden Sowjetunion, wir Besiegten und Verurteilten von der Geschichte, wir kamen jetzt als reiche Leute in das von uns überfallene Land und die Sieger, die uns und Europa vom Faschismus befreit hatten und dafür Millionen Tote und eine zerstörte Heimat hatten opfern müssen, die standen jetzt in bitterer Armut fast am Rande des Ruins.

Erst bei Dunkelheit starteten wir von Moskau nach Wolgograd. Der dortige Flughafen war einst im Kessel unter dem Namen Gumrak der letzte Flugplatz gewesen, von wo Versorgungsgüter ein - und schwer Verwundete ausgeflogen worden waren.

Jetzt, wo mir das bewußt wurde, kamen erstmalig wieder die Erinnerungen an die furchtbaren Erlebnisse im Kessel. Hierher hatte ich seinerzeit meinen Leutnant Benisch gebracht, der letzte Überlebende von vier Brüdern, der sich selbst einen Heimatschuß beigebracht hatte, was aber Dr. Pietruschka und ich verschwiegen hatten. Wir bezogen Quartier in einem der Interhotels in der Nähe der Wolga, das wohl wegen der vielen Ausländer streng von der Miliz bewacht wurde.

Am nächsten Tag machten wir mit der uns zugeteilten Dolmetscherin, die gleichzeitig als Reiseleiterin fungierte, und ein gut vorbereitetes Programm für uns bereit hatte, eine ausführliche Stadtbesichtigung. Ich war erstaunt, wie großzügig die Stadt wieder aufgebaut war. Nur einige besonders hart umkämpfte und deshalb auch in der Literatur erwähnte Objekte, wie das "Pawlow - Haus", hatte man als Denkmäler stehen lassen. Bei unserem Rundgang kamen wir auch an das große Warenhaus, in dessen Keller einst Paulus sein letztes Armee - Hauptquartier gehabt hatte und ich hier bei ihm gewesen war, um ihn zur Kapitulation zu überreden, die er verweigerte, aber es uns Frontoffizieren überließ, selber die Initiative zur Kapitulation zu ergreifen, was ich dann ja auch tat. Jetzt war das Warenhaus wieder seiner einstigen

Bestimmung übergeben und nur neben dem Eingang war eine Bronzetafel angebracht, auf der vermerkt war, daß hier am 2. Februar 1943 Generalfeldmarschall Paulus mit seinem Stab gefangengenommen wurde. Während uns die Dolmetscherin den Text auf der Tafel übersetzte, bildete sich um uns eine dichte Traube von Wolgograder Neugierigen, die schnell bemerkt hatten, daß sich hier Deutsche versammelt hatten. Plötzlich schob sich ein älterer Mann in einem nicht mehr neuen Lammfellmantel durch die Menge zu unserer Dolmetscherin vor, neben der ich stand, weil ich vorher meine Erlebnisse hier mit Paulus unseren Mitreisenden erzählt hatte. Der Mann erklärte, er habe hier in der Nähe als Rotarmist seine Heimatstadt verteidigt. Er habe selber dabei ein Auge verloren und seine Frau und seine zwei Söhne seien hier im Feuerhagel umgekommen. Unsere Dolmetscherin wies auf mich und sagte ihm, ich hätte als Angehöriger der 6. Armee auch im Kessel gekämpft und hier von Paulus verlangt, endlich zu kapitulieren. Darauf geschah etwas mich zutiefst Erschütterndes. Der Mann stürzte auf mich zu, umarmte mich, ihm liefen dabei Tränen über die Wangen und plötzlich zog er mir meine Handschuhe aus und küßte mir die Hände. Dann drückte er mich noch einmal an seine Brust, drehte sich um und ging durch die Menge davon, sich noch zwei - oder dreimal umdrehend und uns zuwinkend. Ich war von dieser so unerwarteten Begegnung so erschüttert, daß ich zunächst keine Worte fand. Auch alle Mitreisenden waren ergriffen. Zu Hause hatte ich mich noch bangend gefragt, wie werden dir die Wolgograder Veteranen begegnen, wird mir noch verständlicherweise Feindschaft entgegenschlagen? Und nun dies! Als am Abend des 2. Februar Ulrich Wickert mit mir ein Life - Interview für die "Tagesthemen" machte und er mich nach meinem tiefsten Erlebnis bei diesen Feierlichkeiten fragte, nannte ich ihm diese erregende Begegnung.

An diesem Vorabend der großen Feierlichkeiten hatten wir die Leitung der Wolgograder Veteranen mit einer Abordnung ihrer Vereinigung in unser Hotel zu einem festlichen Abendessen eingeladen. Das Geld dafür hatten wir aus Berlin mitbekommen und für diese Devisen gab es ein wirklich frugales Mal. Die Veteranen hatten sich für diesen Abend besonders festlich angezogen und all die vielen Orden angelegt, die sie für ihren heldenmütigen Kampf erhalten hatten. Ich staunte, wieviel ordengeschmückte Frauen unter den Veteranen waren.

An unserem Präsidiumstisch nahm dann auch neben dem Vorsitzenden der Wolgograder Veteranen eine Frau Platz, die uns als sehr tapfere und sehr erfolgreiche Pilotin vorgestellt wurde, die für ihre vielen Abschüsse die höchste sowjetische Auszeichnung erhalten hatte: sie war ein "Held der Sowjetunion".

Bei meiner Rede an diesem Abend stellte ich in den Mittelpunkt, daß hier an der Wolga in Stalingrad nicht nur die Wende im Zweiten Weltkrieg eingeleitet wurde, sondern auch für mich persönlich die Wende in meinem Leben begann. Hier verweigerte ich Hitler den weiteren Gehorsam und die Erlebnisse von Stalingrad waren für mich dann später die Hauptmotivation, der Bewegung "Freies Deutschland" beizutreten und von Moskau aus über Zeitung und Rundfunk die Wehrmacht aufzurufen, Hitler zu stürzen, an die Grenzen Deutschlands zurückzuführen und Frieden mit den Alliierten zu schließen. Mit dieser Rede eroberte ich mir die ganze Sympathie der Veteranen, die mit ihrem Beifall nicht geizten. Als dann der Vorsitzende nach seiner Rede im Auftrage der russischen Regierung den anwesenden Veteranen den für dieses Ereignis extra gestifteten Orden "50 Jahre Sieg an der Wolga" an die Brust heftete, rief er mich zum Schluß auch auf und unter erneutem großen Beifall der Veteranen heftete er auch mir diese Medaille an die Brust. Ich war tief gerührt und alle meine ursprünglichen Ängste vor dieser Begegnung mit den Veteranen waren wie weggeblasen. In dieser Nacht fand ich nur schwer zur Ruhe, so hatte mich dieses Zusammentreffen mit den Veteranen am Vormittag und Abend tief erregt.

Am nächsten Morgen fand dann die große Feier auf dem "Platz des Friedens" statt, Als wir dazu aus dem Hotel aufbrechen wollten, wurde ich schon in der Hotelhalle von einer Reihe von Journalisten erwartet, die alle von mir ein Interview haben wollten. Offenbar hatte sich schnell herumgesprochen, daß ich als überlebender deutscher Zeitzeuge bei der deutschen Delegation vertreten war. Mein Arzt Dr. Pensel war leider medienscheu und überließ mich allein den Journalisten. Er war außerdem oft abwesend, denn er hatte hier in Wolgograd viele Bekannte. Er war nach Kriegsende als Arzt den deutschen Kriegsgefangenen zugeteilt gewesen, die beim Wiederaufbau Stalingrads eingesetzt worden waren. Die von diesen Kriegsgefangenen in deutscher Qualitätsarbeit errichteten Wohnungen galten, wie unsere Dolmetscherin uns sagte, als besonders bevorzugt und es war eine Auszeichnung vor allem für Veteranen, eine solche von den Deutschen errichtete Wohnung zu bekommen. Wir hatten für die Feiern von Berlin aus schon über das Reisebüro zwei Kränze bestellt, einen für die Feier hier und einen für die spätere Kranzniederlegung im Memorial des Mamaihügels. Als Vertreter Jelzins sprach der damals noch nicht aus dem Amt gejagte General Rudskoj. Alle Redner sprachen übrigens an diesem Tag nur von Stalingrad und niemand von Wolgograd. Bei dieser Feier waren natürlich alle ausländischen Delegationen vertreten, so der Dean von Canterbury, die beiden Oberbürgermeister von Hiroshima und Nagasaki, eine hochrangige französische Delegation und nur von deutscher Seite war kein Regierungsmitglied anwesend. Bonn ließ sich nur durch seinen Moskauer Botschafter vertreten. Dafür waren die deutschen Medien alle mit ihren Moskauer Vertretern zur Stelle und das deutsche Fernsehen hatte extra zwei Übertragungswagen einfliegen lassen, um eine ausführliche Berichterstattung zu gewährleisten. Mittags kam dann eine Mitarbeiterin von Herrn Ruge aus Moskau zu mir und fragte mich, ob ich bereit wäre, heute Abend ein Life - Interview mit Herrn Wickert für seine "Tagesthemen" zu machen.

Ich sagte natürlich zu, ohne zu bedenken, daß die "Tagesthemen" in Deutschland ja erst um 22.30 Uhr ausgestrahlt werden, eine Zeit, die in Wolgograd dann aber schon 0.30 Uhr ist. Damit verkürzte sich meine Nachtruhe auf vier Stunden, denn am nächsten Tag mußten wir schon wieder um 6 Uhr aufstehen. Aber das Fernsehen machte es durch seine Satellitenverbindung dann doch möglich, daß ich noch meine Frau in Berlin von meinem Auftreten informieren konnte, die schnell noch unsere Familie und unsere Freunde benachrichtigen konnte, so daß für einen Mitschnitt gesorgt war. Zum Inhalt dieses Interviews schrieb ich schon.

Am Nachmittag dieses Feiertages fand dann noch eine große Demonstration statt, bei der wir vor allem die in ihrer typischen Uniform mitmarschierenden Don - Kosaken bewundert haben. Den Abschluß bildete dann eine große Flugparade der russischen Luftstreitkräfte.

Am nächsten Tag fuhren wir dann zu einem etwa 25 Kilometer von Stalingrad entfernten "Soldatenfeld", einem sehr imponierenden Denkmal für die gefallenen Sowjetsoldaten. Im Zentrum steht ein Stein mit dem ergreifenden Brief einer Tochter an ihren im Kampf stehenden Vater. Ich glaube, auf eine solche Ehrung wäre in Deutschland niemand gekommen. Hier manifestierte sich die russische Seele.

Vom "Soldatenfeld" aus fuhren wir in die große Sporthalle, wo - wie in jedem Jahr - auch diesmal wieder eine ganztägige Benefiz - Veranstaltung zu Gunsten der Wolgograder Veteranen stattfand. Dort traten viele bekannte Künstler, Orchester, Blaskapellen, Rock - Bands, Tanzgruppen und Rezitatoren auf. Dazwischen gab es immer wieder kurze Auftritte von Vertretern der unterschiedlichsten Organisationen, die anschließend in einen der auf der Bühne aufgestellten Glaskästen ihre Spenden legten. Auch unsere Delegation hatte für diesen Zweck eine Sammlung durchgeführt und konnte eine recht beträchtliche Summe spenden. Mitten in der Veranstaltung kam unsere Dolmetscherin zu mir und bat mich, mit ihr raus in die Vorhalle zu kommen. Hier eröffnete sie mir, daß das russische Fernsehen über dem Saal in dem dortigen Kaffee ein Studio eingerichtet habe und mich sehr herzlich bäte, ihnen für ein Interview zur Verfügung zu stehen. Ich sagte natürlich zu. Vor mir war gerade der Oberbürgermeister von Köln, der deutschen Partnerstadt von Wolgograd, im Gespräch gewesen. Im Interview ging es um meine Erlebnisse im Kessel und meine Eindrücke von den diesjährigen großen Feierlichkeiten. Bei unserem Rückflug nach Berlin rief ich verabredungsgemäß meinen Freund Pawel Naumow an. Er berichtete mir, sie hätten natürlich den ganzen Tag lang die Übertragungen aus Wolgograd im Fernsehen verfolgt. Auf einmal hätte seine Frau Tamara laut aufgeschrien und gerufen: "Pawel komm schnell, gerade senden sie ein Interview mit Gerhard". Dich in unserem Zentralen Russischen Fernsehen zu erleben, das ja in ganz Rußland und darüber hinaus empfangen wird, war für uns wirklich aufregend und wir waren richtig stolz, einen jetzt so prominenten Freund zu haben.

Am Nachmittag waren wir eingeladen, gemeinsam mit den Wolgograder Veteranen an der Eröffnung einer Ausstellung teilzunehmen, die den Titel trug "Der Krieg Deutschlands gegen die Sowjetunion" und extra vom Berliner Senat nach Wolgograd zu diesen Feierlichkeiten geschickt worden war. Am Eingang stand eine große Gruppe von Journalisten, Fotoreportern und Fernsehleuten. Sie alle wollten vor allem mich interviewen. Und als die Veteranen dieses große Medienaufgebot bemerkten, wollten sich alle möglichst mit mir fotografieren lassen. Dabei kam es wieder zu einem mich tief bewegenden Ereignis.

Als ich Arm in Arm mich wieder mit zwei mit Orden geschmückten Veteranen den Fotografen und Fernsehleuten stellte, fragte ein Reporter vom BBC den einen meiner Begleiter, wie ihm denn zu Mute sei, jetzt nach 50 Jahren hier Arm in Arm mit einem ehemaligen Hitler - Offizier zu stehen? Und nun kam eine für meinen ganzen Aufenthalt in Wolgograd typische russische Antwort: "Sehen Sie, ich stehe hier auf den Gebeinen meiner gefallenen Kameraden. Aber er steht hier auch auf den Gebeinen seiner toten Kameraden. 50 Jahre ist Gras über diesen Gräbern gewachsen. Das darf man jetzt nicht wieder aufreißen, sondern wir müssen uns jetzt über den Gräbern unserer gefallenen Kameraden die Hände reichen und uns versichern, daß wir nie wieder Krieg gegeneinander führen werden".

Diese Tage in Wolgograd waren für mich so erregend gewesen, daß ich zur Verwunderung meiner Frau nicht müde und erschöpft, sondern richtig euphorisch heimkehrte. Ich hatte auch gar keine Gelegenheit, müde zu sein. Schon am nächsten Abend mußte ich in einer Life- Sendung des Berliner Rundfunks viele Fragen von Berliner Hörern beantworten. Dann veranstaltete die "Deutsche Gesellschaft" ein dreitägiges Seminar zu Stalingrad im Schloß Hardenberg, an dem auch Schüler des "Rosa - Luxemburg-Gymnasiums" teilnahmen. Sie baten mich, doch meine so interessanten Erlebnisse auch den anderen Schülern ihres Gymnasiums mitzuteilen. Schon wenige Tage danach erreichte mich die Bitte des "Schüler - Clubs" dieser Schule, doch bei ihnen auch über Stalingrad zu sprechen, einer Aufforderung, der ich gerne nachkam. Und natürlich wollten auch meine Pankower über meine Erlebnisse in Wolgograd informiert werden und so gab es eine extra Veranstaltung dazu im "Ernst - Busch - Haus". Dort trat nach der Veranstaltung ein Student an mich heran und sagte, er habe mein Interview in den "Tagesthemen" gesehen und das habe ihn tief beeindruckt, eine Meinung, die in der Diskussion auch schon mehrfach geäußert worden war. Er sagte, er habe diese Sendung bei seinen Eltern in Wilhelmsruh gesehen und als ich auf dem Bildschirm erschienen sei, hätte er seinen Eltern zugerufen: "Seht mal, erkennt ihr ihn wieder? Von dem bin ich doch seinerzeit hier im Kulturhaus von Bergmann - Borsig jugendgeweiht worden!" Also lebten bestimmte Erinnerungen an mein Wirken in der DDR doch fort. Das befriedigte mich sehr.

Als wir wieder einmal bei Borgelts eingelaufen waren, sagte mir Hans, sein Sohn Hans- Henning, ein sehr gefragter Fernseh - Regisseur, habe ihm den Vorschlag gemacht, unser Wiederzusammenfinden mit den sich dabei ergebenden interessanten und so unterschiedlichen Erlebnissen und Erfahrungen doch filmisch zu verwerten. Das entspräche doch ganz der Forderung von Richard von Weizsäcker, die Deutschen aus Ost und West sollten sich gegenseitig ihre Biographien erzählen, um sich dadurch besser zu verstehen. "Würdest Du denn bei einer solchen Unternehmung mitmachen?" ‚fragte mich Hans. Das kam für mich natürlich völlig überraschend und ich zögerte zunächst. Aber schließlich überzeugte mich Hans dann doch, einem solchen Projekt zuzustimmen. Dann zeigte sich, daß Hans schon in dieser Sache tätig geworden war. In der bekannten Film - und Fernsehdokumentaristin Gitta Nickel, in der DDR schon mit dem "Nationalpreis" ausgezeichnet, und ihrem ständigen Autor Wolfgang Schwarze hatte er schon zwei an diesem Vorhaben Interessierte. Nun kam es aber darauf an, einen zahlungswilligen Produzenten zu finden. Dazu nutzte Hans seine guten Beziehungen zu Filmproduzenten und Fernsehgrößen. Eines Tages im Frühjahr 1994 rief mich Hans dann an und teilte mir mit, der ORB, der Ostdeutsche Rundfunk Brandenburg, habe die Produktion zugesagt.

Und nun begann eine Unternehmung, die uns das ganze Jahr 1994 in Atem hielt. Zunächst gab es mehrere Aussprachen mit Gitta Nickel und Wolfgang Schwarze, der sich dann an die Arbeit machte, ein für den geplanten Fernsehfilm geeignetes Drehbuch zu erarbeiten. Der ORB hatte für einen 45 minütigen Fernsehfilm seine Zusage gegeben und unter dem Titel "Jahrgang 1914" begannen bei der 80jährigen Geburtstagsfeier von Hans die Dreharbeiten. In meiner Laudatio auf Hans wies ich daraufhin, daß wir zwei sehr unterschiedliche Journalistentypen seien. Hans war immer ein Sammler, ich mehr ein Jäger, wobei Hans mit seiner Fakten-Sammelei offenbar das bessere Los gezogen hätte. Nach meiner Rede kam der Intendant des ORB, Professor Hans - Joachim Rosenbauer, auf mich zu, gratulierte mir zu meiner Rede und meinte, Hans Borgelt kenne er ja schon, aber mich habe er erst heute kennengelernt. Und er beglückwünschte sich, daß er zwei so clevere Journalisten für diesen Film gewonnen habe. Er bedauere nur, daß er Gitta Nickel die Regie überlassen habe, die hätte er jetzt nach der Kenntnis von uns Beiden auch gern selber übernommen.

Nach dem Geburtstag von Hans gingen dann die intensiven Dreharbeiten los. Wir drehten in Eberswalde, in Brodowin, machten Einzelgespräche bei mir zu Hause und bei Hans in Wannsee, wobei Wolfgang Schwarze uns immer die Stichworte vorgab, über die wir nun miteinander sprechen sollten. So kamen wir ohne einen Zwischenkommentar aus und konnten uns ganz auf unsere noch voll intaktes journalistisches Können verlassen. In seiner lobenden Kritik schrieb deshalb später auch der "Tagesspiegel", "ein Film, wie mit versteckter Kamera gedreht". Im September 1994 wurde der "Jahrgang 1914" dann vom ORB ausgestrahlt. Er bekam von überall her, vor allem von der ganzen Presse, ein so positives Echo, daß Gitta Nickel nun dem ORB vorschlug, doch noch die ursprünglich geplante längere 90 - Minuten - Fassung zu produzieren, vor allem, um die entscheidenden Stationen unseres Lebens im Kriege, in Stalingrad und Paris, die so extrem unterschiedlich waren, noch ins Bild zu setzen. Und zu meinem Erstaunen stimmte der ORB nun diesem größeren Projekt zu, was sicher an die Grenzen seiner finanziellen Möglichkeiten ging.

Jetzt wurde es für uns zwei Achtzigjährigen extrem aufregend und auch anstrengend. Am 15 November 1994 flog nun unser kleiner Filmstab, neben uns beiden Hauptakteuren noch Gitta Nickel, der Kameramann Andreas Bergmann und der Tonassistent Guido Niedergesäß, via Moskau nach Wolgograd. Unser Kameramann hatte vor der Reise große Sorgen um die ihm persönlich gehörende Aufnahmetechnik. Er fürchtete die üppig blühende Kriminalität in Rußland. Aber unser Reisebüro beruhigte ihn. Das Partner - Reisebüro in Moskau arbeite mit der Maffia Hand in Hand und zahle die geforderte Schutzgeldsumme. Uns würde also nichts passieren. Diese Voraussage hat sich dann voll bestätigt.

Vor Moskau fing unsere Maschine stark an zu schaukeln. Wir kamen in einen starken Schneesturm und nur dank der großen Erfahrung unseres Piloten wurde ihm die Landung noch erlaubt. Alle späteren Maschinen wurden auf andere Flughäfen umgeleitet. Die Leute vom Moskauer Reisebüro waren sehr glücklich, uns doch in Empfang nehmen zu können. Auf den Straßen in Moskau herrsche allerdings ein ziemliches Chaos und daher schlügen sie vor, nicht durch die Stadt zu fahren und auf das für uns im Hotel "Rossia" bestellte Abendessen zu verzichten und statt dessen über die Ringautobahn zum 100 Kilometer entfernten Flugplatz Domodedowo zu fahren.

Wir hätten zwar fast fünf Stunden Zeit bis zum Abflug nach Wolgograd, aber bei dem Schneesturm wisse man auch nicht mit Sicherheit, ob man auch auf der Ringbahn glatt durchkomme. Und mit dieser Voraussage behielten sie recht. Immer wieder blieben wir im Stau stecken, weil irgendein Lastauto sich auf der schneeglatten Straße quer gestellt hatte. Immer wieder schauten wir ängstlich auf die Uhr. Aber dann kamen wir doch gerade noch rechtzeitig an. Wir konnten am Buffet sogar noch ein Paar heiße Würstchen unserem hungrigen Magen zuführen.

Und dann saßen wir endlich in dem nicht sehr vertrauenerweckenden alten Flugzeug und wurden von den Einheimischen staunend beäugt. Wer als Ausländer flog schon zu einer solchen Jahreszeit nach Wolgograd? Ja wirklich, jetzt flog ich schon wieder nach Wolgograd, an meinen Schicksalsort. Erst hatte ich mich 50 Jahre gescheut, an diesen Ort des Grauens zurückzukehren, und nun kam ich im Abstand von nur einem Jahr zum zweiten Mal hierher.

Obwohl es nun schon nach Mitternacht war, empfing uns nach der Abwicklung umständlicher Zollformalitäten wegen der vielen Filmaufnahmegeräte doch eine sehr freundliche Dolmetscherin mit einem nicht mehr sehr neuen Bus. Ihn chauffierte ein älterer Russe, der wie aus dem Bilderbuch stammend aussah. Seine phänomenale Ortskenntnis machte ihn uns bald unentbehrlich.

Diesmal waren wir im besten Haus am Platz einquartiert, einem großen Interhotel, in dem zu den 50 - Jahrfeiern die ganze Prominenz logiert hatte. Aber jetzt war es schon 2 Uhr morgens und ich war in Berlin um 6 Uhr aufgestanden. Und da es in der Aeroflottmaschine nur ein sehr bescheidenes Essen gegeben hatte, waren wir nicht nur hungrig, sondern auch sehr erschöpft.

Am nächsten Morgen ging dann die Suche nach den Orten los, die für meine Stalingrader Odyssee entscheidend waren. Als erstes sollte der Ort ins Bild kommen, wo ich mit der Panzerspitze am Abend des 23. August 1942 die Wolga erreicht und von weitem das von Fliegerbomben brennende Stalingrad gesehen hatte. Ich beschrieb dem Fahrer, wo das etwa liegen müsse. Er nickte sofort und sagte, er wisse genau, wo die deutschen Truppen zuerst an die Wolga gekommen seien.

Und er führte uns wirklich an die Stelle, die ich trotz der anderen Jahreszeit doch wiedererkennen konnte. Ich sagte dem Fahrer, daß hier ein großes Melonenfeld gewesen sei, daß für unseren großen Durst sehr von Nutzen war. Er meinte, auch jetzt würden wegen der günstigen Hanglage hier wieder Melonen angebaut. Am nächsten Tag stand die Nordriegelstellung auf dem Programm, wo ich mit meinem noch vor der Infanterie liegenden Beobachtungsstand durch Artillerieschläge jeden sowjetischen Entlastungsvorstoß vom Norden her verhindert hatte. Auch hierher fand unser Fahrer mit nachtwandlerischer Sicherheit. Dabei stellte ich fest, daß diese Nordriegelstellung garnicht weit weg lag von dem so beeindruckenden "Soldatenfeld", das wir im vorigen Jahr besucht hatten.

Der Abend im Hotel wurde dann noch zu einem besonderen Erlebnis, vor allem für Hans Borgelt, der zum ersten Mal in seinem Leben in Rußland weilte. Im großen Eßsaal des Hotels, der nicht stark belegt war, saßen wir in gemütlicher Runde, als eine Gruppe junger russischer Offiziere mit weiblichem Gefolge das Restaurant betrat und sich in unserer Nähe niederließ. Nachdem sie bemerkt hatten, daß wir Deutsche waren, erregte das ihre

Neugier und es dauerte auch garnicht lange, bis sie ein Gespräch begannen. Als sie erfuhren, weshalb wir hier waren und daß ich ein Überlebender der Paulus - Armee war, hielt sie das nicht mehr an ihrem Tisch.

Sie nahmen ihre Stühle, rückten zu uns, ließen Sekt und Wodka kommen und nun begann eine herzliche Verbrüderung. Ich wurde immer wieder umarmt und auf beide Wangen geküßt und ein Toast jagte den anderen. Ein bulgarisches Ehepaar, ein Erdöl- Ingenieur und seine Frau, die auch in der Nähe saßen, wollten bei dieser Verbrüderung nicht abseits stehen und setzten sich auch noch zu uns. Für Hans Borgelt war diese typisch russische Art der Freundschaftsbeteuerung eine Offenbarung. So etwas hatte er im Westen noch nie erlebt und auch für garnicht möglich gehalten.

Am nächsten Tag stand die Zarizaschlucht auf dem Programm. Vor einem Jahr hatte ich auch schon den Versuch unternommen, an den Ort meiner Kapitulation zu gelangen. Aber damals hatte das unsere Dolmetscherin verhindert mit dem Hinweis, das sei jetzt alles zugebaut. Und als ich damals hartnäckig darauf bestand und sagte, ich würde einfach einmal mit dem Taxi dorthin fahren, hatte sie erschrocken abgeraten. Ein Ausländer allein in einer Taxe, das bedeute die Gefahr, daß man mit mir auf eine Müllkippe führe, mich dort ausplündere, ja sogar auszöge und nackt und hilflos dort stehen lasse. Das hatte damals allerdings meine Neugier beendet. Jetzt erklärte ich wieder unserem so ortskundigen Fahrer, wo wir hinwollten. Ich beschrieb die Stelle, wo die Zariza ihre Richtung ändert und nach Osten in die Stadt und dann in die Wolga fließt. Er wußte wieder sofort Bescheid und auf einem schmalen Feldweg brachte er uns exakt an die Stelle, wo wir uns den Rotarmisten ergeben hatten und von dem Steilufer zur Talsohle herunter marschiert waren. Jenseits der Zariza war tatsächlich ein neuer Stadtteil erbaut worden, aber der Ort, den wir ja filmen wollten, war unverändert bis auf eine Reihe von Bäumen und Sträuchern, die es damals dort noch nicht gab.

Natürlich nutzten wir auch die Woche in Wolgograd, um uns in aller Ruhe sämtliche Sehenswürdigkeiten anzusehen. Und Gitta Nickel legte vor allem Wert darauf, Hans und mich in dem Memorial des Mamajewhügels zu filmen, wo wir gerade eine sehr eindrucksvolle Wachablösung miterleben konnten. Mit Erstaunen stellten wir auch fest, daß in Wolgograd offenbar keine Bilderstürmer wie bei uns in der DDR am Werk gewesen waren und Denkmäler und Straßennamen noch an alte vergangene Sowjettage erinnerten. Befremdlich wirkte auf uns nur, daß man bei allen Sehenswürdigkeiten auf meist jugendliche Souvenirhändler stieß, die dort die von ihnen aus dem Boden gebuddelten Überreste des Krieges feilboten. Unser Heimflug verlief völlig problemlos und ich selber war dieses Mal doch weniger erschüttert als vor einem Jahr.

Nach nur einem Wochenende zu Hause, flog unsere kleine Mannschaft schon wieder nach Paris. So aufregend für Hans sein erster Aufenthalt in Rußland gewesen war, so wurde mein erstes Kennenlernen von Paris für mich zu einem grandiosen Erlebnis. Am Flugplatz Charles de Gaulle stand für uns ein Kleinbus bereit und unser Guido Niedergesäß fungierte jetzt in Frankreich auch gleichzeitig als unser hervorragender Fahrer. Wie er, der noch nie in Paris gewesen war, nur an Hand eines Stadtplanes durch den quirlenden Verkehr und fremde Straßen und Plätze uns sicher zu unserem kleinen Hotel "Lorett" unterhalb von Moulin Rouge gefahren hat, löste unser aller Bewunderung aus.

Wir begannen noch am gleichen Tag mit den Aufnahmen, die uns zu fast allen berühmten Wahrzeichen von Paris führten. Weil Hans Borgelt sie alle während seines Einsatzes in Paris kennen - und liebengelernt hatte, wollte Gitta Nickel möglichst viel von ihnen ins Bild bringen. Für unser zweiköpfiges Aufnahmeteam war das mit viel Schlepperei verbunden, denn nie fanden wir dort, wo wir drehen wollten, einen passenden Parkplatz für unseren Kleinbus. Aber auch für uns beide Achtzigjährigen waren die vielen Fußmärsche recht anstrengend. Aber wir gönnten uns doch

auch hin und wieder eine Verschnaufpause in einem der vielen
Straßenkaffees noch dazu, wo überall an den Lokalen große Tafeln standen, auf denen man las, daß der gerade freigegebene neue
junge Beaujolais eingetroffen sei. Lange mußten wir nach dem
Hotel "Majestic" suchen, wo im Kriege die Militärkommendantur
gesessen hatte und wo auch der damalige Vorgesetzte von Hans,
der Hauptmann und Schriftsteller Ernst Jünger, seinen Sitz gehabt
hatte. Dabei konnte ich auch den Arc de Triumph und die Champs
Elysées bewundern. Am nächsten Tag waren der Eiffelturm, der
Invalidendom und das neue, moderne Paris an der Reihe. Am
Nachmittag dann Ile de la Cité, Notre Dame, die Seinebrücken
und ein intensiver Besuch bei den berühmten Bouqinisten, bei
denen Hans im Krieg viel Literatur erstanden hatte, vor allem, um
seine Französisch - Kenntnisse zu perfektionieren. Lange saßen
wir auf den Stufen unterhalb der Kirche Sacrè Coeur und Hans las
mir dort aus seinem Tagebuch jene Eintragung vor, die er über
den Untergang der 6. Armee in Stalingrad tief erschüttert geschrieben und dabei auch seine große Sorge über mein Schicksal
zum Ausdruck gebracht hatte. Und am Abend waren dann Mont-
martre und der Place Pigalle an der Reihe.

Am nächsten Tag waren wir am Vormittag noch in Paris
unterwegs, im Louvre, in Les Tuileries, in der Rue de Rivoli und
bei der Grand Opera. Am Nachmittag verließen wir das schöne
Paris, von dem ich ganz hingerissen war, und fuhren nun in das
Departement La Meuse in die kleine Stadt Bar le Duc, wo Hans
als Propagandaoffizier oder doch nach seinen Erzählungen mehr
als Kulturoffizier tätig gewesen war. Hier hat Hans offenbar eine
sehr schöne und kreative Zeit verlebt. Neben der Zensur der beiden kleinen örtlichen Zeitungen hat er hier versucht, wieder ein
Kulturleben in Gang zu bringen. In der vornehmen Villa Brimont
hatte er nicht nur seinen Dienst - und Wohnsitz, sondern hatte dort
auch Konzerte veranstaltet. Er lebte dort sogar mit seiner Frau, die
er heimlich in die Stadt geschmuggelt hatte und am Ort als seine
lothringische Haushälterin ausgab. Sogar das halbverfallene

"Théátre Jeanne d´arc" hatte er mit einer bunten Truppe vom Montmatre wieder mit Leben erfüllt, wenn auch nicht für die Bevölkerung, so doch für die deutschen Soldaten aus den umliegenden Orten. Neben Hans hatten wir in dem Stadtarchivar einen sachkundigen Führer durch die idyllische Stadt, wo allerdings in der Altstadt manche historischen Bauten doch arge Verfallserscheinungen aufwiesen. Hans lebte förmlich auf bei den vielen schönen Erinnerungen und ich dachte mir, wie unterschiedlich doch unser beider Leben in diesem Krieg gewesen ist. Während er hier wirklich - wie später auch in Paris - wie "Gott in Frankreich" gelebt hatte, war ich in der Hölle von Stalingrad dem Tode meist näher als dem Leben gewesen.

Am nächsten Tag fuhren wir noch nach Verdun, das damals auch zu dem Betreuungsdistrikt von Hans gehört hatte. Da war ich Stalingrad schon wieder näher. Fort Douaumont, das Beinhaus, die "Heilige Straße" und der Bajonettgraben hatten aber als Zeugen eines blutigen Gemetzels nicht ausgereicht, um ein weiteres furchtbares Blutvergießen zwischen Deutschland und Frankreich zu verhindern. Unsere nächtliche Rückfahrt auf der Autobahn über Reims wurde - für uns ganz ungewohnt - immer wieder unterbrochen, um Mautgebühren zu bezahlen. Unser armer kleiner Regionalsender ORB in Potsdam, dem diese Unternehmungen nach Wolgograd und Paris schon sowieso sehr viele Finanzen gekostet hatten, mußte nun auch noch die französischen Autobahnen mitfinanzieren! Am 22. November 1994 waren wir nach Frankreich aufgebrochen und am 27.11. waren wir mit wunderbaren Erlebnissen wieder zu Hause. Unser Aufnahmeteam hatte sich während der Dreharbeiten in Rußland und Frankreich zu einer ungewöhnlich harmonischen Gemeinschaft entwickelt, wir waren zu wirklichen Freunden geworden.

Aber mit diesen Außenaufnahmen waren die Pläne von Gitta Nickel noch keineswegs erfüllt. Es gab noch weitere Aufnahmen mit jedem einzelnen von uns und auch noch Gespräche zwischen Hans und mir. Um die Zeit seit unserer Schulzeit ins

Bild setzen zu können, plünderte Gitta Nickel rigoros alle unsere
Foto - Alben, was für den Film - wie sich später zeigte - von großem Nutzen war. Bei einem Arbeitstreffen bei Hans in Wannsee
kam das Gespräch auch auf die abenteuerliche Balkanreise, die
wir fünf Klassenkameraden fünf Jahre nach unserem Abitur mit
einem kleinen DKW - Auto und drei Motorrädern mit Beiwagen
unternommen hatten. In Sofia mußten damals Hans Deckert und
Manfred Hardeck die Reise abbrechen, weil sie zum Wehrdienst
mußten. Und in Saloniki hauchte auch das Motorrad von Theo
Albert sein Leben aus und er reiste nun von dort mit einem
Frachtschiff nach Deutschland zurück. Übrig blieben wir zwei:
Hans Borgelt und ich. Über Athen, den Pelepones, Nordgriechen-
land, Albanien und Jugoslawien abenteuerten wir uns der Heimat
entgegen. Hans schrieb von unterwegs nicht nur an alle möglichen
Zeitungen Reiseberichte, sondern drehte auch von der ganzen Reise seinen ersten Schmalfilm. Die Nachricht von diesem Schmalfilm elektrisierte Gitta Nickel: "Wo ist jetzt dieser Film? Hast Du
ihn noch?" Hans: "Den hab ich seit Jahrzehnten schon nicht mehr
in der Hand gehabt. Der muß in irgendeiner Blechtrommel im
Keller liegen." Gitta: "Bitte geh gleich in den Keller und suche
ihn. Wenn wir den noch bei uns einbauen könnten, das wäre doch
toll." Hans: "Aber Gitta, der ist doch so alt und sicher nicht mehr
zu gebrauchen." Gitta: "Bitte hol ihn! Den will ich mir erst einmal
ansehen." Hans ging also gehorsam in den Keller und kam noch
einiger Zeit mit der großen Blechtrommel zurück. Gitta nahm den
Film heraus, begutachtete ihn und sagte: "Gib mir den Film mit!
Den laß ich in Berlin bei einer Spezialfirma regenerieren." Der
Film wurde dann wirklich hervorragend wiederhergestellt und war
nachher in unserem Fernsehfilm "Es begann in Eberswalde" nach
Meinung des Publikums und der Presse ein ganz besonderer Clou.
    Gitta Nickel, assistiert von der hervorragenden Cutterin
Gabriele Fiebig, saßen nun Tage und Nächte in Potsdam im
Schneideraum und gestalteten aus Teilen des ersten 45- Minuten -
Films "Jahrgang 1914", aus neuen Gesprächen zwischen Hans und

mir, den Außenaufnahmen aus Rußland und Frankreich, dem Balkanfilm und den vielen vielen Fotos von uns, den nun mit größter Spannung erwarteten 90 - Minuten Fernsehfilm "Es begann in Eberswalde".

Am 5. März 1995 fuhren wir mit unseren Frauen in großer Erwartung nach Potsdam, wo der ORB einen Tag vor der Sendung zu einer Presse - Vorführung eingeladen hatte. Und dann rollte vor uns ein wirkliches Meisterwerk ab. Nicht nur wir, sondern auch die Presseleute klatschten lange Beifall. Mit diesem Film hatte Gitta Nickel in ihrer reichen Schaffensperiode einen neuen Höhepunkt erreicht. Als am nächsten Tag der Film vom ORB ausgestrahlt worden war, kam ein so einhelliger Lobgesang, gerade auch in der großen überregionalen Presse, daß uns das fast überwältigte. Bei uns zu Hause klingelte sich das Telefon heiß. Von überall her riefen Zuschauer mit Gratulationen an. Aus allen meinen Lebensbereichen meldeten sich Freunde oder Bekannte, aber auch völlig Unbekannte. Es meldeten sich alte Schulkameraden, Studienkollegen, Kameraden aus meiner Wehrpflicht - und Kriegszeit, Mitarbeiter aus meiner Zeit bei Presse und Rundfunk, beim Nationalrat und der Akademie in Babelsberg. Darunter waren auch welche, die mich erheiterten. So rief eines Abends ein Herr Schulz bei mir an. Er überschüttete mich gleich mit Begeisterungsausbrüchen über den Film, vor allem aber, weil er in dem Film auch "Quick" (mein Militärpferd) wiedergesehen hätte. Auf meine Frage, woher diese Bekanntschaft, sagte er, er sei als Musiker beim Trompeterkorps des Artillerie - Regiments 3 gewesen, das ja mir als Chef der Regimentsstabs - Batterie unterstanden habe. Und im Frankreichfeldzug, als ich als Standortkommandant von Autun ständig im Rathaus zu tun gehabt habe, hätte er immer meinen "Quick" ausreiten dürfen. Auf meine Frage, ob er Stalingrad noch miterlebt habe, verneinte er, weil er noch vor dem Kessel wegen Gelbsucht in die Heimat gekommen sei.

Ich: " Und was haben Sie dann nach dem Kriege gemacht?" Er: "Ich habe Musik studiert und war zum Schluß als
Oberst der höchste Musik - Inspizient der NVA im Ministerium in
Strausberg. " Ein anderer Anruf, weniger erheiternd, aber für mich
doch sehr wichtig, kam von dem Sohn unseres Eberwalder Flei-
schers Schweigert. Er war mit seinem Zwillingsbruder auch an
unserer Schule, aber war jünger als ich. Er berichtete mir aus der
Zeit des zu Ende gehenden Krieges, daß eines Tages eine Frau zu
seiner Mutter in den Laden gekommen sei und ihr zugeflüstert
habe, sie hätte über den Sender "Freies Deutschland" mich sprechen gehört und ich hätte zum Schluß herzliche Grüße an meine
Eltern bestellt. Aber sie traue sich nicht, das meiner Mutter mitzuteilen. Frau Schweigert habe daraufhin gesagt, das mache ich
schon. Sie habe diese Nachricht auf einen neutralen Zettel geschrieben und als meine Mutter das nächste Mal im Laden war,
habe sie den Zettel ohne Worte in das Fleischpaket meiner Mutter
mit eingewickelt. So also hatte meine Mutter dereinst Nachricht
von mir aus Moskau erhalten. Ich gratulierte dem Sohn zu seiner
so tapferen Mutter.

Dieses große positive Echo erfreute mich natürlich sehr,
vor allem, weil mich auch viele wiedersehen wollten und zu Hause bei uns aufkreuzten. Meine Frau sagte damals, so viel Kaffee
wie nach diesem Fernsehfilm habe sie ihr ganzes Leben nicht ge-
kocht! Aber dieser Film bewirkte noch viel mehr, denn er verän-
derte doch in gewisser Weise mein Leben. Denn der Film wurde
wegen der großen positiven Resonanz von vier weiteren Fernseh-
stationen ausgestrahlt, von der ARD im Ersten Programm, von
N3, B1 und dann noch von 3 Sat. Und jedes Mal kam wieder eine
Welle von Anrufen, Briefen und Besuchen. Der Film wurde dann
noch in mehreren Berliner Kinos gezeigt, und auf verschiedenen,
speziell für diesen Film organisierten Veranstaltungen.

Da dieser Film unsere ganze Lebenszeit dokumentiert,
vom Kaiserreich, über die "Weimarer Republik", das "Tausend-
jährige Reich" Hitlers, den II. Weltkrieg und dann die zwei

Deutschlands nach dem Kriege bis zur Wiedervereinigung, ist dieser Film natürlich auch ein interessantes Lehrmaterial und zwar von zwei Zeitzeugen erzählt. Das führte dazu, daß ich mit diesem Film durch Pankows Gymnasien gereist bin und danach hochinteressante Diskussionen mit den Schülern hatte.

Aber durch diesen Film wurde ich auch anderen Fernsehproduzenten bekannt als ein wichtiger Zeitzeuge, einer, der zwei Weltkriege und vier Staatszusammenbrüche miterlebt und miterlitten hat. So machten zwei Sender Aufnahmen mit mir zu "50 Jahre Luftbrücke" und dann das ZDF für seine Serie "Soldaten für Hitler" Teil V "Widerstand", wo ich sehr ausführlich die ganze Geschichte meiner Kapitulation in Stalingrad und meine spätere Mitwirkung im "Nationalkomitee Freies Deutschland" berichte. Das machte offenbar doch so großen Eindruck, daß ich von den Bonner Veranstaltern der Ausstellung "Vernichtungskrieg - Verbrechen der Wehrmacht" zu einem Forum in die Beethoven - Halle eingeladen wurde. So kam ich nach 40 Jahren doch noch einmal wieder nach Bonn, wo ich von 1954 bis 1959 als Korrespondent des "Neuen Deutschland" tätig gewesen war. Und ich wohnte wieder im "Hotel Stern" am Markt, wo ich auch 1954 logiert hatte, als ich auf meine Akkreditierung wartete. Aber sonst fand ich doch alles ganz verändert vor. Unser Haus in Oberkassel hatte der neuen Rheinbrücke weichen müssen und unser Büro in Bad Godesberg am Hochkreuz hatte auch einem neuen Verwaltungsgebäude Platz machen müssen. Aber mein Auftreten in Bonn hatte nun wieder zur Folge, daß ich zu der gleichen Ausstellung auch in Hamburg auftreten mußte.

Leider ereilte mich Ende Juni 1998 ein großes Unglück. Vier Wochen nach unserer Goldenen Hochzeit und ihrem 85. Geburtstag starb plötzlich und völlig unerwartet meine liebe Frau Gerda. Sie hatte all die Jahre zwischen Zuckerbrot und Peitsche tapfer und treu zu mir gestanden. Und sie war bis an ihr Lebensende eine überzeugte Sozialistin - trotz alledem!

Nun, wo ich inzwischen auch das 85. Lebensjahr erreicht habe, muß ich aber doch feststellen, daß das Leben recht glimpflich mit mir umgegangen ist. Und nie hätte ich erwartet, daß ich nach der Wiedervereinigung, die für mich zunächst nur als Tiefpunkt in Erscheinung trat, durch das Fernsehen noch einmal eine so große Publizität erlangen würde und mich mit meiner immer noch der Wahrheit des Sozialismus anhängenden Meinung Hunderttausenden Familien in Deutschland bekannt machen konnte.